김민수 밀리터리 장편소설
MILITARY NOVEL

매직 호크
MAGIC HAWK

3

dream
novel
드림노블

매직 호크 3 루시퍼의 새벽

초판 1쇄 인쇄 / 2015년 1월 30일
초판 1쇄 발행 / 2015년 2월 6일

지은이 / 김민수

발행인 / 오영배
책임편집 / 이대용
펴낸 곳 / (주)삼양출판사 · 드림노블

주소 / 서울시 강북구 도봉로 173, 캠프 6층
대표 전화 / 02-980-2112 팩스 / 02-983-0660
편집부 전화 / 02-980-2116 팩스 / 02-983-8201
블로그 / blog.naver.com/dreambookss

등록번호 / 제9-00046호
등록일자 / 1999년 3월 11일

ⓒ 김민수, 2015

값 10,000원

ISBN 979-11-313-0245-3 (04810) / 979-11-313-0242-2 (세트)

* 지은이와 협의하에 인지는 생략합니다.
* 잘못된 책은 구입한 곳에서 바꾸어 드립니다.

이 도서의 국립중앙도서관 출판시도서목록(CIP)은 서지정보유통지원시스템홈페이지
(http://seoji.nl.go.kr)와 국가자료공동목록시스템(http://www.nl.go.kr/kolisnet)에서 이용하실 수
있습니다. (CIP제어번호: 2015002543)

김민수 밀리터리 장편소설

MILITARY NOVEL

매직 호크

MAGIC HAWK

루시퍼의 새벽 • 3

dream novel
드림노블

매직 호크
MAGIC HAWK

3· 루시퍼의 새벽

차 례

1장

작전명 매직 호크(Magic Hawk)

1983년 3월 20일 03시 11분 파나마 미군 전진기지

"씨브리즈 쪽 상황이 종료되었습니다. 아군 헬기들의 공격에 적 초계정 2척이 모두 제압되었다고 합니다."

무전기 송수화기를 잡고 있는 크로포드가 싱글턴 장군에게 상황을 전달해 줬다. 그러자 싱글턴이 벌써 반만 남은 시가를 입에서 빼내며 물었다.

"씨브리즈는?"

"씨브리즈는 현재 무사하고 헬기들과 함께 베네수엘라 해역에 진입했다고 합니다. 아마 곧 해상에서 우리 '펠리컨'이 그들과 접선하여 이쪽으로 데리고 올 수 있을 겁니다."

"바로 그거야!"

싱글턴 장군이 주먹을 불끈 쥐며 허공에 쳐들었다. 그의 모습을 곁에서 지켜보던 오세웅 대령과 최정구 소령이 안도의 한숨을 내쉬었다.

멀리서 이들 비밀 작전 지휘부를 지켜보던 미군 관제요원들도 대충의 분위기를 파악했는지 함께 기뻐하는 모습을 보였다.

일방적인 학살극이 될 뻔 했던 상황을 반전시킨 것은 아무도 도움을 기대하지 않았던 씰 팀의 장교 글로버 중령의 공이었다. 그는 미 해군 수뇌부로부터 의도적으로 손발이 묶여 있는 함대 항공전력 대신에 씰 4팀의 병력과 함께 2함대의 강습상륙함에 머무르고 있던 TF160 파견대에 도움을 요청했었다.

TF160은 1980년 이란 대사관 인질 구출 작전 직후 미군 특수 전력의 해외에서의 임무 수행을 위해 창설된 TF158이 더욱더 진보된 전자장비와 화력을 가지고 거듭난 특수작전용 헬리콥터 부대였다. 글로버 중령은 이 TF160을 관할하는 합동 특수전 사령부에 지원을 요청했고 수차례의 거절과 재요청 끝에 결국 2함대의 강습상륙함에 해상비행 훈련을 위해 파견된 AH-6 '킬러 엑(Killer Egg)' 알파(A) 편대가 김영천, 오스본 일행을 구출하고자 투입되었다.

각각 2.75인치 로켓탄 40발과 2천발의 7.62밀리 미니건탄 그리고 야간 침투 비행 능력을 갖춘 최신예 공격 헬기 4대가 공해상에서 니카라과군의 초계정과 비공식 교전을 치렀던 셈이었다.

흥분을 가라앉힌 싱글턴은 손목시계를 본 뒤, 오세웅 대령에게 다가갔다. 그런 뒤, 그의 한쪽 어깨에 손을 얹고 지휘실 구석으로 그를 이끌었다.

"대령, 이제 작전의 1단계를 준비할 시간이 된 것 같소."

오세웅도 자신의 손목시계를 살핀 뒤, 고개를 끄덕이며 대답했다.

"네, 장군."

"TF380(380부대)은 모두 준비가 되어 있겠지요?"

"그렇습니다."

오세웅 대령이 비장한 표정으로 대답하자 싱글턴은 그에게 한 손을 내밀었다.

두 사람이 악수를 할 때, 싱글턴은 물고 있던 시가를 나머지 한 손으로 빼 들며 말했다.

"대령과 TF380의 전사들에게, 신이 함께하기를 빌겠소."

"감사합니다."

두 사람이 악수를 끝마칠 때, 분위기를 파악한 최정구 소령과 강상욱 준위가 두 사람 쪽으로 다가왔다.

싱글턴 장군이 언급한 작전의 1단계는 380부대의 작전 개시 분위기가 거의 확실할 때, 파나마에서 대기 중이었던 AC-47기 들과 380부대의 퇴출을 위한 CH-47 헬리콥터들이 베네수엘라 의 모처 비포장 활주로로 이동하는 것을 의미했었다.

오세웅 대령은 다소 안전한 이곳 지휘소에 남아 있는 것보다

380부대의 퇴출을 보장하기 위해서 CH-47기 헬기편으로 베네수엘라의 전진기지로 이동하기를 고집했었고 싱글턴 장군의 지휘부는 한국군 고위장성들 몰래 그의 요청을 지지해 줬었다.

오세웅 대령 일행이 관제실 밖으로 나가고 나서 싱글턴 장군은 댄 크로포드를 손짓으로 불렀다. 그가 다가오자 싱글턴이 크로포드가 짐작했던 지시를 내렸다.

"만약의 경우를 대비해, 작전 1단계를 진행하게."

"네, 장군님."

댄 크로포드는 온두라스 공군의 A-1 대지공격기들을 호출하고자 자신이 직접 송수화기를 잡았다. 싱글턴은 그를 응시하다가 다시 손목시계를 살펴 시간을 확인했다. 그런 뒤, 그는 관제실 창가 쪽에 무전기를 멘 채 대기 중인 엘살바도르 공군 통신병에게 수신호를 보냈다. 그가 보낸 수신호는 'OK'였다. 그러자 그가 무전기 송수화기를 통해 싱글턴 장군의 지시 사항을 활주로에서 대기 중이던 AC-47기의 조종사들에게 전달했다.

싱글턴은 창가 쪽으로 걸음을 옮겨 아직도 스페인어로 교신 중인 통신병 곁에 섰다.

관제탑에서 100여 미터 정도 떨어진 쉘터 근처에 주기 중이던 AC-47기들 근처에서 스피커를 통한 누군가의 목소리가 울려 퍼지면서 무장사와 정비병들의 움직임이 분주해졌다.

싱글턴의 지시에 따라, 엘살바도르 공군 소속의 4대의 건쉽들 중 3대가 출격 준비 과정을 개시했고 곧 해당 기체들의 프로펠러 엔진들이 작동하기 시작했다. 그 모습을 싱글턴 장군이 지켜보고 있었지만 무전병이 영어로 그에게 보고했다.

"엔트로피 원(Entropy 1)과 엔트로피 투(Entropy 2), 엔트로피 쓰리(Entropy 3)가 출격합니다."

싱글턴은 시가를 문 채 고개를 크게 한 번 끄덕였다. 그리고 잠시 후, 그가 지켜보는 가운데, 쉘터 앞에서 대기 했던 AC-47기들이 천천히 유도로를 향해 기동하기 시작했다. 세 대의 건쉽들이 관제탑 근처를 벗어나자 어둠이 그것들의 모습을 집어삼켰다. 싱글턴은 세 기체들의 주익 양 끝에서 깜박이는 항행등의 불빛을 통해 건쉽들의 움직임을 놓치지 않았다. 그때쯤 미군 관제장교와 글로버 중령이 싱글턴 쪽으로 합류했다.

모두가 초조하게 기다리는 가운데, 잠시 후 관제탑에서 수백 미터 떨어진 활주로 끝에 AC-47기들이 나타났다. 이어서, 싱글턴 일행의 등 뒤에서 관제요원과 엔트로피 원, 엔트로피 투, 엔트로피 쓰리 조종사들 간의 교신 내용이 들려왔다. 그들에게 관제요원이 스페인어로 이륙 승인을 전파하는 것과 거의 동시에 선두의 건쉽이 활주로의 다른 끝을 향해 움직이기 시작했다. 약간의 거리를 두고 두 번째, 세 번째 건쉽들이 움직이기 시작할 때, 싱글턴 장군이 자신의 시가에 불을 붙였다. 글로버 중령은 바로 옆에서 시가에 불을 붙이는 싱글턴 쪽으로 시선을 보내려다가 긴장된 상황이 시작될 활주로 방향으로 다시 시선을 보냈다.

글로버 중령을 비롯한 이들 모두가 숨을 죽인 채 활주로를 주시하는 이유는 AC-47기들이 모두 7.62밀리 미니건탄과 조명탄 등 기체가 적재할 수 있는 최대 무장량을 채운 상태이기 때문에 활주로에서의 이륙이 문제없이 진행될 수 있을까와 관련되어 있었다.

이들의 우려처럼, 엔트로피 원과 엔트로피 투, 엔트로피 쓰리는 OV-10 정찰기나 A-1 공격기처럼 활주로 중간 즈음에서 이륙하지 못하고 계속해서 활주로를 질주했다. 결국 싱글턴 장군이 초조하게 시가 연기를 일곱 번 정도 내뿜을 때쯤이 돼서야, 관제탑의 먼 12시 방향에서 첫 번째 건쉽이 이륙에 성공했고 곧이어 두 번째 건쉽 또한 떠올랐다. 마지막으로 세 번째 건쉽이 활주로가 거의 끝나는 지점을 앞두고 이륙에 성공하고 나서야 글로버 중령이 긴 한숨을 내쉬었다.

싱글턴은 육안으로 그곳을 응시했기 때문에 파나마 무전병이 쌍안경을 통해 건쉽들이 고도를 확보하는 것을 확인하고서 말했다.

"엔트로피 원, 엔트로피 투, 엔트로피 쓰리, 모두 이륙에 성공했습니다, 장군님."

그때가 돼서야 이들의 뒤에서 누군가가 안도의 한숨을 쉬었다. 크로포드가 소리 없이 싱글턴 뒤쪽에 와 있었던 것이다. 그는 싱글턴과 다른 사람들이 들을 수 있도록 큰 목소리로 보고해 왔다.

"장군님, 온두라스 공군 쪽은 아직 이륙이 어렵습니다. 폭풍우가 그쪽 기지 일대를 폐쇄해 놓다시피 한 상태랍니다. 기상조건이 나아지는 대로 바로 출격하도록 요청해 놓은 상태입니다."

싱글턴은 크로포드의 보고가 끝나자 시가를 물었다. 그리고 긴장감에 시가 끝을 잘근잘근 씹으며 초조함을 달래기 시작했다. 파나마 무전병은 그런 그의 모습을 빤히 쳐다보고 있었다.

*　　　*　　　*

1983년 3월 20일 04시 54분 가이아나, 북괴군 무력혁명 수출부대 지휘소

오형진 상위와 이종혁 상사 그리고 2명의 특수8군단 요원으로 구성된 납치공작조에게서 연락이 끊긴 지 6시간 정도가 되자 최태관은 남조선 공작원의 납치 작전이 실패했음을 기정사실화했다. 그의 부관 장교 장영철 대위가 쿠바와 니카라과 측에 유선, 무선통신을 하느라 무전병을 닦달하는 게 출입문 밖에서 들려왔다. 그럼에도 불구하고 최태관은 자신의 직감으로 상황을 유추하고 있었다.

그가 짐작하기에, 남조선 공작원을 생포해 오던 쿠바 정보부대의 트롤어선이 미제 전폭기의 지대함 미사일이나 미 해군 전함의 어뢰에 격침되었을 것 같았다.

뭐가 어찌 됐든, 최태관은 수리남에서의 활동에 대해 새로운 전술을 생각해 낼 시점이 되었다고 판단하고 책상 위에 올려져 있던 문서철 중에서 현지 가용병력을 파악할 수 있는 부대원 명부를 꺼내 들었다.

언제 꺼내 물고 불을 붙이는 것을 잊고 있었는지 모르게, 그가 물고 있던 필터 담배의 필터가 물렁물렁해졌기 때문에 그는 담배 개비를 뱉어 내고 새것을 꺼내 물었다. 그러자 라이터를 든 누군가의 손이 쑥 나타나서 그의 담배에 불을 붙여 줬다.

부관장교 장영철 대위였다.

"쿠바 공군 쪽에서 확인된 상황입니다."

최태관은 책상 위쪽으로 기댔던 몸을 뒤로 젖혀 그를 주시하자 그의 보고가 이어졌다.

"미제 놈들의 전폭기는 아니고 아마도 공격용 직승기(헬리콥터)들이 나타나 우리 초계정들과 트롤어선을 격침시켰다 합니다."

최태관은 지금 이 순간, 담배 맛이 쓰디쓴 것 이유가 조국의 형편없는 담배 제조 기술 때문이라고 생각하지 않았다. 그는 담배를 입가에서 빼 들고 물었다.

"격침 시점 이전이나 이후에 트롤어선에 탑승했던 동무들에게서 보내온 전문은 없소?"

"말씀드리기 죄송하지만, 베네수엘라에서 출항과 동시에 연락해 온 내용이 전부입니다. 출항 이후에는 미제 놈들의 전자전기가 방해전파를 쏘는 통에 우리와 연락이 두절된 것이나 마찬가지였습니다."

출항과 동시에 니카라과를 경유해, 최태관이 전달받은 내용은

'남조선 공작원 생포, 현재 심문 중'이었다. 안타깝게도 최 중좌는 그가 그토록 궁금해 하는 심문 내용에 대해서는 이제 알 수 있는 방법이나 기회가 없었다. 그뿐 아니라, 그는 그가 총애하는 젊은 정찰조원들을 잃었다는 사실에 허탈감과 분노를 느껴 가고 있었다. 최태관은 수리남에서의 단순한 정찰 임무가 미군 함재기들과 공격용 직승기(헬기)들까지 동원되는 점으로 미루어 보아 수리남에서 무언가 큰 일이 일어나고 있음을 직감했다. 그리고 그 기회를 단순히, 쿠바나 니카라과에 있는 다른 북조선 군사고문단들에게 넘겨주고 싶지 않았다. 일련의 손실에 대해 충격을 받았음에도 불구하고 그는 야심 찬 계획을 세우고 있었다. 쿠바나 니카라과의 상급부대에서도 파악하지 못하는 은밀한 음모가 수리남에서 진행되고 있음을 가이아나에 있는 최 중좌의 군사고문단이 발견했으니 이에 대해 어떤 조치를 취한다면 당연히 자신과 자신의 정찰병들이 앞장서야 된다고 생각했기 때문이었다.

하지만 그런 그의 생각을, 최태관이 생각지도 못했던 제3의 인물 또한 예측했는지 장영철 대위가 전문 하나를 불쑥 그에게 들이밀었다. 최태관이 전문을 받아들며 그를 응시하자 그가 설명해줬다.

"수리남에 있는 우리 영사관 동지들입니다. 영사관에 있는 어느 군관 동무 같습니다."

최태관은 둘둘 말려 있던 전문을 쫙 펴서 책상 위에 놓고 양손으로 눌렀다. 그리고 편평한 상태로 있는 전문을 읽어 내려갔다.

내용인 즉, 수리남 현지 영사관에서 최 중좌의 정찰병들이 나타난 이후로 일어난 총격전에 대해 우려하고 있으며 가급적이면 북조선과 수교한 지 얼마 되지 않은 수리남 현지 군사정권을 자극하지 말라는 지시 사항이었다. 최태관은 미간을 찡그린 채 머릿속으로 상황을 계산해 봤다. 그런 그가 장영철에게 급히 물었다.

"이 전문이 혹시, 하바나(쿠바에 주둔 중인 북괴군 군사고문단)에 있는 동무들을 통해서 날아온 것인가?"

"아닙니다, 총조장 동지."

"그러면 하바나나 니카라과나 그쪽 정치지도원 동무들은 이 전문에 대해서는 아직 모르고 있다는 것이지?"

"아마도 그럴 듯싶습니다."

대답을 하면서도 장영철은 그의 상관이 무슨 생각을 하고 있는지 알고 있다는 듯 불안한 표정을 보였다. 최태관은 손목시계를 슬쩍 본 후에 부대원 명부를 다시 살폈다. 그리고 명부 다음 장에 있는 자신들의 무기와 탄약, 폭약의 재고를 주의 깊게 살폈다.

장영철 대위는 상관의 의도가 더욱더 분명해짐에 따라, 어렵게 입을 열었다.

"외람된 말씀입니다만, 총조장 동지."

부관의 말에 최 중좌가 고개를 들어 그를 주시했다.

"하바나에 있는 동무들도 그렇고 니카라과에 있는 동무들도 우리 조원들이 남조선 공작원을 자기들 밥상 위에 갖다 바치지 않은 이상, 더 이상 이 사안에 관련되기를 꺼려하는 것 같습니다.

공해상 한가운데 있던 미제 놈들의 2함대가 지금 내륙 쪽으로 점점 더 항진해 온다고 합니다. 이미 우리 정찰조원들뿐만 아니라, 쿠바군 공작원 동무들과 니카라과군 수병 동무들도 목숨도 잃었고 니카라과군 초계정들까지 격침되어서 흔적도 못 찾은 정황입니다. 우리도 잠시 뒤로 물러서서 앞으로의 정황을 지켜보는 것이 어떨지……."

장영철 대위는 최태관의 표정이 변하지 않는 것을 보면서 자신의 의견이 그의 의도를 꺾지 못할 거라 생각했다. 그 때문에 그는 결국 말을 흐지부지하게 마무리했다.

최태관은 그를 향해 갑자기 미소를 지었다. 장 대위가 보기에 그것은 온화한 분위기를 반영하는 미소가 아니라, 최 중좌가 자신이 위험한 작전에 투입되는 부하들을 격려할 때 보이는 형식적인 미소였다.

"장영철 동무, 우리 정찰병의 기개가 고작 그 정도요? 영사관에서 펜대나 굴리는 동무들이나 먼 후방의 퍼질러 앉아 있는 다른 정찰병 동무들의 잔소리를 들을 필요가 없소. 내 오랜 전쟁 사업 경험이 죄다 헛것이 아니라면 틀림없이 남조선 놈들과 미제 원수 놈들이 수리남에서 무언가를 진행시키고 있는 것이오. 그것이 무엇이든 우리는 확인 즉시, 파괴하거나 방해하여 그놈들의 좌절을 도모하는 것이 제3국에서 활동하는 우리 정찰대의 첫 번째 우선점이 될 것이오. 게다가 수리남 정부 동무들 또한 어차피 다 우리 로찌야(소련), 쿠바와 함께 어깨를 나란히 하는 동지이기 때문에 비록 사전 통지 없이 이루어졌어도 그 동무들의 국익에 도움이 된다면 오히려 우리에게 감사할 것이오."

최태관은 자신의 부관에게 상황에 대한 자신의 의도를 설명하는 동안 복잡했던 머릿속과 상황이 자연스럽게 정리되어지고 있음에 스스로 고무되었다. 그렇지만 그 모습은 장 대위의 눈에는 다르게 보였다. 그가 보기에, 최태관 중좌는 감정적으로 휩쓸려 가고 있었다. 그럼에도 불구하고 장영철은 마음을 고쳐먹었다는 듯 입을 다물고 턱을 치켜들었다. 상황이야 어찌 됐건 복종하겠다는 표시였다. 그 모습을 자신의 말에 설득되었다고 착각하는 최태관이 문서철을 그에게 들이밀며 지시를 내렸다.

"가장 경험이 많은 동무들로 한 개 정찰조(5명)를 편성하시오. 내가 직접 수리남으로 인솔해 갈 것이오."

"네, 총조장 동지."

대답과 함께 문서철을 받아들며, 장영철은 막연한 두려움에 사로잡혔다. 그가 주관적이든, 객관적이든 그 어떤 시각으로 봐도 지금 최태관 중좌는 이번 상황에 대해 반드시 끝을 봐야 할 분위기였기 때문이었다. 그는 자신의 운명이 니카라과 초계정과 함께 대서양의 심해로 가라앉은, 하급자이자 한때 정찰병 학교 동기인 오형진 상위의 운명과 똑같이 매듭지어질 거라 생각했다.

*   *   *

1983년 3월 21일 20시 23분 파나마 미군 전진기지

임무를 마치고 기지로 복귀한 오스본은 싱글턴 장군, 그리고 크로포드와 함께 테이블 위해 펼쳐져 있는 흑백사진들을 뚫어져라 내려다봤다. 채강호 소령의 정찰팀이 촬영해 온 수리남 국제공항과 통일광장, 대통령궁 주변을 가장 최근에 촬영한 것들이기 때문에 이 시점에서 특별한 변수가 부각되지 않는다면 작전 개시에 대한 카운팅이 시작될 예정이었다.

통일광장과 대통령궁 일대의 경비 상태를 돋보기로 살피던 싱글턴 장군이 오스본에게 물었다.

"빌."

"네, 장군님."

"통일광장을 사전에 감시할 한국군 요원들과 최근에 연락이 되었소?"

"네. TF380의 XO(선임장교: 최정구 소령)에 따르면 이미 5시간 전부터 작전 개시에 대해 대기 상태에 들어가도록 연락하고 응답이 왔다고 합니다. 그쪽 보고에 따르면 아직까지는 통일광장이나 대통령궁에 특이 사항이 없습니다."

싱글턴은 이번에는 시선을 크로포드 쪽으로 돌려 물었다.

"댄, 온두라스 쪽은 어때? 아직도 폭풍우 때문에 A-1기들이 이륙할 수 없다고 하나?"

"30분 전에 최종 확인한 바로는 상황 변화가 없습니다. 아무래도, 이번 작전이 개시된다면 그쪽 대지공격기들 없이 AC-47기들로 감행해야 할 듯합니다."

싱글턴이 돋보기와 사진을 내려놓고 오스본에게 시선을 보냈다. 그는 화상을 입어서 붕대로 응급처치한 손으로 테이블 위에 사진들을 가리키며 말했다.

"만약, AC-47기들로만 화력지원이 가능하다면 TF380(380부대)이 대통령궁에서 부테르세를 체포하자마자 쿨리트 중령의 보병부대가 대통령궁을 접수하는 과정을 기다리지 않고 곧바로 공해상으로 철수시키는 편이 낫습니다. A-1 공격기들이 이번 작전에서 빠진다면 젤란디아 요새를 견제할 수 있는 항공 전력이 없어지는 거나 마찬가지입니다."

댄 크로포드가 25만 달러로 포섭한 쿨리트 중령은 2개의 완편된 보병중대와 10여 대의 장갑차, 트럭을 대통령궁에서 10분 거리인 젤란디아 요새에 주둔시키고 있었다. 원래의 계획이 차질 없이 진행되어, 380부대가 부테르세 대통령을 체포한 뒤 대통령궁을 빠져나간다면 이후, 쿨리트 중령의 부대가 대통령궁으로 진군하여 임시 통치 체제를 발표할 예정이었다.

그렇지만 싱글턴을 비롯한 모든 작전 준비 요원들은 쿨리트 중령의 군부대가 380부대에게서 부테르세 대통령을 구출하고자 출동하는, 반대의 경우에 대해서도 상당한 가능성을 두고 대비해야 했다.

A-1 대지공격기들의 필요성은 바로 그 부분에서 부각되었다.

이 낡았지만 강력한 화력을 자랑하는 공격기들은 대통령궁이 있는 구획과 젤란디아 요새 사이에 수직선을 그어진 듯한 강변도로 전체를 담당하고 있었다. 4대의 A-1 공격기들은 380부대가 대통령궁과 통일광장에서 수리남군과 교전을 펼치는 동안 젤란디아 요새는 물론, 강변도로의 북쪽, 수리남 국제공항에서 출동해 내려올지 모르는 공항 내 주둔 병력까지 견제할 중요한 임무를 띠고 있었다. 하지만 그 대지공격기들이 폭풍우 때문에 발목이 묶여 있다면 이제 AC-47 건쉽 2대가 그 임무까지 떠맡아야 했다. 예비로 베네수엘라 전진기지에 남겨 둘 나머지 AC-47 1대까지 작전에 동시에 투입되는 것이 이제 거의 기정사실화되는 분위기였다.

싱글턴은 두 노련한 공작원들을 앞에 세워 둔 채, 작전의 실행 여부를 고민하고 있었다. 사실, 북괴군과 쿠바 정보요원들의 존재가 밝혀지고 설상가상으로 그들과 무력 충돌이 있는 상황에서 작전을 질질 끌기에는 실패 가능성이 더욱 커질 것임을 관제실 안 모든 작전 관련자들은 알고 있었다.

380부대 그리고 그들을 수리남에 침투시키려는 싱글턴 장군의 지휘부가 준비가 됐든 안 됐든 사실상 선택의 여지가 없었으며 싱글턴은 그 점을 역전시킬 수 있는 대안이 있는지 냉정하게 생각 중이었다. 그러나 그가 꺼낼 수 있는, 새로운 카드는 없었다.

싱글턴은 가슴팍에 있던 전투복 주머니에서 시가를 꺼내 물었다. 그런 뒤, 오스본과 크로포드에게 말했다.

"빌, TF380의 지휘관을 지금 당장 모셔 오게. 그리고 자네가 직접 건쉽의 조종사들과 퇴출 헬기팀의 운용요원들에게 대기 상황을 전파하게."

"알겠습니다."

오스본은 시계를 한 번 살핀 뒤, 출입문으로 향했다. 싱글턴은 크로포드에게도 지시를 내렸다.

"댄."

"네, 장군님."

"NSA의 감청부대에 현 시간부로 10분에 한 번씩 수리남군의 통신주파수 전체를 모니터해 달라고 요청하고 그 진행 상황을 자네가 직접 확인하게."

"예."

"그리고 제2함대 쪽에는 쿠바나 니카라과, 소비에트 해군 놈들이 움직이는지 감시하도록 전달하고 그쪽 상황 또한 자네가 책임지고 이곳에 전달하도록 하게."

"알겠습니다, 장군님."

크로포드가 여러 대의 무전기와 새트컴이 설치된 구획으로 걸어가자, 싱글턴 장군은 미 본토와 연결되어 있던 보안회선의 전화기 앞으로 자리를 옮겼다. 그는 시가를 문 채 벽시계를 응시하고는 보안용 새트컴의 송수화기를 집어 들었다. 그가 미 본토의 랭글리를 호출하자 아주 깨끗한 음성이 송수화기에서 들려왔다.

"잭! 지금 상황은 어떻소?"

싱글턴은 그 목소리의 주인공인 윌리엄 케이시 국장이 자신의 위성중계 무전기 교신을 기다렸음을 알 수 있었다. 그는 물고 있던 시가를 입에서 뺀 뒤 차분하게 응답했다.

"국장님, 최종 보고된 상황(니카라과 초계정 격침 사건)이후로 더 악화된 것도 없습니다."

"다행이군."

"그렇지만 더 나아진 상황도 없습니다."

잠시 후, 케이시 국장과 다른 누군가가 속삭이는 게 싱글턴의 귀에 들려왔다. 그는 그 목소리들의 주인들 중 한 명이 대통령의 안보수석인 제이슨 휘태커라고 확신했다. 그런 그의 짐작을 입증이라도 하듯이 부스럭거리는 소리가 들린 뒤, 휘태커의 목소리가 들려왔다.

"장군, 나 제이슨이오."

"안녕하십니까?"

싱글턴은 자동 응답기에 녹음한 것 같은 목소리로 건조한 인사를 건넸다. 휘태커는 인사에 대한 반응을 생략하고 단도직입적으로 싱글턴에게 물어왔다.

"장군!"

"말씀하십시오."

"아직, 작전을 실행할 수는 있는 상황이오? 내가 들은 보고에 따르면, 벌써 북한 놈들과 쿠바 놈들까지 나타나서 난리를 쳤다하던데."

싱글턴 장군은 수화기를 든 채, 관제탑 창가 밖에서 보이는 보잉 727기 기체를 응시하며 긴 한숨을 내쉬었다. 그런 뒤 무거운 목소리로 말했다.

"현 상황은 지금 당장 TF380을 수리남을 향해 출동시키든지 아니면 아예, 이 작전 전체를 폐기해야 하는 상황 같습니다."

싱글턴은 말을 마치고 그들의 한숨 소리를 들을 수 있었다. 그렇지만 싱글턴은 자신이 어떤 대답을 들을지 잘 알고 있었다. 베트남전 당시에도 그랬지만 레이건 행정부를 위해 그가 지원해 줬던 몇 번의 비밀 군사작전들의 결과를 보건데, 케이시 국장이나 휘태커는 그가 예측 가능한 답변을 줄 것 같았다.

"장군."

"네, 국장님."

휘태커가 아닌 케이시 국장의 목소리를 들으면서 싱글턴은 시가에 불을 붙였다. 곧 그가 예상했던 대답이 CIA 국장에게서 전달되었다.

"현 시간부로 '매직 호크' 작전을 실행하시오."

싱글턴은 시가 연기를 급히 내뿜고 케이시 국장의 지시를 다시 한 번 구두로 확인했다.

"현 시간부로 '매직 호크' 작전을 실행하겠습니다."

싱글턴이 송수화기를 내려놓을 때쯤, 오세웅 대령과 빌 오스본이 관제실에 들어왔다. 싱글턴은 시가를 든 채, 두 사람을 말없이 응시했다.

*   *   *

1983년 3월 21일 21시 13분 파나마 미군 전진기지, 비행 활주로

기지 내 격리 구역에서 최종 도상 리허설을 마친 380부대 고공 침투조는 초저녁부터 작전 개시에 대비하고 있었다. 이들은 모두 고고도의 저온과 기압으로부터 이들을 보호해 줄, 고공강하복을 착용하고 각자의 화기, 장비를 휴대한 채 활주로에서 대기 중이었다.

2열 횡대로 강화 아스팔트 바닥에 앉아 있는 380부대원들의 앞쪽에는 보잉 727기가 주기되어 있었다.

김영천은 앞쪽 열의 오른쪽 끝에서 이규식, 노시천과 함께 서 있었다. 뒤늦게 전진기지로 돌아온 그는 자신의 고공낙하산을 착용한 채 서 있었고, 이규식과 노시천은 그의 낙하산과 군장을 점검해 주고 있었던 것이었다.

"어때? 우지(기관단총)가 고정된 곳에 손이 바로 닿지?"

이규식이 묻자 김영천은 곧바로 오른손을 오른쪽 허리, 허벅다리 쪽으로 뻗어 총기를 확인했다.

"어~!"

"군장은? 야무지게 걸어진 것 같아?"

그의 질문에 김영천의 두 손이 몸통 쪽으로 가서 실탄, 수류탄,

폭약으로 묵직한 군장을 찾아 더듬었다.

"군장도 이상 무!"

김영천은 대답과 함께 최종적으로 자신의 허리춤에 있는 권총집을 더듬어 살폈다. 권총집에는 장전이 되어, 안전장치를 푸는 즉시 사격이 가능한 M92F 자동권총이 들어 있었다.

이 모든 준비를 하는 내내 김영천의 얼굴, 목을 비롯한 온몸에 땀이 비 오듯이 쏟아졌다.

"김 중사, 괜찮아?"

낙하산 점검을 마친 노시천이 낙하산이 이상 없다는 듯 툭 치면서 물었다.

"예."

"정말?"

"예, 괜찮습니다."

김영천은 옷소매로 이마의 땀을 훔쳤다. 그렇지만 이마의 땀이 닦이기는커녕 옷소매를 적시고 있던 땀이 그의 이마에 묻어날 뿐이었다.

"됐다!"

이규식 중사가 점검을 마치고, 뒤로 한 걸음 물러서며 말했다. 노시천 중사는 김영천의 옆쪽으로 옮겨 오며 불을 붙인 담배 개비를 그에게 들이밀었다. 김영천은 다시 한 번 몸통 앞에 고정해 둔 군장의 결속 상태를 살피면서 입으로 노시천이 건네주는 담배를 받아 물었다.

노시천과 이규식은 담배를 태우면서 김영천을 주시했고 모든 장비 점검을 마친 김영천은 최종적으로 손목에 착용한 고도계와 나침반을 살피기 시작했다.

"이상 무!"

모든 준비를 끝마친 김영천이 양팔을 들어 보이면서 말했다. 노시천이 그를 빤히 주시하고는 이상이 없어 보이자 김영천의 강하헬멧을 건네줬다. 그때가 돼서야, 김영천은 활주로 바닥에 앉아서 휴식을 취할 수 있었다. 그가 앉아서 담배 한 모금을 깊이 빨 때, 이규식이 나지막이 물었다.

"영천이."

대답 대신 김영천은 그에게 시선을 보냈다. 그러자, 이규식이 조심스럽게 말을 이어 갔다.

"너, 정말 괜찮겠어? 아군 정보사 요원들 구출하느라 한 뺑이 쳤는데, 이렇게 바로 우리랑 투입되는 거는 좀 무리 아냐? 중대장(오세웅 대령)님한테 얘기하고 헬기 지원조로 빠지면 안 되겠냐?"

김영천은 남아 있는 부분이 얼마 안 되는 담배를 힘껏 빨고 난 뒤, 긴 한숨에 연기를 실어서 내보냈다. 그리고 그의 대답이 뒤따랐다.

"괜찮아, 인마. 내가 안 괜찮으면 어떻게 하겠냐? 게다가, 나 없이 네가 어떻게 1조 강하자들을 유도해 가려구? 건쉽의 화력유도도 네가 할래?"

이규식은 피식 웃으면서 김영천의 어깨를 툭 쳤다. 그러자 이들을 지켜보던 노시천 상사가 약간 과장된 목소리로 호탕하게 말했다.

"걱정 마, 김 중사. 너는 내가 꼭 살아 돌아오도록 엄호해 주마. 월남에서처럼 네가 살아 돌아와서 네 아들내미 보도록 해 줄 테니, 이 형님 궁둥이 쪽에 찰싹만 붙어 다녀. 야, 사실 말이다. 우리 380부대의 임무는 수리남 대통령의 체포 작전이지만 나나, 규식이, 저기 준호랑 창수. 우리 모두의 임무는 네가 무사히 대한민국 땅을 밟도록 해 주는 것이다. 우리 다 미리 얘기해 뒀다. 그니까, 너도 작전 시작되면 적당히 몸 좀 사려. 알았어?"

그 말을 마치면서 노시천은 김영천에게 손을 내밀었다. 김영천은 그를 향해 몸을 살짝 돌리고 그의 손을 마주 잡았다. 주변의 조명 덕분에 김영천과 노시천은 서로의 눈빛을 읽을 수 있었기 때문에 맞잡고 있는 두 사람의 손에는 더욱 힘이 들어갔다.

분위기가 상황과 어울리지 않아 보였는지, 약간의 거리를 두고 조용히 이들을 지켜보던 이준호가 한마디 하면서 몸을 일으켰다.

"아이 참, 쯧!"

말없이 앉아서 밤하늘을 지켜보던 이준호가 한마디 하며 몸을 일으켰다. 그러자 그를 지켜보던 전장형 중사가 말을 건넸다.

"아까, 다녀오시지 않았습니까?"

"그니까 말이다. 그놈의 버드와이저를 마셔 재끼는 게 아닌데 말이야."

이준호는 전장형 앞쪽으로 옮겨 가 섰고 전장형은 그의 몸통 앞쪽에 걸려 있는 군장을 빼 줬다. 그러자 이준호는 활주로 바깥쪽 풀섶으로 성큼성큼 걸어 나갔다.

볼일을 보러 가는 그의 뒷모습을 보면서 전장형은 장난기가 발동했다. 그는 별안간 김영천과 다른 예비역 대원들의 귀에 들릴 만큼 큰 소리로 말했다.

"선배님들~. 제가 이제 여기까지 와서 속에 담아 뒀던 말 한마디 해도 되겠습니까?"

그의 목소리로 주변 허공에 울리자 서서 혹은 앉아서 대기 중이던 모든 대원들의 눈과 귀가 전 중사에게 향했다. 김영천과 이규식, 노시천도 그를 주시했다. 전장형의 장난스러운 목소리가 이어졌다.

"저는 말입니다. 이번 작전이 우리 대한민국의 국익을 위해 정말로 중대한 작전이라고 해서 망설이지 않고 지원을 했습니다. 저뿐만 아니라 많은 우리 대원들이 그러하겠지만 말입니다. 그런데 막상 이놈의 380부대에 왔더니 웬 노땅들이 이렇게 많고 왜 모든 작전과 관련된 사안들이 노땅들에 의해 좌지우지되는지 모르겠다는 겁니다."

그의 심술궂은 고백에 예비역 대원들이 코웃음을 치거나 피식 웃었다. 김영천도 비록 시선을 밤하늘에 고정해 두고 있었지만 미소를 지으며 전장형의 말을 듣고 있었다.

"왜 이 최고로 중대한~, 절체절명의~, 극비의~, 극도로 위험한~ 작전이 배바지를 입은 노땅들과 함께 투입되는지 정말 이해할 수가 없었단 말입니다. 이거는 뭐, 적진에 들어가면 적들을 상대하기도 벅찰 것 같은데 배바지 입는 노땅들까지 멀쩡히 모셔오려면 정말 우리 현역대원들의 임무가 막중합니다. 막중해! 다들, 정신 바짝 차리고 파이팅 해, 현역들~!"

심술이 가득하지만 장난스러운 그의 목소리가 허공에 울려 퍼지자 현역 부대원들이 웃고, 박수 치며 휘파람을 불며 반응했다. 그러다가 누군가 전장형 중사 앞에 서자 그 소리들이 뚝 그쳤다.

전장형이 두 팔을 등 뒤로 한 채 앉아 있다가 몸을 일으켜 세워 앉았다.

"야, 전 중사."

"네, 이 중사님."

언제 왔는지 이규식이 전장형의 발치 쪽에 서 있었다. 일순간, 모두가 입을 다물고 두 사람을 응시했다. 이규식은 잠시 아무 말 없이 전장형을 내려다보다가 입을 뗐다.

"전 중사, 네가 정말 몰라도 한참을 모르는데 말이야."

이규식은 잠시 좌우를 두리번거려 다른 부대원들이 자신을 응시하는 것을 확인했다. 그의 말이 다시 이어졌다.

"얌마, 이 역사는 말이다. 다 우리 같은 배바지를 입는 아저씨들이 만들어 온 거야. 알아? 니들 같은 어린애들이 뭘 알겠냐? 우리 배바지를 입는 아저씨들이 만들어 온 길고 긴, 파란만장한 역사를 말이다."

말을 마치면서 이규식은 미소를 지으며 한쪽 발로 전장형의 전투화를 툭 쳤다. 그의 말에 이번에는 예비역 대원들이 앉거나 서 있는 채로 박수를 쳐 주며 환호해 줬다. 김영천 또한 담뱃불을 활주로 바닥에 비벼 끄면서 너털웃음을 지었다.

　그런데 갑자기 이준호가 괴성을 지르면서 풀섶에서 뛰어나왔다.

　"야! 야! 이거 좀 잡아 봐! 이거 좀 잡아 보란 말이다! 야아~! 이거 쏴 버려! 쏴 버리라구, 전 중사야!"

　이준호는 활주로 안으로 달려 들어와 부대원들 사이를 미친 듯이 뛰어다녔고 곧 그의 뒤를 꼬리털이 긴 앵무새 한 마리가 거친 날갯짓을 하면서 뒤쫓아 갔다. 그 광경에 모든 대원들이 웃기 시작했고 활주로 일대에 이들의 웃음소리가 메아리처럼 퍼졌다.

　이준호의 소란 덕분에 터진 웃음보가 사그라질 때쯤, 김영천의 앞쪽에서 영어를 사용하는 목소리가 들려왔다.

　"모두 준비 됐습니까?"

　세 사람의 시선이 그곳으로 향하자 제이크 헤일 준위와 데이브 캐버너 준위의 모습이 보였다. 두 사람은 380부대원들처럼 검정색 고공강하복을 착용하고 CAR15를 휴대하고 있었다.

　김영천은 다른 부대원들을 쓱 훑어본 후 몸을 일으키며 대꾸했다.

　"올 셋, 치프!"

　두 명의 씰 대원들도 김영천처럼 다른 380부대원들을 살피면서 그의 앞에서 걸음을 멈췄다. 김영천이 들고 있던 강하헬멧을 옆구리에 끼며 유창한 영어로 물었다.

"분위기가 어떻습니까? 작전 개시 명령이 곧 떨어지겠죠?"

헤일 준위는 380부대원들의 대기 지점의 먼 후방, 관제탑 쪽을 주시하면서 대답했다.

"방금 우리 작전기(보잉 727기)의 보안회선으로 수리남 영공까지의 상황 보고가 들어왔소. 제2함대의 공중초계기에서 날아온 겁니다. 이 보고가 들어왔다면 당신네 작전 지휘부에서 이미 부테르세 대통령의 소재를 대통령궁에서 분명하게 확인했다는 말입니다."

영어로 이어지는 대화에 궁금한 몇몇 대원들이 이들을 뚫어지게 주시하기 시작했다. 김영천은 그들을 의식에 모두가 들을 수 있도록 큰 소리로 헤일 준위의 전달 내용을 말해 줬다.

"지금 우리 작전기의 보안회선으로 미2함대 공중초계기가 이곳에서 수리남까지의 영공 상태에 대해 보고가 들어온 모양입니다."

김영천의 통역에 맞춰서 헤일 준위의 설명이 다시 이어졌다.

"강하고도의 일기 상태, 니카라과와 쿠바 공군의 활동에 대해 모두 이상 없다는 보고가 들어왔으니 곧 당신들에게 지시가 내려올 겁니다. 당신과 당신의 동료들 모두에게 신의 가호가 있기를 빕니다."

김영천이 헤일 준위의 말을 모두에게 전달해 주고 그에게 시선을 다시 향할 때, 헤엘의 오른손이 김영천의 오른손을 기다리고 있었다. 김영천은 그의 손을 맞잡고 그와 캐버너 준위에게 고개를 끄덕여 보였다. 그 사이, 헤일 준위는 김영천의 곁에 있던 노시천과도 우호적인 악수를 나눴다.

이들이 인사를 나누는 동안, 380부대원들은 하나둘 자리에서 일어나서 대열을 갖추기 시작했다. 인사를 마친, 김영천이 자신이 이끌 강하 1조 부대원들을 살피려 할 때, 헤일 준위가 다시 그에게 다가왔다.

"참, 깜빡했군."

그는 김영천에게 잘 접혀 있는 쪽지 하나를 들이밀었다. 김영천이 의아해하며 쪽지를 받아들자 그가 설명했다.

"오스본 소령이 이걸 당신에게 꼭 전해 주라하더군."

헤일 준위가 쪽지를 건네준 뒤 자신의 보잉 727기 쪽으로 향하자 김영천은 쪽지를 펼쳐 봤다. 그의 곁에 서 있던 노시천이 플래시를 켜서 쪽지 안을 비춰 주자, 무전기 주파수 번호와 콜사인이 쓰여 있었다.

"뭐야?"

노시천이 심드렁하게 묻자 김영천은 쪽지 안에 시선을 고정한 채 꼼짝도 하지 않았다. 그는 오스본이 적어 준 주파수 번호가 380부대와 이곳 작전 지휘부가 사용하는 교신용 주파수가 아닌 것을 알아봤기 때문이었다.

헤일 준위 일행이 다녀가고 10분도 되지 않아, 보잉 727의 이륙 준비를 돕는 기지 정비병들이 기체 주변을 분주히 오가기 시작했다. 그리고 곧 보잉 727기의 양쪽 제트엔진이 작동하는 소리가 들려왔고 때맞춰, 지프 두 대가 380부대원들 쪽으로 다가왔다.

이때쯤에는 모든 강하부대원들이 각 조 별로 모여서 낙하산과 총기, 군장의 결속 상태를 다시 한 번 점검하고 있었다. 그리고 곧 최정구 소령이 모두에게 전달하듯 소리쳤다.

"부대장님께서 오셨다. 전체~ 일어~ 섯!"

특전대원들은 빠른 동작으로 활주로 바닥에서 일어서서 대형을 갖추기 시작했다. 그런 그들을 보며 오세웅 대령은 한 손을 쳐들며 소리쳤다.

"아냐, 아냐! 편히 쉬어!"

그의 제지에도 380부대원들은 3열 횡대로 대형을 갖춰서 그와 최정구 소령을 맞이했다. 그때쯤에는 보잉 727기 쪽에서 씰 6팀 대원들과 항공기 정비사들이 분주하게 움직이고 있었기 때문에 모든 부대원들은 오세웅 대령이 나타난 이유을 유추하고도 남았다.

맨 앞 줄, 우측 끝에 서 있던 김영천은 오세웅 대령을 가장 먼저 맞이했고 오세웅은 그를 지나치기 전에 고개를 크게 끄덕여 보였다. 오 대령을 뒤따르던 최정구 소령은 김영천 곁에 자리를 잡았다.

오세웅 대령은 자신의 등 뒤에서 엔진 시동을 걸고 있는 보잉 727기를 잠시 지켜보다가 곧 시선을 앞쪽에 서 있는 특전대원들에게 향했다. 오세웅 대령과 55명의 380부대원들은 서로가 가지고 있는 비장한 분위기를 느낄 수 있었다. 오세웅은 가슴속에서 벅차오르는 뜨거운 감정을 겨우 억누르고 젊은 특수부대원들에게 말했다.

"제군들, 방금 매직 호크 작전에 대한 실행 명령을 하달받았다."

그 말에 부대원들 몇몇은 가까운 동료와 시선을 교환하고는 다시 오세웅 쪽으로 주의를 기울였다. 보잉 여객기의 엔진 소리는 점차로 커지고 있었고 오세웅의 목소리도 함께 커졌다.

"하고 싶은 말은 많지만 일생일대의 거사를 앞두고 내, 짧게 말하겠다. 모두들 자기 좌우에 있는 전우의 얼굴을 한번들 봐봐."

특전대원들은 약간 어리둥절해하면서 양편에 나란히 서 있는 동료들의 얼굴을 살펴봤다. 그 즈음에서 오세웅의 연설이 이어졌다.

"우리 작전의 핵심은 목표 인물인 수리남 대통령을 체포하는 것이지만 그만큼 중대한 또 하나의 임무는 바로 여러분의 방금 본 얼굴의 주인들과 함께 무사히 수리남에서 빠져나오는 것이다. 비겁하게 싸워도 좋다. 겁에 질려서 싸워도 좋다. 그 어떤 모자란 짓을 하거나 용납할 수 없는 행동을 하더라도 반드시 여러분의 전우들과 살아 돌아와라. 국가는 부테르세 대통령을 목을 빼고 기다리겠지만 나는 여러분, 55명 인원 전부를 기다리겠다."

말을 마친 뒤, 오세웅의 시선이 좌에서 우로 천천히 옮겨 가며 완전무장한 부대원들의 얼굴을 하나하나 훑어봤다. 그리고 더 힘이 들어간 그의 목소리가 이어졌다.

"여러분이 저 보잉 727 작전기에 탑승하게 되면 모두들 평생에 한 번 볼까 말까한 거대한 운명의 폭풍 속으로 뛰어들어 가는 것이다. 제군들은 앞으로 죽는 날까지 이번 작전, 오늘 이 순간을 기억할 것이다. 잘들 싸우고 무사히 돌아오도록! 이상이다."

짧은 연설을 마치고 오세웅은 긴 한숨을 내쉬었다. 그런 뒤 앞쪽 열의 한쪽 끝으로 자리를 옮겨서 부대원들 한 명 한 명과 악수를 나누기 시작했다.

김영천은 멀리에서 악수를 하면서 자신 쪽으로 다가오는 오세웅을 지켜보면서 자신의 처지를 실감했다. 그쪽을 빤히 응시하는 김영천의 한쪽 어깨를 누군가 툭 쳤다. 김영천의 시선이 어깨 너머로 가자, 최정구 소령이 김영천에게 한 손을 내밀고 있었다.

"어, 최 소령님."

김영천은 몸을 빙 돌려 그의 손을 맞잡으며 인사를 하듯 그의 이름을 불렀다. 그러자 최정구가 활짝 웃으면서 말했다.

"이번 작전에서 살아 돌아오면 김 중사님을 제가 형님이라고 부르겠습니다."

"뜬금없이 그게 무슨 소리요?"

김영천이 얼떨떨해하자 최정구가 곁에 있는 이규식과 노시천을 슬쩍 보고서 대답했다.

"괌 기지에서 급유하려고 우리가 잠깐 착륙했을 때, 여기 있는 이 중사님하고 노 상사님하고 얘기를 하다가 알았습니다. 김 중사님, 월남에서 근무하셨을 때 최민정 하사 아셨죠? 맹호사단 대민작전 활동하던 여군 하사 말입니다."

"뭐?"

"김 중사님하고 다른 몇 분이 맹호 공수지구대(특전사 파견대)에 잠시 근무하셨을 때, 자주 식사하시고 고향 얘기도 하셨다는데. 기억 안 나십니까? 얼굴이 뽀얗고 키가 큰 여군 하사 말입니다."

김영천은 그때가 돼서야 오랜 기억 속에서 얼굴이 곱고 성품이 온화한 여군 하사 한 명을 기억해 냈다.

"최 소령이 최민정 하사를 어떻게 아시오?"

최정구는 아직도 잡고 있는 김영천의 손을 흔들면서 대답했다.

"김 중사님이 미군PX에서 구해 온 연필과 공책을 고향에 있는 어린 동생에게 보내라고 최 하사에게 늘 챙겨 주셨죠?"

김영천 또한 생각지도 못했던 일에 활짝 웃으면서 반응했다.

"최 소령이 최 하사의 어린 남동생이었어?"

최정구는 두 손으로 김영천의 손을 감싸 잡으며 대답했다.

"예, 그 시절 김 중사님이 보내 주신 연필과 공책으로 열심히 공부해서 오늘 이 자리까지 왔습니다."

이미, 알고 있던 노시천이 두 사람의 어깨에 양손을 두르면서 끼어들었다.

"세상 좁지 않냐? 영천이? 최민정 하사가 위험한 월남 땅까지 와서 뒷바라지한 어린 남동생이 의젓한 육사 출신 간부가 되어 우리 쪼인트(정강이)를 깔 수 있는 전우가 되었으니. 참, 세상 좁다."

김영천은 최정구의 두 손을 함께 맞잡고 웃었다. 삶에 대한 열정이 예고도 없이 그의 마음속에 충전되는 순간이었다.

*   *   *

1983년 3월 21일 22시 03분 파나마 인근 상공, 침투작전기 '루시퍼(Lucifer)'

콜사인 '루시퍼'인 보잉 727기는 파나마의 전진기지를 이륙하여, 파나마 민간 공항으로 향하는 항로를 정했다. 비록, 침투여객기가 정기 항로의 중간 지점에서 불쑥 나타났지만, 파나마의 민간공항 관제사들은 이미, 싱글턴 장군의 작전 지휘부가 조치를 취해 놓았기 때문에 별다른 반응을 보이지 않았다.

루시퍼는 비록 55명의 무장한 특수부대원만을 탑승시킨 침투용 항공기로의 기능을 수행하고 있었지만 적어도 비행을 하는 패턴은 철저하게 민간 여객기처럼 보여야만 했다.

때문에 제이크 헤일 준위는 최초 이륙 직후, 파나마 공항 내,

설치되어 발신하는 VOR(VHF Omni Range: 초단파 전방향 무선표지,
민간공항 혹은 특정 지점에 설치되어 해당 공항으로 날아오거나 지나치는
항공기들에게 비행 방향과 항로의 기준점 역할을 수행한다.)을 향해 기수
를 고정하여 날아갔고 파나마 공항 인근 상공에서, 이번에는 베
네수엘라 국제공항에서 보내오는 VOR신호를 포착, 베네수엘라
국제공항을 향해 기수를 돌릴 예정이었다.

 VOR 전파를 따라서 한 공항에서 다른 공항이 옮겨 가는 이 모
든 과정이 보통의 민간 여객기, 민간수송기가 전 세계를 비행하
는 방법이었다.

 계기판에서 2개의 VOR계기를 살피던 헤일 준위는 그것들 중
하나에서 베네수엘라 국제공항의 VOR의 수신이 확인되자 캐버
너 준위에게 또박또박 지시를 내렸다.

 "데이브, 목표 지점의 VOR 수신 첵!"

 "라저 댓!"

 "현 시간부로 항로를 075로 고정한다."

 "현 시간부로 항로 075! 라저!"

 헤일 준위의 지시에 따라 부조종석에 앉아 있는 캐버너가 항로
계기의 눈금을 075로 입력했다. 그의 조치로 이제, 루시퍼는 수
리남 베네수엘라 공항으로 기수를 고정했고 헤일 준위는 다시 한
번 VOR계기에 떠 있는 화살표 끝을 살폈다. 헤일과 캐버너가 이
보잉727기가 VOR계기의 화살표가 가리키는 방향으로 비행을 유
지한다면 베네수엘라 공항 인근 2킬로미터 상공에 도착하고 그

곳에 도착하기 전후에 수리남 국제공항에서 보내오는 VOR신호를 수신할 거라 확신했다. 두 사람에게 있어서, 강한 측풍 때문에 비행기가 항로에서 벗어난다면 그만큼 비행 방향을 보정하여 원래 항로를 유지하는 것은 아무런 문제가 되지 않을 것이었다.

10여 초 정도 075 방향으로 기체가 날아가는 것을 확인한 뒤, 헤일은 조종석과 부조종석 뒤쪽의 앉아 있던 존 베커 상사에게 고개를 한 번 끄덕여 보였다. 그러자, 베커 상사가 원래 착용하고 있던 기내 인터컴 헤드셋을 벗고, 새트컴에 연결되어 있는 헤드셋으로 바꿔 착용했다. 그런 뒤, 차분한 음성으로 파나마의 지휘부를 호출했다.

"에이블 식스(Able 6), 여기는 루시퍼!"

"에이블 식스, 카피! 루시퍼, 고우!"

기다리고 있었던지 싱글턴 장군의 목소리가 베커 상사의 귓가에 바로 울려 퍼졌다. 그는 항로와 VOR계기 쪽을 한 번 본 뒤, 싱글턴 장군이 기다리던 보고를 전파했다.

"루시퍼가 체크 포인트(확인점) 알파(A)를 통과한다. 현재 체크 포인트 브라보(B)를 향해 항로를 확인 후 고정했다. 이상."

"라저 댓, 루시퍼."

"루시퍼, 이상 교신 끝!"

"에이브 식스, 카피, 교신 끝!"

교신 내내, 조종석 전방 방풍창을 통해 밤하늘을 응시하던 헤일 준위가 교신이 종료되자 캐버너 준위 그리고 베커 상사 대위쪽으로 시선을 잠시 보냈다가 다시 거둬 갔다. 그런 뒤, 동료들이 들을 것을 상관하지 않고 중얼거렸다.

"엿 먹어라, 에이브 식스(싱글턴 장군)!"

그 말에 캐버너 준위가 잠깐 미소를 지었다가 지워 버렸다.

*　　　*　　　*

1983년 3월 22일 01시 14분 가이아나 인근 상공

"체크 포인트 브라보!"

헤일 준위가 전방 계기판을 살피면서 입을 열었다. 부조종사인 캐버너 준위 또한 계기를 슬쩍 살핀 뒤, 휴대한 지도를 살폈다. 그리고 곧 그에게서 조종사 헤일 준위가 기다렸던 대답이 나왔다.

"체크 포인트 브라보, 첵! TF380이 강하과정에 들어갈 타이밍이다! 베커, 강하 10분 전!"

두 사람이 확인한 위치 정보 내용은, 이들이 보잉 727기가 가이아나 해안선을 따라 비행하다가 수리남 공역을 앞두고 있는 시점이라는 것이었다. 루시퍼는 현재 고도 3만 5천 피트(10,668m) 상공에서 480노트(시속 770km)로 비행 중이었지만 점차로 고도를 낮추고 속도를 감속시켜, 수리남 국제공항 인근 상공에서 380부대원들의 기체 이탈 과정에 들어갈 계획이었다.

두 조종사들의 뒤편에 앉아 있던 베커 상사가 기내 인터컴으로 함께 탑승하고 있는 미 공군 특수부대인 제24전술단, 일명 '브랜드 X(Brand X)'의 CCT대원들을 호출했다. 그때쯤에는 헤일 준위가 역시, 기내 인터컴을 통해 강하 준비 과정을 탑승자들에게 전달했다.

"강하 10분 전! 강하 10분 전!"

김영천과 이규식은 기내 좌석들 중에서 뒤쪽 좌석에 앉아 있었다. 이들은 헤일 준위의 방송이 전파되기 전에, 이미 비행 시간을 확인하여 마음속으로 '강하 10분 전' 사인을 기다리고 있던 참이었다. 마침내, 그들이 기다렸던 공지가 전파되자, 380부대원들은 신속히 좌석에서 일어나서 좁은 기내 통로에서 대열을 갖추기 시작했다.

55명의 부대원들은 김영천, 이규식의 강하 1조 21명, 김창수 준위의 강하 2조 17명, 노시천 상사와 이준호 상사의 강하 3조 17명으로 편성되었고 이제 각 예비역, 현역 고참조장들의 지시 하에 개인 장비 장착 및 점검에 들어갔다. 여객기에 탑승하기 전 이미 점검을 마쳤지만 강하 직전 시행되는 2차 점검에 대해 누구도 불평하지 않았다.

380부대원들은 서로를 번갈아 도우면서, 각각 우지 기관단총이나 접철식 AK47 소총을 한쪽 옆구리에 고정하고 실탄 500여 발, 수류탄 5발, 그리고 플라스틱 폭약블록, TNT 블록을 수납한 군장이 MTX-1X 고공침투용 낙하산 하네스의 앞쪽 좌우 D링에 잘 걸려 있는지 확인했다.

"17번 이상 무!"

"16번 이상 무~!"

"15번 이상 무!"

곧이어, 각 조의 강하자들이 앞에 서 있는 강하자의 낙하산을 살핀 뒤 보고하기 시작했다.

"5번 이상 무!"

"7번 이상 무!"

"6번 이상 무!"

"6번 이상 무!"

강하자들이 앞 사람의 강하헬멧 뒤쪽을 살짝 때리면서, 서로 다른 조들과 경쟁이라도 하듯 강하 준비 보고를 이어갈 때, 김영천과 노시천, 김창수는 자신들이 이끌 조원들을 차분하게 응시하고 있었다.

김영천의 강하1조 21명은 대통령궁을 기습하는 임무를 가졌고 약간의 시간차를 두고, 그들을 뒤따라 보잉 727기에서 뛰어내릴 김창수 준위의 강하 2조 17명은 통일광장과 대통령궁으로 이어지는 외부 도로의 접수 임무를 그리고 가장 늦게 기체 이탈을 할, 노시천 상사의 강하 3조 17명은 통일광장 일대를 접수하는 임무를 가지고 있었다.

이제 모두 55명의 380부대원들은 727기의 기수 쪽, 조종실 출입문 근처부터 기체의 후미 쪽, 후미 출입문 앞까지 일 열 종대로 쭉 늘어서 있는 상태였다. 이들 고공 침투부대원들은 후미 쪽의 출입문을 통해 계단들을 내려가 블랙홀처럼 보이는 상공에 몸을 날릴 예정이었다.

"캐버너, 강하 6분 전!"

헤일 준위가 인터컴에 공지하자, 이번에도 역시 캐버너가 계기와 지도를 함께 확인한 후 또박또박 복창했다.

"강하 6분 전, 첵! 강하 6분 전!"

캐버너의 공지는 조종실 출입문 쪽에 있던 브랜드X 대원에게 전달됐고 그는 조종실 바깥으로 나갔다. 이미, 헤일 준위의 강하 6분 전 공지가 기내의 380부대원들에게도 전달되었고 이제 브랜드X 대원들과 커비 중사가 이들의 최종 강하준비를 거들 차례였다.

'강하 6분 전' 상황은 380부대의 보잉 727기가 VOR신호를 따라 수리남 영공에 진입했다는 것을 의미했다. 루시퍼는 다른 모든 민간 항공기처럼 VOR의 발신지인 수리남 국제공항의 반경 5~10마일(18km) 상공을 2~3만 피트 고도로 통과할 수 있었다. 3명의 씰 6팀 조종사들은 이제 3기의 제트엔진을 가진 이 거대한 여객기를 수리남 공항의 관제탑, 그리고 수리남군의 지대공 미사일 포대의 의심을 받지 않고 초고공 강하가 가능한 속도로 감속해야 할 단계를 눈앞에 두고 있었다.

이 55명의 강하자들의 집단 기체 이탈이 진행되는 이 단계는 강하자들에게 위험천만했고 루시퍼에 탑승한 모든 미군 승무원들에게도 목숨을 걸어야 하는 상황이었다. 사실, 헤일과 캐버너, 베커가 우려하는 것은 수리남 공항에서 날아오를지 모르는 단거리 지대공 미사일들이 아니었다. 이들 모두는 대개의 경우 3만 5천 피트 이상의 고도에서 480노트(시속 770km) 전후로 비행해야 할 이 거대한 기체를 2만 피트(6,096m), 140노트(시속 300km)까지 감속시키는 단계에 대해 가장 걱정하고 있었다. 강하부대원들의 기체 이탈 시 비행 속도인 140노트는 둘째 치고, 해당 고도에서 200노트의 속도만으로도 사실상, 이 제트여객기의 엄청난 실속 가능성에 노출될 상황이었다. 그럼에도 불구하고 이 실속 속도를 겨우 유지하는 가운데 난기류 혹은 기체의 장애, 고장이라는 변수가 갑작스럽게 찾아오면 보잉 727기는 그대로 수리남의 정글, 산악 지대에 추락할 가능성이 컸다. 비행 패턴이 깨져서, 지상으로 곤두박질치는 상황에서는 거대한 여객기의 엔진들을 최대 출력으로 작동시키더라도 공중 곡예를 하는 소형 비행기처럼 양력과 기체 통제 능력을 회복하여 다시 고도를 높이는 것 자체가 불가능하기 때문이었다.

헤일 준위가 대놓고 오세웅 대령과 김영천에게 말했듯이, 차라리 수리남군과 쿠바군이 운용하는 지대공 미사일이 루시퍼를 향해 발사되는 경우라면 55명의 한국군 특전대원들이라도 기체 바깥으로 탈출할 수 있는 여지라도 있지만 만약, 보잉 727기가 실속하여 떨어지는 경우는 강하자들의 기체 이탈 자체가 불가능한 최악의 상황, 그 자체였다.

그 최악의 상황을 마음속에 새겨 둔 헤일 준위가 두어 번 심호흡을 한 후, 서서히 기체의 비행 속도를 줄이기 시작했다. 매우 조심스럽게 우측에 있는, 스로틀 레버를 작동하는 그의 모습을 캐버너 준위가 말없이 지켜보다가 자신이 대신 인터컴에 공지했다.

"루시퍼가 이제 감속 과정에 들어간다! 고도와 속도 첵! 현재 고도 3만 4천 피트(10,363m), 속도 250노트! 첵!"

"고도 3만 4천 피트, 속도 250노트 첵!"

헤일 준위는 VOR계기를 잠깐 본 뒤, 고도계와 RPM계기를 주시하며 스로틀 레버를 당겼다.

"속도가 240노트 이하로 내려간다! 베커, 적 방공레이더 주파수가 잡히면 바로 알려줘!"

"라저!"

헤일 준위는 천천히 루시퍼의 속도를 줄인 후, 기체의 이상 징후가 있는지 확인했다. 그는 이번에는 캐버너에게 침착하게 지시했다.

"데이브, 1번, 2번, 3번 엔진 출력 상황 보고!"

캐버너 준위는 계기판에 엔진 3개의 RPM 수치들을 살핀 후 곧바로 응답했다.

"1번, 2번, 3번 엔진 이상 무!"

"좋아, 두 번째로 감속 과정에 들어간다."

헤일 준위는 손 안에 가득한 땀을 허벅지 쪽에 닦아 낸 후, 다시 스로틀 레버를 당겼다. 그는 아날로그 RPM계기들의 바늘을 주시하면서 아주 조심스럽게 비행의 흐름을 깨뜨리지 않도록 애쓰면서 감속했다. 속도계의 바늘이 230노트를 가리킬 때쯤, 헤일 준위는 보잉 727기의 양쪽 주익의 플랩들이 얼마만큼 젖혀져 있는지 눈앞에 그리고도 남았다.

캐버너 준위가 때맞춰, 모두가 들을 수 있도록 인터컴에 공지했다.

"현재 고도 2만 6천 피트(7,924m), 속도 230노트!"

헤일 준위는 이마에 땀방울들이 맺히는 것을 느꼈지만 조종간과 스로틀 레버에서 손을 뗄 수는 없었다. 그리고 그때, 루시퍼에 탑승한 모든 대원들이 깜짝 놀라고도 남을 소식이 베커 상사에게서 너무도 침착하게 전파됐다.

"루시퍼가 지상으로부터 방공 레이더파를 받고 있다! 루시퍼가 지상으로부터 방공 레이더파를 받고 있다!"

그가 전파한 내용은, 수리남군과 쿠바군의 지대공 미사일이 만약의 경우를 대비해, 다른 민간 여객기들과 달리 저속으로 비행하고 있는 루시퍼에 대해 '락온(Lock-On: 미사일 조준)'을 걸어 둔 상태를 의미했다.

때맞춰, 캐버너 준위가 수리남 공항의 주파수에 접촉을 시도했다.

"메이데이, 메이데이, 여기는 ATW 231! 여기는 ATW 231! 수리남(국제공항) 컨트롤(관제반)에게 전한다."

그가 말을 마치고 숨을 죽이며 수리남 쪽의 응답을 기다리는 동안에도 헤일 준위는 속도계와 고도계를 주시하면서 조금 더 속도를 줄여 갔다.

"메이데이, 메이데이. 여기는 ATW 231! 수리남 컨트롤 응답하라!"

캐버너 준위가 두 번째로 공항 관제탑을 호출할 때, 헤일 준위는 조종간에서 미세한 진동을 느끼기 시작했다. 그가 보잉 727기의 기체를 실속하지 않을 속도까지 엔진들의 출력과 플랩의 전개 각도를 조정해 나가는 과정에서 발생된 것이었지만, 그리 유쾌한 반응은 아니었다.

"수리남 컨트롤, 왜 ATW 231기가 속도를 줄이면서 하강 중인가?"

유창하지만 약간 어눌한 발음으로 수리남 공항 관제사가 루시퍼의 무선망에 응답해 왔다. 그러자 캐버너 준위가 침착하게 대꾸했다.

"엔진 유압 계통에 이상이 있어서 잠시 점검, 조치 중이다. 비행에 큰 지장은 없지만 잠시 엔진과 연료공급 계통을 점검하고자 최저 비행 속도로 전환 중이다."

대답을 마치고 캐버너 준위는 목구멍 근처에 가득 고여 있던 침을 꿀꺽 삼켰다. 이후로 수리남 관제사가 침묵을 지키자 헤일 준위의 시선이 잠깐 뒤쪽의 베커 상사 쪽으로 향했다. 헤일은 그 상태로 더 감속하지 않고 수리남 쪽의 반응을 기다릴 생각이었다. 그렇지만 그의 마음 한편에서는 무의식적으로 작은 전신주처럼 보이는 형체가 불꽃을 꼬리에 달고 지상에서 솟구치는 장면이 그려졌다.

하지만 그의 무의식적인 우려와 달리 수리남 관제사의 반응은 정반대였다.

"ATW 231기! 원한다면 수리남 국제공항에 임시로 착륙하여 정비하도록 허락해 줄 수 있다."

그 대목에 캐버너 준위의 입가에 미소가 그려졌다가 바로 사라졌다. 그는 노련하게 수리남 국제공항의 제안에 대꾸했다.

"제안은 고맙다, 수리남 컨트롤. 하지만 ATW 231기의 상태가 그 정도로 급박하지는 않다. 현재 항로를 유지하면서 잠깐만 더 고도와 속도를 조절한 뒤, 점검을 마치면 원래의 고도, 속도로 환원할 테니 그때까지 항로를 유지할 수 있도록, 수리남 컨트롤에서 눈여겨 봐주면 고맙겠다. 이상."

"라저, ATW 231기! 이상. 수리남 컨트롤 교신 끝!"

캐버너 준위가 헤일 준위에게 만족스러운 시선을 보내자 그가 다시 감속 과정에 들어갔다. 속도가 180노트까지 떨어지자 캐버너 준위가 엔진들의 출력 상태를 눈여겨보기 시작했다.

"고도 2만 피트 속도 180노트! 첵! 감압 시작한다!"

"라저 댓, 감압 과정 개시!"

헤일 준위의 공지에 캐버너 준위가 계기판에 감압 스위치를 작동시켰다. 그런 뒤 그는 자신의 앞쪽에 있는 조종간을 잡았다. 두 사람이 잡고 있는 조종간들은 서로 연동되어 있기에, 이제 곧 보잉 727기가 실속 직전 속도에 도달할 때, 기체의 진동과 저항을 함께 통제하려는 의도였다.

루시퍼의 기내 감압과정이 시작되고 잠시 후, 헤일 준위는 기체 속도가 140노트(시속 300km)에서 스로틀 레버 조작을 멈췄다. 당연히 보잉 727기 기체는 양 주익의 플랩들을 거의 완전히 젖힌, 비정상적인 출력 비행에 반응하기 시작했다. 그때부터 보잉 727기의 기체가 실속하지 않도록 두 조종사들이 조종간을 온 힘을 다해 붙잡았다. 기체가 현재의 최저 속도로 원하는 방향으로 나아가도록 헤일 준위와 캐버너 준위는 젖 먹던 힘까지 끌어내어, 자신들의 조작에 거세게 저항하는 조종간들을 원하는 위치에 고정하도록 애썼다.

"빌어먹을, 조금 더 앞쪽으로 밀어 봐!"

조종간에 전달되는 거친 진동을 겨우 통제하며 헤일이 캐버너에게 소리쳤다. 그러자 캐버너 준위가 '끙' 하는 소리를 내며 조종간을 앞쪽으로 밀었다.

이때부터는 3명의 씰 6팀 대원들 대신 380부대원들의 목숨을 건 여정이 시작되는 것이었다.

감압 과정에 들어가자 기내에는 뿌연 안개가 생기기 시작했다. 김영천을 비롯한 모든 특전대원들은 기내의 압력 변화를 몸으로 느꼈다. 이들은 이미, 30여 분 전부터 기내에서 제공되는 산소마스크를 통해서 100% 산소를 호흡하여 몸속의 질소를 거의 다 배출한 상태였다. 그러한 조치로 기압 변화에 따라 체내 질소가 끓어올라 온몸이 고통스럽게 되는 상황이 발생하지 않았다.

환하게 비추던 기내 조명들 또한 붉은색 작전용 조명으로 바뀌자 380부대원들은 산소마스크의 튜브를 기내 산소 공급 장치에서 빼냈다. 그리고 그 튜브의 끝을 자신들의 소형 산소통에 연결했다.

"부대 일어~섯!"

최정구 소령이 모두가 들을 수 있도록 소리치자 대원들이 일사불란하게 좌석에서 일어난 후, 통로로 자리를 옮기기 시작했다.

김영천은 그 제한된 조명 아래에 일렬로 서 있는 54명의 특전대원들을 바라보고 있었다. 검정색 강하헬멧과 강하복을 착용하고 고공낙하산을 메고 있는 부대원들이 감압과정이 진행되는 동안 머리를 좌우로 움직이거나 팔과 어깨를 돌려 주면서 몸을 풀고 있는 게 그의 눈에 비췄다.

다소 어두운 조명 아래였기 때문에 대원들이 머리를 움직일 때마다 모든 강하헬멧의 정수리 부분 즈음에 고정되어 있는 초록색, 붉은색 케미컬 라이트들의 빛이 옅은 안개에 산란되었다.

김영천은 손목에 착용한 고도계와 나침반을 확인했다. 감압과정이 마쳐질 때 쯤, 고도계의 바늘은 항공기의 실제 고도인 2만 피트를 가리키고 있었다.

감압 직전에 그와 최정구 소령이 CCT대원에게서 전달받은 수리남의 통일광장 내 상황은 "남서풍, DZ 일대 지상 풍속 초속 6미터, DZ 내 위험 요소 없음"이었다. 대원들을 지켜보던 그는 최정구 소령과 오케이 사인을 교환한 뒤, 몸을 빙 돌려 후미 출입문 쪽으로 향했다.

그곳에는 아직도 DZ쪽의 국군 정보사 요원들과 교신 중인 CCT대원 한 명과 후미 출입문을 개방할 씰 6팀의 알 커비 중사가 서 있었다. 김영천을 그들을 향해 엄지손가락을 쳐들어 보였다.

그러자 커비 중사가 후방 출입문 한가운데 있는 레버를 왼쪽으로 돌린 뒤, 출입문을 안쪽으로 열어 젖혔다. 출입문이 열리는 것과 동시에 계단 공간 쪽에서 엄청난 소음과 진동이 기내로 쏟아져 들어왔다. 이어서 출입구 바깥에 있는, 계단들이 붙어 있는 램프 도어가 C-130 수송기, C-123 수송기처럼 아래쪽으로 개방되기 시작했다.

램프 도어가 개방되면서 기체 바깥에서, 방금 전과는 비교도 될 수 없을 만큼 보잉 727기의 엔진소음이 무지막지한 충격처럼 기내 안으로 쏟아져 들어왔다. 그 소음의 정도는 이를 후방 출입문 바로 앞에서 지켜보는 김영천의 가슴팍을 복싱 선수가 연타로 날려 오는 것과 같은 통증을 야기할 정도였다.

김영천은 심호흡을 하면서 엔진 소음에 신체를 적응시키고자 애썼고 그러한 노력이 효과를 볼 때, 씰 대원이 램프 도어에 붙어 있는 계단을 내려갔다. 잠시 후, 그가 램프 도어가 허공에 개방된 채로, 고정되어 있도록 조치를 취한 후, 다시 계단을 따라 올라왔다.

커비 중사는 김영천에게 엄지손가락을 들어 보인 뒤 출입문의 좌측으로 물러섰다. 다음 순간, 출입문 우측에 있던 브랜드X의 CCT대원이 김영천에게 손가락 하나를 세워 보이며 이들이 공유하는 무선망에 공지했다.

"원! 미닛!(강하 1분 전!)"

김영천은 우측 어깨 너머로 왼손 검지 손가락을 들어 보이며 최정구 소령에게 전달했다.

"1분 전!"

최정구 소령은 동일한 동작으로 다음 강하자에게 그리고 그는 다음 강하자에게 차례차례 1분 전 사인이 전달되어 갔다. 강하자들은 뒷사람에게 1분 전 공지를 전파하면서 앞사람의 등 쪽에 가까이 밀착했다. 각 부대원들이 최대한 밀착하여 더욱더 짧은 시간 안에 보잉 727기 기체에서 이탈하려는 약정된 동작이었다.

김영천은 대열의 끝에 있는 대원에게까지 1분 전 사인이 도착했을 거라 짐작한 때 즈음하여 마침내, 김영천은 후방 출입문을 통과하여 아래쪽, 기체 바깥으로 향하는 계단들을 앞두고 섰다.

그가 서 있는 지점의 바로 오른쪽 위에 강하유도등의 붉은색 등에 불이 들어와 있었다. 김영천은 터질 듯이 뛰는 심장을 애써 진정시키고자 산소마스크 안에서 호흡 조절을 했다. 그리고 그가 평정을 되찾았을 즈음 붉은색 불빛 속에서 자신의 월남인 아내 비엔과 아들의 얼굴, 최연홍의 얼굴이 함께 떠올랐다. 삶에 대한 그의 미련이 너무도 분명하게 느껴지는 순간이었음에도 그는 비장함과 투지를 잃지 않았다.

이윽고, 초록색 강하유도등에 불이 들어오면서 380부대원의 무선망에 CCT대원의 목소리가 울려 퍼졌다.

"고우! 고우! 고우!"

김영천은 그 순간, 짧게 숨을 들이쉬었다. 그러자, 그의 몸 속 모든 모세혈관들 속에 순식간에 아드레날린이 충전되는 것처럼 감지됐다. 그는 심지어 자신의 두 눈에도 잉여의 에너지가 차오르는 것을 느꼈다.

김영천은 늘 그래왔듯, 불 꺼진 영화관 출입구를 들어가는 것 같다는 생각을 하면서 첫 번째 계단 위에 왼발을 힘껏 내딛고 아주 빠른 속도로 오른발로 두 번째 계단을 디뎠다. 그 다음 그는 아래쪽 계단들이 미끄럼틀 바닥이라도 되는 듯 생각하고 앞쪽, 기체 바깥으로 몸을 날렸다.

김영천을 선두로 380부대원들이 계단 몇 개를 딛고 내려오면서 기체 바깥으로 다이빙을 하는 위험천만한 기체 이탈이 시작되었다. 케미컬 라이트들이 각 계단 위에 설치되어 있었기에, 강하자들은 계단 모서리에서 발이 미끄러지지 않고 정확한 도약 자세를 잡을 때까지 실수 없이 계단들을 내려갈 수 있었다.

김영천은 정확한 다이빙 자세로 기체 바깥으로 나오자마자, 우주 공간에 내팽개쳐지는 듯한 느낌이 그를 엄습했다. 그리고 그가 그 느낌을 제대로 인지하기도 전에 그의 두 귀와 숨통을 틀어막는 제트엔진 소리가 그를 삼켜버렸다. 뿐만 아니라, 3기의 제트엔진들이 쏟아 내는 강력한 뜨거운 후류(後流)가 거인의 거대한 발처럼 김영천의 몸뚱이를 여객기에서 멀리 차 버렸다.

김영천에게 있어서 이 순간, 그의 모든 행동은 스스로가 판단, 임기응변하는 것이 아니라 지난 수십 번의 훈련 강하에서 체득된, 반사적인 것이었다.

김영천은 두 팔을 앞으로 반듯이 뻗고, 까마득히 먼 지상 쪽으로 배를 내민 채 기체 이탈을 했다. 기체 이탈 직후, 그의 두 다리와 엉덩이가 그의 머리 위로 넘어가려다가 그가 자세 중심을 잡자 원위치되어 갔다.

김영천이 그렇게 기체 이탈 자세를 잡는 그 짧은 순간, 보잉 727기의 꼬리 쪽에서 벌써 십수 명의 부대원들이 쏟아져 그의 뒤를 따랐다.

김영천은 그 한 번의 공중제비 동안 자신의 머리에 있던 모든 피가 두 발의 발가락들의 끝까지 갔다가 다시, 눈 깜짝할 사이에 머리로 돌아온 것 같다 느꼈다.

한 바퀴를 돌고 그의 배가 지상 쪽으로 향하자 김영천은 재빨리 두 팔과 두 다리를 큰 대(大) 자로 펼쳐서 중심을 잡았다. 그리고 곧 자신이 별빛으로 가득 찬 우주 공간 속을 유영하고 있는 것 같다 생각했다. 그렇지만 현실은, 그의 몸이 시속 200킬로미터가 넘는 속도로 먼 지상을 향해 곤두박질치고 있는 상황이었다.

김영천이 떠 있는 주변 상공은 아직도 727기의 엔진 소리로 시끄러웠고 그의 아래쪽은 두터운 구름층 때문에 지상 상황이 완벽하게 관측되지 않았다.

잠시 후, 그의 주변으로 강하 1조 조원들이 모여들기 시작했다. 그가 자세를 잡고 얼마 되지 않아, 두 사람의 실루엣의 그의 우측에 나타났다. 김영천은 굳이 무선망을 통해 확인하지 않더라도 두 사람 중 한 사람이 최정구 소령이라고 짐작했다. 그의 강하 헬멧 뒤에 자신과 같은 초록색 케미 라이트가 붙어 있었기 때문이었다.

이어서 김영천과 최정구의 강하헬멧에 부착된 초록색 케미 라이트를 참조점으로 더 많은 1조 강하자들이 프리폴 자세를 유지하면서 합류했다. 김영천은 그의 좌우, 전방에 있는 부대원들의 숫자를 얼추 세었고 이들이 대략 십수 명 이상이 된다고 판단했다.

그는 손목의 고도계를 즉시 확인했다. 보잉 727기에서 기체 이탈 직후, 고공 낙하산을 개방하는 타이밍은 고공 침투부대가 얼마나 먼 거리를 활공해 가야 하는가에 달려 있었다. 씰 6팀의 표준 침투 내용에 따르면, 씰 대원들은 대략 3만 5천 피트 상공에서 기체 이탈하여 3초 후, 3만 3천 피트 정도에서 낙하산을 개방, 32~48킬로미터를 활공하여 목표 지점에 접지하는 것이 기본이었다.

그렇지만, 지금 이 순간 380부대는 기체 이탈 지점에서 통일광장까지 11~12킬로미터 정도의 거리를 활공해 가면 되기 때문에 기체 이탈 직후, 낙하산을 개방할 필요가 없었다. 그 덕분에 55명의 강하자들은 어둠 속에서 각 대원들의 케미 라이트 빛을 참조하여 각 조별로 대충 대형을 갖출 수 있는 시간 여유를 가지고 있었다.

김영천의 시야에는 이제 다수의 1조 강하자들의 모습이 들어왔다. 모두 안정적으로 두 팔, 두 다리를 벌린 채 프리폴 자세를 유지하고 있었다. 조금 뒤, 이들 모두가 두터운 구름층을 통과하면서 잠시 그의 시야가 꽉 막혔다. 그동안 자신이 수만 피트 상공에서 지상으로 떨어지고 있다는 사실을 잠시 실감하지 못할 만큼의 묘한 느낌이 그의 오감을 압도했다.

그리고 다시 김영천의 시야가 깨끗해지면서 동료들의 실루엣, 그리고 지상에 오밀조밀하게 모여 있는 불빛들이 나타났다. 김영천이 서둘러 고도계를 확인하자 눈금이 2만 피트 즈음을 가리키고 있었다. 그는 즉시, 조원들의 무선망에 낙하산 개방 신호를 전파했다.

"고도 2만 피트! 개방! 개방! 개방!"

김영천은 좌우, 머리 위를 살핀 뒤 낙하산 립코드를 당겼다. 그러자 등 뒤에서 낙하산 뭉치가 빠져나가는 느낌이 들다가 머리와 몸통 전체를 뒤흔드는 충격이 찾아왔다. 다음 순간, 김영천은 늘 경외감을 가져 왔던 순간을 맞이했다. 직사각형 모양의 낙하산이 펼쳐지면서, 시속 200킬로미터의 속도가 시속 0킬로미터가 되는 짧은 정지 순간이 찾아왔던 것이다.

낙하산이 펼쳐지면서 김영천의 양손은 무의식적으로 조정줄의 손잡이들을 찾아 쥐었고 그의 고개는 위로 향했다. MTX-1X 낙하산의 기공 8개가 완벽하게 부풀어 있는 게 그의 눈에 보였다. 낙하산 개방 상태를 살피는 그의 시야에, 역시 낙하산의 개방 과정이 진행되는 몇몇 대원들의 모습이 먼 위쪽에서 보였다.

약한 달빛에 그가 볼 수 있는 낙하산들만 얼추 10여 개는 되었고 그가 잠시, 몸통 앞에 고정된 군장과 옆구리에 있는 우지 기관단총을 확인한 뒤에 다시 올려다봤을 때에는 더 많은 MTX-1X 낙하산들이 그의 직상방, 직후방 위쪽에 떠 있었다.

김영천은 그의 우측 5~6미터 위쪽에 최정구 소령이 있는 것을 확인한 후, 무선망에서 입을 열었다.

"강하 1조, 개방 보고! 1번 이상 무!"

그가 말을 할 때마다 성대에 밀착해 있는 진동판들이 더 그의 성대를 누르는 느낌이 들었다. 이 시점에서는 "쌩~"하는 들려오는 무서운 바람 소리 대신에 낙하산 천들이 펄럭거리는 소리가 사방에서 들려왔다.

마침내, 강하 1조의 부대원들의 보고가 뒤따라 전파되기 시작됐다.

"2번 이상 무!"

"3번 이상 무! ……12번 이상 무! ……20번 이상 무!"

이후로 한참 동안 21번 강하자의 보고가 없자, 김영천은 어렵게 머리를 움직여 위쪽을 살폈다. 현재 김영천과 최정구를 선두에 두고 나머지 모든 강하자들이 그들의 직후방 위쪽이나 좌우 측면 위쪽에서 활공 중이었는데 김영천의 눈에는 그 모습이 아주 흐릿하게 보였다.

곧 최정구 소령이 직접 개방 보고를 해 오지 않는 대원을 호출했다. 21번 강하자는 활공 대형의 끝에서 앞서 가는 부대원들을 챙겨 주도록 되어 있던 이규식 중사였다.

"21번! 21번! 강하 보고!"

최 소령의 호출에 응답하는 대원은 이규식이 아닌 그의 바로 앞에서 기체 이탈을 했던 이종진 중사였다.

"20번입니다! 21번은 현재 제 우측 후방에서 뒤따라오고 있습니다."

이종진의 응답에 최정구가 바로 지시를 내렸다.

"21번, 만약 무전기가 문제가 생겼다면 약정된 대로 20번에 꼭 붙어서 기동한다! 20번!"

"20번, 카피!"

"21번이 대형에서 이탈하지 않도록 측면에 두고 함께 기동하도록!"

"알겠습니다."

이종진의 대답이 모두가 공유하는 무선망에 울려 퍼질 때쯤, 김영천은 그의 발밑, 까마득히 먼 지상에서 육지의 윤곽을 확인할 수 있었다. 김영천과 1조 강하부대원들의 눈에 물고기의 비늘들처럼 달빛이 수면에서 반짝이는 곳은 바다였고 훨씬 더 까맣게 보이는 암흑 지대는 바로 육지였다.

김영천은 육지 상공에 진입한 강하 1조에 이어, 조금 더 높은 고도에서 이들을 뒤따르고 있을 강하 2조 17명의 활공 대형, 그리고 강하 3조 17명의 활공 대형의 모습을 머릿속으로 그리며 우측 낙하산 조정줄을 움직였다. 15도 정도 즈음에서 불어오는 맞바람으로 인해서 그가 향해 가는 방향이 의도한 방향에서 틀어지자, 각도를 수정하는 조치였다.

그리고 초고공 상공에서 살짝 얼어 있는 김영천의 몸이 풀릴 때쯤에는 21명의 380부대원들이 거의 완벽하게 활공 대형을 이루어서 육지에 진입했다. 이들의 먼 2시 방향에는 통일광장과 대통령궁 쪽에서 밝히는 빛이 역시, 완벽한 방향 참조점 역할을 수행하고 있었다.

1983년 3월 22일 01시 32분 수리남 파리마리보 통일광장

황석현과 김동욱은 작전이 개시되기 반나절 전부터 통일광장과 그곳 너머의 대통령궁 일대를 주시해 왔다. 두 사람은 20여세대 이상이 거주하는, 낡은 유럽풍 건물 꼭대기에서 수일 째 은신해 왔었다. 채강호 소령과 이철재 준위가 긴급 상황을 전파한 뒤로, 두 사람은 아파트 천장에 숨겨진 공간으로 기어 올라가 숨죽이며 오늘 이 순간을 기다려 왔던 것이다.

무전기로 작전 개시에 대한 지시가 하달된 뒤, 두 사람은 천장에서 방으로 내려와 본격적으로 감시 임무를 수행했다. 이들의 아파트 방 창문에서는 통일광장과 그 너머의 대통령궁이 한 눈에 들어왔기 때문에 굳이 위험을 무릅쓰지 않고도 작전 지점 전체를 실시간으로 감시, 보고가 가능했다. 방 안의 창 쪽에서 통일광장의 한가운데까지의 직선거리는 불과 200여 미터 정도였기 때문에, 이들의 관측 장소는 전술적으로 최적의 위치였다. 채강호 소령은 자신의 공작팀이 이곳에 도착하기 수 주 전에 이 방을 확보하는 데 굉장한 공을 들인 것도 이 낡은 아파트의 위치상의 이점이 큰 이유였다.

황석현 준위는 채강호의 공작 팀이 파리마리보에 들어오기 열흘 전에 사전 포섭한 일본인 원양 어업선으로 들어와, 미리 확보된 아파트 방에 사람들의 눈을 피해 들어와 지냈었다. 그렇게 몸을 숨기고 있던 그에게 채강호와 이철재의 철수 직전, 김동욱 상사가 중요 무선장비들을 챙겨, 역시 아파트 내 거주자들의 눈을 피해 합류했고 이제 이들에게 결전의 시간이 다가오고 있었다.

김동욱 상사가 새트컴을 통해 '루시퍼'에 탑승한 미군 CCT대원들과 그리고 파나마의 전진기지와 최종 교신을 마친 뒤, 두 사람은 서로를 쳐다보고 실감이 나지 않는 듯한 표정을 교환했다. 그리고 얼마 뒤, 이들의 보낸 최종 풍속과 풍향 보고에 따라, 보잉 727기에서 380부대원들이 기체 이탈을 시작했다는 보고를 받은 후 황석현은 창가 앞으로 옮겨 둔 테이블 위에서 7.62밀리 M21 저격소총을 조립했다. 그는 정보사의 극비 공작부대는 물론, 전군에서 다섯 손가락 안에 드는 저격수로서 380부대의 통일광장 내 접지까지 광장과 대통령궁 울타리 쪽의 모든 위협 요소를 즉시 제거하는 임무를 수행할 예정이었다. 그리고 공군 CCT 와 한미 연합특전팀의 통신부사관 출신의 김동욱 상사는 장거리 교신용 AM 무전기와 미제 위성중계 무전기인 새트컴을 동시에 운용하면서 역시, 380부대의 안전한 접지와 파나마 전진기지에 상황 보고를 하는 임무를 수행하도록 되어 있었다.

황석현은 저격소총에 7.62밀리 철갑탄들이 들어 있는 탄창을 끼워놓은 뒤, 긴 한숨을 내쉬었다. 그런 뒤, 양쪽의 커튼으로 일부를 가려 놓은 창문과 창문 사이로 총구를 들이밀었다. 그는 조심스럽게 창틀 위에 저격소총의 양각대를 올려놓고 천천히 야간 조준경 쪽으로 우측 눈을 들이밀었다. 곧 통일광장과 광장 주변의 차도, 차량들, 가로등이 차례로 그의 초록색 시야에 들어왔다.

황석현은 풍속과 풍향을 계산하여 야간조준경의 좌우 십자선과 상하 십자선의 조정나사들을 조작했다. 그런 뒤, 새롭게 조정된 십자선을 통해 광장 안에 있는 위협 대상들을 2차로 확인하기 시작했다.

이들이 은폐하고 있는 아파트 건물의 바로 앞에는 왕복 2차선 차도가 있었고, 무릎 높이의 차도 울타리를 넘어가면 통일광장이 시작되었다. 축구장 3개 넓이의 통일광장은 작은 벽돌 블럭들을 바닥에 깔아 둔 파리마리보의 상징적인 공간이었는데, 두 사람이 내려다보는 앵글에서 통일광장의 좌우는 2~3층 주택들이 빼곡히 서 있는 민간인 지역이었으며 광장 너머는 대통령궁 지대였다.

대통령궁 사방에 설치된 담벼락 너머에는 넓은 이파리들을 가진 활엽수들이 심어져 있어서 광장 쪽의 주택 지대에서는 궁 안을 볼 수 없었지만, 현재 55명의 낙하산 침투요원들에게는 오히려 그 점이 침투 성공 가능성을 높여 줄 요소였다.

다행히 황석현이 유사시, 제압해야 할 대통령궁의 정문 경비초소는 그의 조준경 안에 들어왔다. 정문 경비초소 근처의 경비대의 숙소 또한 작전의 위협 요소이지만 380부대의 강하 1조 병력이 지상에 접지하는 데 방해가 되지 않는다면, 그쪽 수리남군은 강하 1조의 몫이었다.

이 외의 위협 요소로써, 한 시간에 한 번씩 50구경 중기관총을 장착한 미제 윌리스 지프 한 대가 통일광장과 주택가 도로들을 순찰하고 다녔는데 황석현은 그들을 가장 신경 쓰이는 대상으로 여기고 있었다.

"김 상사, 지프가 나타났는데 내가 인지 못 하면 바로 알려줘."

"알겠습니다."

황석현은 조준경 접안렌즈 쪽에서 시선을 떼며, 참았던 숨을 내쉬었다. 그리고는 다시 광장의 우측 구석쯤에 있는 궁 정문 쪽을 육안으로 주시했다. 정문 초소에 있는 4명의 수리남군들의 모습을 뚫어지게 응시하면서 그곳까지의 거리를 가늠하며 만약의 경우, 380부대원들 대신 그들을 쓰러뜨리는 상황을 머릿속으로 그려 봤다.

두 사람은 약한 달빛과 나트륨등들이 비치는 통일광장과 대통령궁에 이제 곧 폭풍이 다가올 것을 아직도 실감하지 못한 채 자신들의 임무를 수행하기만 했다.

*   *   *

1983년 3월 22일 01시 50분 수리남 국제공항 상공

김영천은 그의 좌측에서 측풍이 불어오자 왼쪽 낙하산 조정줄을 당겨서 낙하산의 진행 방향을 좌측으로 바꿨다. 그렇게 방향을 수정한 후 잠시 뒤, 우측 방향으로 향하던 그의 낙하산이 정면으로 진행하기 시작했다.

워낙 조용한 상태라서 그는 그의 후방 위쪽에서 그와 동일한 조치를 취하는 대원들의 낙하산 천이 펄럭이는 소리까지 들을 수 있었다. 비교적 안정적으로 비행이 이어지자 그는 다시 지상 전경을 살폈다. 김영천은 다른 대원들처럼 숨을 참은 채 지상을 주시했는데 이들은 지금 수리남 국제공항 근처 상공을 통과하고 있었다.

강하 1조의 특전부대원들은 최초 활공대형을 유지한 채, 시속 15~16킬로미터의 속도로 대략 6천 피트의 고도로 수리남 국제공항의 남쪽 활주로 근처를 지나가고 있었다.

모든 380부대원들은 활주로, 유도로 일대의 조명 장치들에서 근처 상공으로 산란되는 불빛 덕분에 잠들지 않고 깨어 있는 적군이 무심코 고개만 들더라도 자신들을 발견할 수 있다고 확신했다. 그 때문에 강하자들의 움직임은 조심스러웠다.

김영천은 먼 지상의 7시 방향에 있는 건물 근처에서 서너 명의 사내들이 아주 작은 개미처럼 움직이는 것을 지켜봤는데 그들의 모습은 크기가 작아도 괴상하게 보일 정도로 입체감이 있었다. 마치, 그의 시야에 들어와 있는 자신의 왼발로 그들을 밟아 버릴 수 있을 것처럼 분명하게 보였다. 곧 그들 쪽으로 지프 한 대가 와서 그들을 탑승시켰는데 지프가 다시 향하는 곳이 하필이면 강하 1조가 날아가는 방향과 거의 평행선을 그렸다.

김영천은 낙하산 조정줄을 잡은 두 손에 힘을 꽉 준 채, 고개를 우측 위로 돌렸다. 거대한 곤충의 대가리처럼 보이는 최정구 소령의 머리가 잠시 전, 그가 주시했던 적군의 지프 쪽으로 고정되어 있는 것이 보였다. 김영천이 머리를 더 뒤쪽으로 젖혀 최정구 소령의 위쪽 강하자들을 응시하자 그들의 시선 또한 지프 쪽으로 향하고 있는 게 보였다.

이들 강하자들 중에 누가 큰 소리를 내거나 누군가의 장비 결속끈이 끊어져서 총기나 군장 따위가 먼 아래쪽 활주로 위로 떨어진다면 지프 안의 수리남군들은 즉각 380부대원들의 활공 대형을 발견하고도 남을 상황이었다.

김영천은 산소마스크 안에서 쓴웃음을 지으며 고개를 원위치시켰다. 3~4분 정도가 지나자 김영천의 발밑에는 이제 정글 지대가 시작되었다. 강하 1조가 발각되지 않고 공항 지대를 통과하여 이제, 잠시 후 나트륨등들이 쭉 늘어서 있는 강변도로 상공을 앞두게 되었다.

그때쯤에 온몸에 힘에 들어간 채 허공에 오랫동안 떠 있던 그가 몸 이곳저곳에서 통증을 느끼기 시작했다. 아직 5~6킬로미터 정도의 거리를 더 활공해야 하기 때문에 김영천은 조심스럽게 두 발을 서로 부딪치고 무릎 쪽, 허벅다리 쪽을 움직였다. 그러한 조치가 하네스 벨트들 때문에 원활하지 않았던 혈액순환이 재개되었다.

김영천은 고도를 한 번 확인한 후, 강하부대원들의 무선망에 공지했다.

"전 대원~! 확인점 '델타(D)' 확인! 확인점 '델타' 확인! 확인점 '에코(E)' 까지 남은 거리 5클릭(km), 확인점 '에코' 까지 5클릭! 이상!"

그의 공지에 최정구 소령부터 메시지 접수 보고가 시작되었다.

"2번 접수! 3번 접수! 4번 접수! 5번 접수!……19번 접수!"

마지막으로 이종진 중사의 보고가 뒤따랐다.

"20번과 21번 접수!"

김영천은 무의식적으로 옆구리에 고정해 둔 우지 기관단총을 한 번 살핀 뒤, 다시 지상을 주시했다. 공항을 경유하여 수리남의 수도 파리마리보로 이어져 있는 강변도로가 도로 한쪽에 늘어서 있는 가로등 불빛 덕분에 보이기 시작했다.

이제 강하 1조는 도로를 따라 민간인들의 주택 지대 안에 위치한 통일광장까지 5킬로미터 미만의 거리를 남겨 두고 있었다.

그러나 잠시 후, 김영천은 강하 1조의 위치에서 먼 10시 방향의 정글 지대 상공에서 벼락이 치는 것을 관측했다. 그는 부디 스콜과 같은 예측 못한 기상 상황이 닥쳐오지 않기를 간절하게 바랐다. 그와 다른 강하부대원들에게는 벼락을 동반한 스콜뿐만 아니라 이들의 비행경로 자체를 흐트러뜨릴 수 있는 짙은 비구름 또한 가장 두려운 변수였는데 열대 지방 상공에서는 그와 같은 일이 수시로 일어난다고 귀가 닳도록 들었다.

그의 걱정이 매우 현실적이라는 것을 증명이라도 하듯이 몇 가닥의 노란 섬광 줄기들이 또다시 먼 정글 지대 상공에서 깜빡하고는 사라졌다. 김영천은 이제 허공 속을 미끄러지듯이 전진하는 자신과 동료들의 활공 속도가 스콜을 몰고 오는 구름의 속도보다 더 빠르기를 간절히 바라기 시작했다.

*   *   *

1983년 3월 22일 02시 17분 수리남 파리마리보 통일광장

황석현은 저격소총의 조준경 접안렌즈 쪽에 뿌옇게 김이 낄 정도로 긴장한 상태를 유지했었다. 그는 종종 렌즈 쪽을 손수건으로 닦아 줘야만 통일광장과 대통령궁 정문 쪽을 감시할 수 있었다.

두 정보부대원이 380부대원들의 접지 지점 일대를 감시한 지 한참의 시간이 흐른 뒤에, 마침내 야시경으로 인근 상공을 살피던 김동욱 상사가 황석현의 귓가에 속삭였다.

"황 준위님, 드디어 나타났습니다."

황석현이 육안으로 밤하늘을 살피자 황석현이 야시경을 그에게 건네주며 말을 이었다.

"강변도로 쪽 상공입니다. 고도가 대략 600미터 이상입니다."

황석현은 야시경을 그의 위치에서 멀리 떨어져 있는 1시 방향 상공 쪽으로 쳐들었다. 그리고 잠시 뒤, 초록색의 거친 화상 안에 흡사 작은 박쥐처럼 보이는 강하자들의 모습이 잡혔다. 380부대원들은 강변도로 상공에서 통일광장 쪽으로 진입하기 전에 자신들의 여유 고도를 해결하는 '고도 처리' 과정에 들어가 있었다.

선두에 있는 강하자가 만드는, 넓은 나선형의 진로를 따라 십수 명의 강하자들이 뒤따라 활공하고 있었는데 30여 초 정도의 시간이 지나자 그들은 통일광장의 먼 우측 상공에서 지상 쪽으로 반듯한 대각선을 그리며 하강하기 시작했다.

황석현은 서둘러, 야시경을 김동욱에게 건네주며 말했다.

"지금 광장 안으로 접지하기 시작한다. 난 대통령궁 경비초소 쪽을 맡을 테니 김 상하는 광장 주변과 주택가를 살펴!"

하지만 김동욱은 그가 기대했던 대답 대신 말없이 광장에서 강변도로로 이어져 있는 도로 쪽을 검지 손가락으로 가리켰다. 그곳으로 시선을 보낸 황석현은 소스라치게 놀랐다. 그쪽에서 50

구경 중기관총을 장착한 지프가 나타났기 때문이었다.

"젠장, 왜 하필 지금이야?"

황석현은 서둘러 새로운 사격 각도를 잡고자, 저격소총을 아예 쳐들고 그의 3시 방향에 총구를 겨눴다. 김동욱 상사는 야시경을 통해 380부대의 강하대형 선두가 강변도로 쪽에서 통일광장 쪽으로 고도를 낮추며 진입하는 것을 지켜봤다.

자칫 잘못하면 강하부대원들이 통일광장 바닥에 접지하기 시작할 때, 이들의 바로 등 뒤쪽에서 수리남군의 순찰용 지프가 합류할 것만 같은 상황이었다. 다급해진 김동욱이 물었다.

"강하자들의 고도가 300미터도 안됩니다. 적들을 제거할 겁니까?"

황석현은 숨을 참고 이미, 지프의 중기관총 사수를 정조준하고 있었다. 그의 총구와 지상의 지프까지는 직선거리로 170여 미터 정도 되었기에 그는 여차하면 중기관총 사수, 지프 운전병 그리고 무전병까지 단 번에 쓰러뜨릴 참이었다. 그는 한 발을 쏘고 다시 장전손잡이를 당겨야 하는 볼트장전식 저격소총보다 반자동 사격이 가능한 M21을 선호하는 자신의 선택에 감사했다. 그러한 생각을 곱씹으며 그는 방아쇠 면을 따라 손가락을 위아래로 움직였다.

황석현은 김동욱의 거친 숨소리를 들으면서도 평정심을 잃지 않고자 애썼다.

"선두 강하자의 고도 200미터가 조금 넘습니다. 정확히 광장의 동쪽(우측)에서 진입할 것 같습니다. 아마 저쪽(강하 1조)도 지상의 적 지프를 발견했을 겁니다. 어떻게 하시겠습니까?"

김동욱의 보고를 들으며, 황석현은 총구를 지프 쪽에 고정한 채, 고개를 살짝 쳐들어서 육안으로 보일 듯 말 듯한 강하부대원들의 위치 그리고 광장 안, 지프의 위치를 확인했다. 지프의 조수석 앞쪽과 50구경 중기관총이 장착된 거치대 쪽에서 소형 서치라이트가 광장 이곳저곳을 비추었지만 지프는 의외로 빠른 속도로 광장을 우에서 좌로 횡단하고 있었다.

황석현은 지프의 이동 속도를 가늠한 뒤, 다시 시선을 낙하산에 강하자들 쪽으로 보내 그들이 떨어지는 속도와 비교했다. 황석현은 거의 무의식적으로 지프의 이동 방향을 저격소총의 총구로 그대로 따라갔지만 이제 그의 시선은 조준경이 아닌 우측 상공 쪽에 고정되어 있었다. 그는 짧은 한숨을 쉬며 말했다.

"강하자들이 접지하기 전에 놈들의 지프가 광장 바깥으로 나갈 거야. 어때, 김 상사?"

김동욱은 말없이 고개를 끄덕이고는 야시경으로 이제 광장을 빠져나가 광장 좌측의 주택 지대로 들어가는 지프를 살폈다.

"김 상사, 혹시 지프가 돌아올지 모르니 정신 바짝 차려. 난 대통령궁 정문을 살핀다."

"예."

황석현은 이마의 땀을 훔치고는 다시 저격소총의 양각대를 창틀 위에 올려놓고 대통령궁 정문초소를 주시했다. 주간에는 초소 안팎에서 4~5명이 근무를 서고, 최소 6명이 광장과 접해 있는 대통령궁 담벼락을 따라 순찰을 도는 것과 달리 야간에는 4명의 경비병들이 초소 안에서 주사위들을 던지는 도박을 하고 있었고 궁 외곽을 담당한 도보순찰 병력은 궁 안에서 근무를 서는지 보이지 않았다. 이는 황석현이 처음 수리남에 잠입했던 밤과 똑같은 상황이었다.

황석현은 초소 내부를 창문을 통해서 조심스럽게 확인했다. 무언가 놀이에 집중하고 있는 경비병들은 계속해서 자신들의 일에만 열중하고 있었다. 그는 아무런 이상 징후가 없음을 확인한 뒤, 미소를 지었다. 수리남군 경비병들이 모두 정문을 통해 광장으로 나오지 않고서는 광장 안에서 일어날 일들을 두 눈으로 확인하기 어려운 상황이었다. 이제, 황석현은 대통령궁의 기습작전에 대해 성공을 확신하기 시작했다.

김동욱 상사의 이어지는 보고는 그의 생각을 더 분명하게 해줬다.

"강하1조의 1번 강하자가 이제 광장 상공으로 진입합니다."

황석현은 통일광장 안으로 접지하는 특전부대원들을 지켜보고 싶은 마음을 겨우 인내하면서 대통령궁 안의 수리남군들을 주시했다.

* * *

1983년 3월 22일 02시 20분 수리남 파리마리보 통일광장

김영천을 비롯한 모든 강하자들은 잠시 전까지만 하더라도, 지상에서 주행 중이었던 수리남군의 지프 때문에 초긴장 상태에 있었다. 김영천과 최정구 소령은 접지 전에 지상을 향해 권총 사격을 가해야 하는 상황을 급작스럽게 고민하는 상황이었지만 다행히 상황이 그 정도로 꼬여 가지는 않았다.

안도의 한숨을 쉰 후, 강하자들은 원래의 하강 코스를 따라 통일광장 안으로 허공을 미끄러지듯 하강해 갔다.

김영천은 접지를 앞두고, 건물과 담벼락, 벤치 등 지상의 모든 것들이 갑작스럽게 입체감을 가지고 가까워지는 것에 아주 잠시 긴장했다. 그러나 수많은 야간 강하훈련에서 체득된 제2의 본능이 그로 하여금 반응하게 만들었다.

김영천은 허공에서 두 다리를 좌우로 크게 움직여서 굳어져 있던 다리의 감각을 되찾았다. 그러고 나서 통일광장이 동쪽에서 서쪽으로 바람을 타고 하강해 들어오며 정확하게 통일광장 한복판을 접지 방향으로 정했을 때, 하네스의 양쪽 링에 걸려 있던 군장을 빼냈다. 그러자 그의 몸통 앞에 고정되어 있던 군장이 긴 결속끈을 늘어뜨리며 발밑으로 떨어졌다가 끈이 팽팽해지자 매달렸다.

그때, 김영천은 100미터도 안 되는 고도에서 통일광장의 남쪽의 민간인들이 거주하는 건물들 그리고 광장 건너 맞은편에 있는 대통령궁 건물을 확인할 수 있었다. 광장과 대통령궁 일대의 가로등들이 충분한 조명을 제공해 주는 우호적인 상황이었으므로, 김영천은 자신과 동료 강하자들이 별다른 어려움 없이 접지할 수 있다고 생각했다.

광장 상공과 광장 안에는 정보사 요원들이 긴급 상황시 사용하도록 되어 있던 수타식 조명탄이나 조명 수류탄이 일대를 밝히고 있지 않았다.

김영천은 오감을 통해 접수되는 모든 것들과 상념을 접고 광장 바닥에 두 발을 딛는 과정에 집중했다.

"1번이 접지 과정에 들어간다! DZ 상황 양호! DZ 상황 양호!"

김영천은 교신을 마치고 숨을 크게 들이켰다. 그리고 낙하산 조정줄을 양손으로 당겼다 풀어주는 것을 반복함으로써 하강 속도를 조정했다. 잠시 전까지만 하더라도, 천천히 가까워졌던 지상의 전경이 이제는 눈을 한 번 깜박일 때마다 훨씬 더 빠른 속도로 가까워졌다.

김영천은 능숙하게 양쪽 낙하산 조정줄을 아래쪽으로 힘껏 당겼다. 그러자 허공으로 치솟는 듯 가까워졌던 광장 바닥이 잔잔한 수면처럼 보이기 시작했다.

"퍽!"하는 소리와 함께 김영천보다 그의 군장이 먼저 광장 바닥에 떨어졌고 다음 순간, 그는 그 회색 수면 위를 미끄러지듯이 전진해 나아가다가 두 발이 광장 바닥에 닿았다. 그의 접지 지점은 광장의 한복판에서 약간 동쪽에 가까운 지점이었다.

"후~! 1번 접지!"

김영천은 긴장된 시간이었지만 한편으로는 너무도 지루했던 체공 시간이 끝나는 순간 잠시 강한 아드레날린에 압도되었다. 바로 뒤따라 접지할 대원들을 위해, 그는 광장 바닥으로 떨어지는 낙하산을 끌고 대통령궁 방향으로 수 미터를 달려 나갔다. 김영천은 적당한 위치를 잡자마자 하네스를 벗어 내는 대신, 캐노피를 분리하는 고리를 힘껏 당겨서 낙하산을 몸에서 떼어 냈다. 그런 다음, 옆구리에서 우지 기관단총을 빼내 경계 상태에 들어갔다. 그가 한쪽 무릎을 꿇은 자세로 그의 위치, 우측 60~70미터 거리에 있는 대통령궁 담벼락을 주시할 때 잠시 후, 동일한 조치를 취한 최정구 소령과 권용한 중사가 그의 곁에 합류했다.

이들의 머리 위에서 낙하산 천이 펄럭거리는 소리가 계속해서 들려왔고 그때마다 한 명, 두 명이 광장 한복판에 접지했다. 무선망을 통해 귓가에 들려오는 강하자들의 접지보고를 듣다가, 김영천이 잠시 어깨 너머로 후방을 살피자, 이미 10여 명 이상의 380부대원들이 지상에 접지하여 AK 소총과 군장을 확보하는 모습이 보였다. 지상에 접지한 대원들은 광장의 한가운데 지점에서 최대한 거리를 두고 각자 약정된 구획을 경계했다.

곧 강하 1조의 마지막 강하자인 이종진 중사가 무선망에 접지보고를 전파했다.

"20번과 21번이 접지했다, 강하 1조 접지 과정 끝!"

김영천이 고개를 돌려 좌우, 후방을 살피자 이미 광장 한가운데는 텅 비어 있었다. 몇 초 전까지만 하더라도 접지한 부대원들이 총기와 장비를 챙기거나, 낙하산들을 정리하느라 분주했던 모습들이 눈 깜짝할 새 사라져 버린 것이었다.

21명의 강하1조 부대원들은 광장 전체를 둘러싸듯 배치되어 있는 벤치들과 동상들, 활엽수 화단들 쪽으로 소리 없이 이동하여 경계 위치를 확보하던 중이었다.

김영천과 최정구 소령은 이규식이 이들 쪽으로 합류하자 역시, 몸을 숨기고자 6~7미터 전방에 있는 벤치 쪽을 향해 달려갔다. 그러나 벤치 앞 즈음에 도착하는 순간 김영천은 소스라치게 놀라, 기관단총을 쳐들었다. 벤치 위에 누군가 누운 자세로 그들을 주시하고 있었기 때문이었다.

다른 대원들의 반응을 살필 겨를도 없이 김영천은 우지 기관단총을 겨누며 벤치 쪽으로 다가섰다. 그리고 벤치를 1미터 정도 두고 무릎쏴 자세를 취할 때, 김영천은 황당한 상황에 어찌할 바를 몰랐다.

벤치 위에는 그의 코를 찌르는 술 냄새를 풍기는 남자가 누워 있었다. 까만 피부의 수리남 노인은 둥글게 말아져 있는 침낭을 쿠션으로 삼아, 몸을 옆으로 해서 누워 있었다. 그는 술병을 입가에 들고 있는 상태에서 김영천 일행이 자신 쪽으로 접근하는 것을 지켜봤지만 아무런 반응을 보이지 않았다. 김영천은 그를 향해 총구를 겨누고 있었지만 그가 아무런 돌발 행동을 하지 않을 것임을 곧 깨달았다. 벤치 아래쪽에는 이미 두 세 개의 빈 술병들이 뒹굴고 있었고 숨을 쉴 때마다 독한 럼주 냄새를 풍기는 그 노인이 이미 만취 상태임을 파악하고도 남았다.

기묘한 분위기가 두 사람 사이에 이어졌고 꼼짝 않고 김영천과 시선을 마주하던 취객이 긴 트림을 했다. 그리고는 김영천을 향해 한 손으로 들고 있는 술병을 건배를 권할 때처럼 슬쩍 쳐들어 보였다.

김영천은 미간을 찡그리면서 총구를 거뒀다. 그리고 그 노인이 볼 수 있도록 천천히 검지 손가락을 자신의 입가에 위치시키며 "쉿~!" 하고 큰 바람 소리를 냈다.

잠시 뒤, 최정구 소령의 목소리가 무선망에 들려왔다.

"강하 2조가 광장에 진입한다. 각자 경계 구획을 확실히 확보하라!"

김영천은 고개를 들어, 광장의 먼 2시, 3시 방향을 살폈다. 육안으로는 보이지 않았지만 그가 서둘러 AN/PVS-5 야시경을 착용하자 강하 2조의 특전부대원들의 모습이 진한 초록색 점들로 포착됐다. 강하 2조가 풍향과 풍속을 고려하여 선정한 활공 진로는 강하 1조와 거의 비슷했다. 최초, 활공 진로에 있어서 모든 380부대원들은 강변도로 일대의 가로등 불빛들을 참고로 통일광장 근처까지 기동하기로 되어 있었기 때문에 강하 2조, 강하 3조의 모든 강하자들은 김영천이 하강해 온 진로로 광장까지 오는 것이 당연했다.

1번 강하자인 김창수 준위가 노련하게 고도처리를 한 후, 광장으로 진입하는 진로를 개척하면서 하강 중이었고 그 뒤를 2조 강하자들이 차례로 뒤따르고 있었다. 그는 그들의 모습뿐만 아니라, 1시 방향의 훨씬 더 높은 고도에서 역시 나선을 그리면서 고도처리 중인 강하 3조 대원들까지 발견했다.

김영천은 강하 3조가 하강 중인 허공을 가리키며 나지막이 속삭였다.

"강하 3조가 1시 방향에서 고도처리 중이다! 전 대원, 긴장 풀지 말고 정신 똑바로 차리고 경계하라!"

김영천은 손바닥에 가득 묻어 있는 땀을 전투복 바지에 닦아내고 다시 대통령궁 쪽을 주시했다. 궁을 에워싸고 있는 담벼락 너머에는 담벼락보다도 키가 큰 열대 수목들이 서 있었기 때문에 궁 내부에서 광장 안 상황을 관측하기 어려웠지만 그 점은 380부 대원들의 입장에서도 마찬가지였다.

강하 2조 병력은 강하 1조가 접지했던 시점에서 5분 정도 시간차를 두고 통일광장 안에 접지했다. 2조 강하자들은 수많은 강하 훈련에서처럼 미끄러지듯 광장 한가운데로 들어와서 낙하산을 완벽하게 제동하며 접지에 성공했다.

"퍽! 퍼퍽! 퍽!"

광장 안이 워낙 조용했기 때문에 강하자들의 두 발이 광장 바닥에 닿기 전, 그들의 발밑에 매달린 군장들이 바닥에 떨어지는 소리가 연속해서 들려왔다. 김영천은 그때마다 가슴이 쿵쾅거렸다. 혹시라도 그의 먼 우측, 대통령궁 정문 쪽에서 이 낯선 소리에 반응할까 조마조마했기 때문이었다.

접지를 마친 강하 2조 병력은 낙하산을 약정된 곳에 던져 놓고 대형을 갖춰 통일광장에서 강변도로 방향으로 달려가기 시작했다. 그들이 광장을 벗어난 다음 주택가를 관통하는 좁은 시내 도로를 통해 강변도로까지 도달하는 데에 허락된 시간은 5분이었다.

강하 과정에서 문제가 있었던 2조는 총원 17명 중 16명이 1조 조원들의 엄호 하에 무사히 접지를 마쳤고 잠시 후, 그들은 광장에서 보이지 않는 자신들의 엄호 위치로 사라졌다.

그리고 그때쯤 강하 3조 병력이 차례차례 통일광장 안으로 접지하기 시작했다. 3조의 강하자들은 다소 강한 바람을 등지고 들어왔기 때문에 감속하는 데 애를 먹었지만 접지 과정은 강하 2조의 대원들처럼 2~3분도 안 되는 시간에 완료시켰다.

강하자들 중 한 명이 방향을 잘못 잡아서 광장 구석에 있는 야자나무들 쪽으로 처박힌 것을 제외하고 나머지 강하자들은 안정적으로 접지 과정을 마쳤다.

잠시 후, 대통령궁 방향으로 이어지는 시내 도로와 강변도로의 교차점을 접수한 강하 2조의 메시지가 김영천과 최정구에게 전파됐다.

"강하 2조, 임무 지점 접수, 현 상황 이상 무! 이상."

곧 강하 2조의 보고를 의식했는지 노시천 상사의 목소리가 바로 뒤따라 무선망에서 튀어나왔다.

"강하 3조, 접지 과정 완료. 총원 17명 현 시간부로 경계 위치를 인계받겠다, 이상."

최정구 소령은 짧은 안도의 한숨을 내쉬고 김영천을 향해 고개를 두어 번 끄덕여 보였다. 그런 뒤, 새트컴을 휴대하고 있는 권용한에서 새트컴 송수화기를 넘겨받아 파나마의 전진기지에 교신을 시도했다.

그동안 1조 병력들은 자신들의 최초 경계 위치를 강하 2조 병력들에게 넘겨주고 광장 북쪽, 대통령궁 근처로 모여들었다. 김영천은 부대원들이 소리 없이 집결, 도로 건너편의 대통령궁 담벼락을 따라 넓은 일렬횡대로 포진하는 것을 지켜봤다.

잠시 후, 싱글턴 장군과 직접 교신하는 최정구 소령의 목소리가 김영천과 몇몇 부대원들의 귓가에 들려왔다.

"라저 댓! 엑서큐트! 엑서큐트! 엑서큐트! 오버 앤 아웃!(알겠다, 작전 개시! 작전 개시! 작전 개시! 이상 교신 끝!)"

교신을 마친 최정구가 무전기 송수화기를 권용한에게 건네주면서 김영천을 응시했다. 김영천은 성대마이크 위에 손을 살짝 얹혀 놓고 또박또박 말했다.

"전 대원, 공격 위치에서 신호를 기다린다. 다시 말한다, 전 대원, 공격 위치에서 신호를 기다린다."

김영천과 최정구, 이규식과 몇 명의 대원들은 야간투시경을 착용한 채 각자의 다른 임무를 부여받은 부대원들의 기습 직전 준비 상태를 점검하고 있었다.

어둠 속에서 RPK 기관총을 조립하는 대원들이 있었고 몇몇 대원들은 M72 대전차 로켓발사기들의 튜브(발사기 몸체)의 양쪽 끝부분이 접지 충격에 찌그러져 있는지 일일이 손끝을 만져서 확인했다.

최정구 소령은 야시경을 통해서 대원들의 전투 준비 상태를 차분하게 지켜보고 있었다.

대통령궁을 향해 진격할, 21명의 380부대원들은 일렬횡대로 넓게 포진하여 있었다. 그들은 한쪽 무릎을 꿇거나 응용포복 자세로 먼 2시 방향, 50여 미터 거리에 있는 궁 정문 쪽을 주시했다.

이윽고 최정구 소령이 자리에서 벌떡 일어났다. 그는 좌우에 대원들을 훑어본 후 대형 좌측에 있는 6명의 대원들을 향해 한 팔을 쳐들었다. 그들은 경기관총과 66밀리 대전차 로켓발사기를 휴대한 병력들로서 대통령궁 정문초소와 초소 맞은편의 경비대 막사를 제압하는 병력들이었다.

김영천은 시선은 최정구 소령에게 고정한 채, 자신의 우측에 있는 대원들을 향해서는 한 팔을 들어 보였다. 이들은 김영천과 함께 대통령궁 건물에 진입할 대원들이었다.

김영천은 숨을 참고 최정구의 오른손을 올려다봤다. 그는 심장이 터질 듯이 뛰고 있는데도 숨이 가쁘지 않은 것이 이상하다 느꼈다. 이어서 최정구의 허공에 있던 오른손이 내려오고 거의 동시에 대형 우측에 있는 6명의 대원들이 일제히 몸을 일으켰다.

김영천은 고개를 좌측으로 돌려, 자신이 인솔할 특전대원들에게 손을 내려 보이며 역시, 자리에서 몸을 일으켰다.

정문 경비 병력을 제압할 대원들이 벤치들과 화단 지대를 건너서 달리기 시작했다. 그들은 좁은 차도를 건너서 대통령궁의 담벼락을 따라 광장의 동쪽을 향하고 있는 대통령궁 정문을 향해 쇄도해 나갔다.

기습 대형의 선두는 소음기가 장착된 우지 기관단총을 휴대하고 미제 야시경을 착용한 이규식 중사와 전장형 중사와 이종진 중사였으며 이들 바로 뒤쪽에는 RPK 기관총을 휴대한 2명의 특전대원 그리고 그들의 뒤를 M72 로켓발사기를 2발씩 휴대한 최정구 소령, 권용한 중사가 뒤따르고 있었다.

김영천은 자신이 이끌 나머지 기습조원들과 함께 그들의 뒤를 따랐다. 이들의 왼편에 있는 담장은 중간 중간에 쇠창살들로 만들어진 구획이 있어서 그 지점들을 통과할 때마다 380부대원들은 대통령궁 내부를 볼 수 있었다. 비록 정원의 수풀 따위와 궁 내부를 밝히는 조명들이 전부였지만 이들은 수리남군들이 이들의 기습 시도를 눈치 채지 못하고 있다는 것을 확인할 수 있었다.

마침내, 50여 미터가 넘는 거리를 완주한 대형의 선두 대원들이 정문 근처에서 발걸음을 멈췄다. 김영천은 선두로 자리를 옮겨 가려는 최정구 소령을 제지하고 자신이 대형 선두로 달려갔다. 그의 행동은 자신이 소음기가 장착된 기관단총과 야시경으로 선두대원들에게 도움을 제공하고자 하는 의도였다. 그러나 사실 그는 실전 경험이 없는 대원들의 전투를 개시하는 시점을 직접 확인하고 통제하고 싶었다.

노련한 이규식 중사는 착용하고 있던 베레모를 벗어 든 채, 유럽풍 대저택의 정문처럼 보이는 대통령궁 정문의 좌측 벽면에 붙어 서서 벽 모퉁이 너머를 살폈다. 그런 뒤, 담벼락에 등을 맞대고 서서 대기 중인 김영천과 전장형, 이종진에게 수신호를 보냈다.

수신호의 내용은 '정문 초소에 6명의 경비병이 있음' 이었다. 곧 4명의 특전대원들이 정문 초소를 모퉁이 너머에 두고 섰다. 이들은 우지 기관단총의 조정간을 연발사격 모드에 맞췄다. 김영천은 그 대기 상태에서 벽 너머에서 들려오는 수리남군들의 말소리와 웃음소리를 들을 수 있었다.

그리고 그 웃음소리들이 계속해서 이어질 때, 정문 기습 과정을 담당한 이규식 중사가 가장 먼저 벽 모퉁이로 달려 나갔다. 그리고 그 뒤를 김영천이 큰 숨을 들이마시면서 따라붙었다.

김영천은 까맣게 보이던 벽면이 끝나고 그의 눈앞에 펼쳐지는 광경에 일순간 압도당했다. 그도 그럴 것이 그의 입장에서 정말 괴상하게도 정문 좌측에 구축되어 있는 경비초소 안에 있는 5명의 수리남군들이나 초소 바깥, 바리케이드 쪽에 서 있는 1명의 경비병 모두 김영천과 이규식에게 등을 보이고 있었기 때문이다.

이규식과 김영천에 이어, 전장형과 이종진이 모퉁이를 돌아 나와 3평 남짓한 정문초소 건물을 향해 섰을 때에도 그 누구도 국군 특전대원들의 출현을 감지하지 못했다.

그리고 믿기지 않게도 김영천은 이들 중 누군가가 먼저 방아쇠를 당기기를 기다렸다. 그리고 그것이 살상을 앞둔 본인의 위선이 아닌가 반문하기도 전에 그의 오랜 전우인 이규식이 덜컥 방아쇠를 당겼다.

"타타타타타! 타타타타! 타타타타~!"

소음기를 착용하고 있다는 사실이 무색할 정도의 큰 총성이 울리면서 경비초소의 유리창이 박살이 나서 무너져 내렸다. 이규식의 최초 사격을 시작으로 김영천도 기관단총을 어깨에 단단히 견착한 채 방아쇠를 덜컥 당겼다.

"타타타타타!"

"타타타타타타타~!"

4명의 우지 기관단총이 9밀리 총탄들을 경비초소 안으로 퍼부었고 초소 안에서 몸을 일으키거나 몸을 빙 돌리던 카키색 군복 차림의 경비병들이 총탄을 뒤집어썼다.

김영천은 3미터도 안 되는 거리에서, 그들의 몸에 총탄이 박히거나 관통할 때마다 살점이 터져서 피와 함께 흩뿌려지는 것을 분명하게 볼 수 있었다. 6명의 수리남군 경비병들은 휴대하고 있던 AK 소총으로 단 한 발도 응사하지 못한 채 모두 쓰러졌다.

김영천은 그의 전방을 주시하며 12시 방향의 대통령궁 건물의 위치를 확인했다. 그의 시야, 2시 방향 50여 미터 거리에 경비대 병력의 단층건물이 위치해 있었다.

다음 순간, 최정구 소령과 M72 로켓발사기들을 휴대한 대원들이 김영천 일행 쪽으로 합류했다. 그들은 로켓발사기에서 안전핀을 뽑고 발사기 뒤쪽을 잡아 뺐다. 그러자 누워 있던 가늠쇠, 가늠자가 오뚝이처럼 일어났고 3명의 특전대원들은 초소 맞은편의 단층건물을 향해 무릎쏴 자세를 취했다.

곧이어 대통령궁 기습조원들이 김영천과 이규식 쪽에 합류했고 김영천은 인원을 파악하자마자 즉시 정문에서 궁으로 이어지는 포장도로를 달리기 시작했다.

김영천을 선두에 두고 쐐기 모양으로 그의 좌우에 2열의 대형이 만들어졌다. 이들은 100여 미터가 조금 못 되는 거리를 전력질주하기 시작했다. 김영천의 기습조가 아스팔트 도로 왼편에 있는 경비대 막사 건물을 지나칠 때에도 수리남군의 반응은 없었고 김영천은 속으로 쾌재를 부르며 뜀걸음을 재촉했다.

그리고 곧 3층의 대저택인 대통령궁을 30여 미터 정도 앞두고 있을 때, 특전대원들의 전방에서 몇 명의 그림자들이 불쑥 나타났다. 그들은 크레올어로 김영천 일행에게 소리쳤는데, 김영천은 그 언어를 알아들을 수 없음에도 그 목소리 속에 숨어 있는 위험을 본능적으로 감지했다.

그는 뜀걸음을 멈추지 않은 상태에서 그의 11시 방향, 10여 미터 미만의 거리에 있는 3명의 수리남군들을 향해 방아쇠를 당겼다.

"타타타타타타~! 타타타타타!"

김영천과 이규식의 기관단총 소음기를 통해서 9밀리 권총탄들이 그들에게 쏟아져 나갔고 그들은 그대로 제압되었다. 그렇지만 그들 중 한 명이 쓰러지면서 자신의 AK47 소총의 방아쇠를 덜컥 당겼고 수발의 총탄들이 포장도로 안으로 쏟아져 들어왔다.

"타타타탕~!"

380부대원들은 그때가 돼서야 우지 기관단총의 총성이 이들이 장착한 소음기들에 의해서 어느 정도로 작아졌는지 깨달았다. 소음기를 단 우지의 총성보다 훨씬 더 요란한 AK 소총 총성이 궁 안에 메아리치면서 이제 김영천을 비롯한 모든 특전대원들은 이제까지의 기습의 효과가 더 이상 유효하지 않을 거라 생각했다.

"에이, 씨!"

김영천은 거의 대통령궁에 도착한 시점에서 교전이 시작한 상황을 아쉬워하면서 기관단총의 탄창을 새것으로 교체했다. 그리고 그의 후방 좌우에서 뒤따르는 대원들에게 낮은 목소리로 외쳤다.

"간격을 넓혀! 간격 넓혀!"

그의 지시에 따라 특전대원들은 계속해서 발걸음을 옮기는 상태에서 앞뒤, 좌우 간격을 넓혔다. 그 사이, 이들의 후방 정문 근처에서는 경비대 막사 쪽 수리남군의 출현에 최정구 소령의 병력이 66밀리 로켓 공격을 시작했다. 방금 전 수리남군의 AK 총성에 막사 안에서 취침 중이던 수리남군들이 움직이기 시작했던 것이다.

"펑~! 펑! 콰앙! 펑~! 콰콰앙!"

"타타타타타~! 타타타타!"

로켓탄이 막사 건물에 작렬하는 폭발음이 이어서 다른 특전대원들의 경기관총 총성들이 울려 퍼졌다. 궁 내부에 어지럽게 울려 퍼지는 총성과 폭발음들에도 불구하고 김영천과 그의 기습조 대원들은 누구도 발걸음을 멈추고 등 뒤를 돌아보지 않았다. 이들의 후방에서 오렌지 빛 섬광이 궁 안을 환하게 밝히는 데에도 아무도 시선을 전방에서 떼지 않았다.

대통령궁 기습조원들은 모두가 숨죽인 채 궁의 출입문 쪽을 향해 전력질주를 하고 있었으며 선두에 선 김영천은 어둠 속에서 수리남군의 기관총 사격이 시작될까 조마조마한 마음으로 대형을 이끌고 있었다.

그는 지금 이 순간 놀랍게도 10년 넘는 세월을 뛰어넘어, 월맹군들의 사격을 받으며 정글 속을 내달렸던 느낌이 완벽하게 재연되는 것 같다고 여겼다. 그는 그 때문에 한편으로는 소름이 끼쳤지만 또 한편으로는 그 느낌이 적시에 잘 돌아왔다고 생각했다. 그러한 그의 느낌이 매우 현실적이라는 것을 입증이라도 하듯, 궁 건물을 10여 미터 정도 앞두고 있을 때, 대형의 우측 끝에 있는 부대원들이 도로 우측 풀섶에서 나타난 경비병들에게 AK 소총 사격을 가했다. 여러 명이 거의 동시에 사격을 가하자 폭발음과 같은 총성이 주변을 휩쓸었다.

"타타타타! 타타타타~!"

"타타타타타!"

기습 대형의 우측에 있는 5명의 대원들이 일제히 사격을 가하는 동안에도 선두의 김영천과 그의 좌측 이규식, 좌측 열의 대원들은 멈추지 않고 그대로 궁 출입문을 향해 내달렸다.

"쾅! 쾅!"

대형 우측의 교전 지대에서 수류탄 폭발음이 김영천의 고막을 바늘로 콕 찌르는 듯 울려 퍼졌고 그는 그때가 돼서야 뜀걸음을 잠시 늦추고 그곳을 살펴봤다. 수류탄들은 도로의 우측 궁 정원 한복판에서 폭발했고 그로 인해 경비병들이 제압되었는지 다시, 우측 열의 대원들이 김영천을 향해 달려오고 있었다. 김영천은 그때, 우측 열 대원들 중 1명이 합류하지 않고 있음을 바로 알아차렸지만 아무런 질문을 하지 않았다.

정문에서 궁 건물에 도달하는 과정에서 380부대원들의 일부가 희생되는 것을 수많은 훈련 동안에 기정사실화했었지만 그는 막상 합류하지 않는 인원이 있다는 사실에 충격을 받았다.

"가지~!"

곁에 있던 이규식이 심상치 않은 궁 주변 분위기를 감지했는지 김영천의 이동을 재촉했다. 이들이 눈앞에서 대통령궁의 거대한 출입문이 보이기 시작했다.

김영천은 우측 열 대원들이 합류하자 다시 이동을 재개했고 이윽고 기습조가 궁 앞쪽의 계단들을 두 개씩 뛰어올라 출입문을 앞두고 섰다. RPK 기관총을 가진 2명의 대원들이 출입문의 양

측면을 향해 경계에 들어갔다. 이들 외에 나머지 대원들은 1층의 대통령 집무실, 회의실과 대통령 서재, 2층의 대통령 침실과 기밀실 등 각자 약정된 구획을 수색, 제압할 예정이었다.

"타타타타타타!"

"타타타타타~!"

출입문 좌우 자리를 잡았던 기관총 사수들이 넓은 출입문의 손잡이 쪽 그 다음 출입문 한가운데를 향해 7.62밀리 총탄들을 퍼부었다. 출입문의 강제개방과 동시에 문 반대편에 있을지 모르는 적군들에 대한 견제 사격이었다. 기관총 사수들이 총구를 거두자 김영천이 앞장서며 외쳤다.

"들어간다!"

김영천이 터질 듯이 세차게 뛰는 가슴을 인지하면서 출입문을 향해 돌진했다. 그는 한 발로 출입문을 차는 대신, 풋볼 선수처럼 오른쪽 어깨로 출입문을 들이받았다.

"쾅!"

무거운 출입문이 그의 예상보다 천천히 열리면서 그는 어깨에서 통증을 느꼈다. 그때 이규식과 전장형이 함께 출입문을 온몸으로 밀어젖혔고 세 사람이 거의 동시에 궁 안으로 진입했다. 세 명의 특전대원들이 몸의 중심을 바로 찾기도 전에 야시경을 착용한 이종진 중사와 권용한이 먼저 실내로 진입했다.

그 순간 실내 여기저기에서 폭발음과 같은 총성이 울려 퍼지기 시작했다. 김영천 일행의 우측, 1층 집무실로 이어져 있는 복도

쪽과 2층으로 향하는 계단 사면의 정상 즈음에서 대통령의 근접 경호대 병력일 수리남군들이 연발사격으로 김영천 일행 쪽에 총탄을 퍼부었다. 최소 5~6명이 동시에 사격을 가하는 상황이 전개되었다.

"아! 아~~!"

적 사격 지점들을 대충 확인한 김영천이 곁에서 어리둥절해하던 이규식의 어깨를 채어 잡아 출입문 오른쪽으로 끌고 가며, 다급한 마음에 소리쳤다. 그들이 이동하는 동안 문가 근처의 인조 대리석 바닥이 총탄에 과자처럼 부서져 흩날렸고 두 사람은 자신들의 머리 위쪽을 스치듯 지나가는 유탄들의 비행음을 들을 수 있었다.

김영천은 출입문의 오른편에 서 있는 5미터 정도의 기둥면에 등을 밀착한 채, 대한민국 대통령 경호부대에서 최고의 사격 실력을 가졌다는 전장형과 권용한, 이종진이 대체 적들에게 응사하지 않고 뭐하고 있는지 궁금해했다. 그리고 조금 뒤, 그의 의구심을 파악했다는 듯, 세 명의 특전대원들이 각자 엄폐한 곳에서 경비병들에게 응시하기 시작했다. 김영천과 이규식은 커다란 기둥 뒤에 붙어 서서 청력으로 실내 상황을 파악했다.

처음 소음기를 장착한 우지 기관단총의 단발 총성이 울리기 시작한 후 점차로 완전 자동으로 사격 중이던 AK 총성이 하나둘씩 그쳤다. 그리고는 얼마 뒤, 궁 안이 모두가 믿지 않을 만큼 고요해졌고 곧 전장형의 목소리가 울려 퍼졌다.

"1층, 2층 이상 무~!"

김영천은 이규식과 함께 기둥을 돌아 나와 처음 경비병들이 사격을 가해 오던 두 곳을 주시했다. 야시경이 제공하는 초록색 시야 안에는 총구 섬광들을 뿜어 대던 수리남군 대신 먼지와 화연만 허공에 뿌옇게 깔려 있었다.

"규식아, 1층 잘 부탁한다."

"오케이!"

이규식과 짧은 인사를 나눈 김영천이 1층 홀을 가로질러 2층으로 이어지는 계단으로 달려갔다. 그의 뒤를 전장형과 권용한, 이종진과 2명의 특전대원들이 뒤따랐으며 나머지 병력은 이규식 중사와 함께 홀 우측에 있는 복도로 향해 달려 나갔다.

"김 중사님, 여기서부터는 제가 앞장서겠습니다!"

이종진 중사가 계단 몇 개를 단숨에 뛰어올라가며 김영천의 곁을 지나치려 했다. 하지만 김영천은 그를 아끼는 마음에서 왼쪽 어깨로 그를 밀었다. 그러자 그가 계단 난간에 몸을 부딪치며 몸의 중심을 잃었고 김영천은 그 틈에 다시 대형의 선두에 섰다.

그런데 계단이 끝나갈 즈음부터 2층 홀 쪽에서 누군가의 고통스러운 신음소리가 들려왔다. 김영천은 2층으로 이어지는 계단들이 끝나 가는 시점까지 그 소리가 실내에서 울려 퍼졌던 무지막지한 총성의 충격이 만들어 낸, 실재하지 않는 소리라 생각했다.

그러나 막상 2층 바닥에 쓰러져 있는 수리남 경비병을 보게 되면서 그의 숨이 탁 막혔다. 전장형이나 권용한, 이종진의 정밀 사격에 제압된, 깨끗한 베이지색 제복 차림의 경비병은 복부가 총탄들에 찢겨져 있었다. 그가 흘린 피가 이미 계단들을 타고 흘러내려고 있었는데, 김영천은 야시경을 통해서 색깔이 다소 왜곡되어 보이는 데에도 불구하고 적군의 피를 보는 순간 정신이 번쩍들었다. 그렇지만 다음 순간 그의 초록색 시야에 들어오는 광경은 그가 미간을 찡그리게 만들었다.

"아아아아~!"

김영천은 아시아계처럼 보이는 경비병이 내장이 만신창이가된 뱃가죽을 뚫고 쏟아지려는 것을 양손으로 막은 채 괴성을 지르는 것을 지켜봤다. 그리고 잠깐잠깐, 그의 고통에 찬 소리가 산에서 내려오기 전, 밀렵꾼들이 쓰러뜨렸던 멧돼지의 고통에 찬소리와 똑같다고 느끼면서 형언 못 할, 정의 내릴 수 없는 분노가치밀었다.

김영천을 그 경비병의 머리를 향해 총구를 겨누고 망설임 없이방아쇠를 당겼다.

"타타탕!"

김영천은 곧바로 심호흡을 하며 평정심을 되찾으려 했지만 아래턱이 심하게 떨리는 것을 통제할 수 없을 지경이었다. 하지만, 그는 그것이 충격이든 아드레날린이든 상관없다고 생각했다. 오래전 월남에서는 이보다 더 심하게 떨면서도 온갖 죽을 고비를다 넘겼기 때문에 그는 이러한 증상을 더 신중하게 받아들였다.

계단이 끝나고 2층에 도착하면서 김영천은 우측으로 꺾이는 모퉁이에서 걸음을 멈췄다. 그는 고개를 돌려 그를 따라, 계단 벽면에 늘어서 있는 대원들을 점검하면서 탄띠 한쪽에서 섬광탄을 꺼내 들었다.

셀 수 없이 많은 횟수의 훈련 동안 이들은 지금 이 순간을 대비해 왔지만 김영천은 이 모든 것들이 너무도 낯설게 느껴졌다. 그는 자신의 머릿속이 아직도 영하 수십 도의 고공을 활공할 때처럼 다시 멍해지고 있는 것 같다고 느꼈다. 그럼에도 불구하고 이제껏 취한, 또 앞으로 취할 모든 전술 행동들은 그저 오세웅 대령이 부여했던 수많은 훈련들에 의한 반사 행동들 혹은 생존을 위한 본능에 근거하고 있기 때문에 그는 걱정하지 않았다. 뿐만 아니라, 슬슬 초짜들이라고 걱정했던 현역 특전대원들이 상황에 노련하게 대처하고 있는 것을 보며 그들의 존재로 인해 임무 수행에 대한 자신감이 충만해 가고 있었다.

김영천은 전장형과 그의 아래쪽으로 늘어서 있는 대원들을 쭉 훑어봤다. 그리고 그들이 볼 수 있도록 섬광탄을 꺼내 들어 보인 뒤 안전핀을 뽑았다. 그런 다음 모퉁이 너머로 그것을 조심스럽게 집어던졌다.

강한 조명이 야시경 안으로 유입되지 않도록, 김영천이 한 손으로 야시경의 앞쪽을 가렸고, 다른 대원들도 그의 조치를 뒤따라했다.

"퍼엉!"

복도 전체에 환한 빛이 산란하면서 엄청난 폭발음이 벽과 바닥을 통해 380부대원들의 대기 위치까지 전달되었다.

"가자!"

김영천이 먼저 모퉁이 너머로 몸을 노출시키며 우지 기관단총을 쳐들었다. 그리고 김영천의 좌측으로 전장형이 먼저 위치를 잡는 순간, 전장형이 자신의 몸으로 김영천을 원래 서 있던 곳으로 밀어냈다.

다음 순간, 복도 안을 쩌렁쩌렁 울리는 총성이 울려 퍼지면서 복도의 안쪽에서 기관총 예광탄들이 쏟아져 나왔다. 전장형의 돌발 행동에 중심을 잃고 인조대리석 바닥에 자빠져 있던 김영천은 자신의 눈앞에 펼치지는 광경을 보고 기가 막혀 했다.

마치 부테르세 대통령의 침실이 있는 복도의 저 안쪽에서 외계인들이 떼 지어 광선총들을 쏘고 있는 것처럼 셀 수 없이 많은 기관총 예광탄들이 복도 바깥으로 쏟아져 나왔다. 기관총 유탄들이 박히는 모퉁이 근처에서 튀는 나뭇조각들과 기습조의 좌측, 홀바로 위쪽 천장에 매달려 있는 커다란 샹젤리제에서 유리 가루가 흩날리기 시작했다.

좁은 복도에서 울려 퍼지는 기관총 총성은 궁 안 전체에 메아리치고 있었는데 그 소리가 너무도 커서 380부대원들의 숨통을 틀어막을 정도였다. 김영천은 이 정도의 시끄러운 총성에 청력이 오래 노출된다면 야전에서 강력한 155밀리나 8인치 곡사포탄들이 지근거리에서 터질 때의 충격 때문에 판단력이 흐려질 때의 상황이 벌어질지도 모른다고 생각했다.

김영천은 전장형 중사를 계단 쪽으로 밀어 보낸 뒤, 모퉁이 쪽 바닥에서 누워 있던 몸을 뒤집어 F1 세열수류탄을 꺼내 들었다. 그리고 엎드린 자세에서 모퉁이 너머, 기관총탄들이 날아오는 복도 안쪽까지의 거리를 가늠하면서 수류탄의 안전핀에 손가락을 걸었다.

그는 복도 안쪽으로 서너 개 정도의 수류탄을 일제히 투척해야 안심할 것 같았지만 이 정도로 협소한 공간에서 여러 개의 수류탄들을 투척했다가는 뒤늦게 투척한 수류탄이 먼저 폭발한 수류탄의 폭풍에 의해 김영천의 투척 지점으로 튕겨 나올 수 있었다.

그가 눈을 깜박일 때마다 이마에서 흘러내린 땀이 눈 안으로 들어와 터졌다. 소금기에 눈이 시린 것을 겨우 무시하면서 그는 수류탄의 안전핀을 뽑았다. 그리고 그가 수류탄을 복도 안으로 굴려서 투척했다.

김영천이 수류탄을 투척하는 순간 그의 한 손이 노출되는 곳으로 수발의 기관총탄들이 날아들었고 바닥의 대리석이 총탄에 의해 박살이 나서 튀어 올랐다.

"쾅!"

수류탄이 폭발하는 순간 근처 천장에 있는 샹젤리제가 홀 바닥으로 떨어져 버렸다. 기관총 사격이 멈칫하는 순간, 김영천은 머리와 상체를 모퉁이 너머로 노출시키지 않고 우지 기관단총을 잡은 양손만 쑥 내밀고 방아쇠를 당겼다.

"타타타타타타~!"

그가 사격을 개시하자 전장형이 눈치껏 합류하여 한쪽 무릎을 꿇고 있는 김영천의 머리 위쪽에서 동일한 자세로 복도 안에 견제 사격을 가했다.

김영천은 그가 착용하고 있는 검정색 베레모와 어깨 쪽으로 전장형의 기관단총 탄피들이 떨어지는 것을 지적하기도 전에 전장형이 사격을 중단하고 빠졌다. 그리고 그때, 이종진이 그의 자리로 들어오면서 복도 안쪽으로 두 번째 수류탄을 투척했다.

"쾅!"

이종진이 투척한 수류탄은 복도 안에서 지연 시간이 거의 없이 투척 직후에 폭발했고 김영천은 그 충격에 양쪽 귀가 먹었다. 그러나 그런 그와 상관없이 이종진과 전장형이 복도 안으로 뛰어들어갔고 곧 권용한의 부축을 받으며 몸을 일으킨 김영천이 그들의 뒤를 뒤따라 달려갔다.

김영천은 코를 찌르는 화약 냄새를 맡으며 10여 미터 거리로 뻗어 있는 좁은 복도를 달려갔다. 앞서 가는 3명의 특전대원들은 복도 중간쯤에서 몸을 가누지도 못하는 3명의 경비병들에게 집중사격을 가해 제압했다. 김영천은 완전히 제압된 RPD 기관총 사수들이 무릎 높이로 모래주머니들을 쌓아 둔 것을 의아하게 생각하며 지나쳤다.

그리고 곧 복도의 좌측 끝, 부테르세의 침실 출입문을 앞두고 걸음을 멈췄다. 김영천은 출입문의 왼편에 붙어 섰고 곧 그의 뒤쪽으로 전장형과 이종진, 권용한이 따라붙었다.

김영천은 신속하게 우지 기관단총의 탄창을 새 걸로 바꿔 낀 후, 대원들을 살폈다. 복도 구획 전체는 물론, 복도의 입구 쪽 계단 구획까지 380부대원들이 접수한 상황이었고 이제 지금까지의 모든 작전 과정들 중에서 가장 중요한 부분의 실행이 남아 있었다.

김영천은 이들의 후방 상황이 이상 없음을 확인하고서 기관단총의 총몸 위쪽 장전손잡이를 당겼다. 그런 뒤 약정되었던 대로 각자 행동을 취하도록 그의 우측에 늘어서 있는 특전대원들에게 고개를 끄덕여 보였다.

전장형은 출입문의 손잡이를 향해 우지 기관단총을 난사했고 그 직후, 이종진과 함께 문을 걷어차 한쪽 출입문을 안으로 강제 개방시켰다. 안전핀이 미리 제거되었던 섬광탄이 열린 문틈으로 투척된 것은 거의 동시에 이루어졌다.

"펑~!"

고막을 콕콕 찌르는 폭발음과 함께 강한 불빛이 2개의 문짝으로 이루어진 출입문 틈새로 새어 나왔다. 그 직후, 김영천은 민첩하게 대원들과 함께 침실 안으로 진입했다. 섬광탄의 연기가 가시기도 전에 김영천은 카펫 바닥을 밟고 나아갔다. 그는 침실 정중앙을 걸어 나가고 있었으며 전장형과 이종진, 권용한은 그의 좌우 후방에서 침실 내부를 수색했다.

"우측 이상 무!"

"좌측 이상 무다!"

대원들의 상황 보고가 공유된 뒤, 김영천은 깨끗하고 고풍이 넘치는 실내 장식과 가구들 속에서, 웬만한 가정집의 마당만큼 커 보이는 부테르세의 침대를 찾아냈다. 다음 순간, 이들 380부대원들이 입을 쩍 벌어지게 하는 광경이 이들 앞에 펼쳐졌다. 김영천은 침대 안이 텅 비어 있는 것을 응시하고 있었고 곧 그의 뒤에 합류한 대원들 또한 상황을 파악한 뒤 꼼짝하지 못했다.

김영천은 우지 기관단총을 잡고 있던 오른손을 쭉 뻗어 침대의 시트 아래로 집어넣었다. 그리고는 그곳에서 사람의 온기를 감지하지 못한 손을 거두면서 다른 부대원들에게 빤히 응시했다.

김영천은 갑자기 강한 전기가 자신의 양어깨를 움찔하게 만들고서 목덜미를 타고 머릿속에 쫙 퍼지는 것을 느꼈다.

1983년 3월 22일 03시 02분 수리남 파리마리보 외곽 강변도로

통일광장으로 향하는 시내 도로의 입구와 북쪽에서 남쪽으로 펼쳐지는 강변도로의 네거리, 교차 지점은 380부대의 작전에서 매우 중요한 요충지였다. 하지만 사실, 김창수의 2조 병력 16명에게는 도로들보다도 이들의 경계 위치 먼 우측에 있는 젤란디아 요새가 더 신경이 쓰이는 대상이었다.

젤란디아 요새는 수리남군의 제3인자 아론 쿨리트 중령의 보병부대가 포진해 있었는데, 이는 군사 쿠데타로 정권을 잡은 부테르세 대통령이 자신이 동일한 방법으로 전복되지 않고자 정예 병력을 가까이에 두고자 하는 의도와 관계가 있었다.

작전이 시작되기 전부터 김창수 준위는 젤란디아 요새 내의 수리남군들은 절대로 요새 바깥으로 나오지 않을 것이라 오세웅 대령에게 들어왔지만 계속해서 그곳으로 시선이 가는 것은 어쩔 수 없었다. 그것도 그럴 것이 젤란디아 요새는 그의 위치에서 왕복 2차선 도로를 건너, 넓은 폭을 가진 강의 건너편 4시 방향에 우뚝 서 있었기 때문이었다.

김창수 준위는 두 도로들이 만나는 교차 지점 근처의 수풀 속에 대원들을 배치했었다. 만약의 경우를 대비해, 66밀리 대전차 로켓발사기를 휴대한 5명의 대원들을 북쪽으로 향하는 도로가에 50미터 간격으로 전개시켰고 기관총과 유탄발사기를 가진 대원들은 교차 지점과 젤란디아 요새로 향하는 교각 근처에 전개시켰다.

이미 대통령궁 쪽에서 총성과 폭발음이 이들의 위치까지 시끄럽게 들려오고 있었기 때문에 어둠 속, 풀섶 안에 몸을 숨기고 있는 대원들은 긴장감이 극에 달해 있었다. 곁에 있는 젊은 특전대원들의 거친 숨소리만으로도 김창수는 대원들의 심리 상태를 파악하고도 남았다.

그러나 통일광장과 대통령궁 쪽과 달리 이들의 담당 구역은 조용했다. 강변도로 일대는 해안 쪽에서 뱃고동 소리가 들려올 정도로 고요했고 젤란디아 요새 쪽은 요새 주변에 켜져 있는 조명 상태처럼 평화로워 보였다.

간혹 요새의 높은 성벽 너머에서 사람들의 말소리가 들려왔고 그때마다 모두의 시선과 총구가 그곳으로 향했다. 하지만 요새 정문의 경비병들 외에는 추가 병력이 나타나지 않았다.

그는 그곳을 응시하며 이 정도로 시끄러운 총성과 폭음이 들려오는데도 요새에 주둔한 수리남군들이 반응을 보이지 않은 것이 어쩌면 오세웅 대령의 말처럼 CIA에게 성공적으로 포섭된 결과일지도 모르겠다고 조심스럽게 추측했다.

잠시 후, 근처 상공에서 다소 낯설지만 기다렸던 항공기 엔진음이 울려 퍼지기 시작했다. 김창수와 그의 특전대원들이 고개를 쳐들어 엔진음의 출처를 찾으려 했던 때는, 400여 미터 상공에서 AC-47기들이 공습 대기 상태인 선회비행을 시작하던 시점이었다.

김창수는 마음속으로 안도하며 대통령궁 쪽의 상황이 어서 정리되기를 간절하게 바랐다.

*　　　*　　　*

1983년 3월 22일 03시 10분 수리남 파리마리보 외곽 젤란디아 요새

젤란디아 요새 안에서 대기 중인 수리남군 병력은 바깥에서 들려오는 총성과 폭발음에 동요하고 있었다. 지휘관인 쿨리트 중령은 요새 내, 방송용 스피커를 통해 외부 상황에 대해 충분히 파악을 하고 있다고 시간을 끌고 있었지만 그는 2층 창가에서 삼삼오오 모여서 부하들이 쑥덕거리는 것을 지켜봤다.

설상가상으로 대통령궁 쪽에서 난장판이 벌어지기 3시간 전 육로로 가이아나에서 넘어왔다는 북한군들까지 신분이 확인되지 않았기 때문에 그는 매우 심기가 불편했다.

쿨리트는 지휘관실 창가에 서서 시가를 태우며 1층 좁은 연병장에서 탄약과 수류탄, 박격포탄들을 분배하는 일부 병력들을 내려다봤다. 미군이나 CIA가 손을 썼는지 대통령궁과 국제공항에 주둔하는 주력부대와 일체 교신이 되지 않는 상황에서는 모든 것을 그가 직접 판단해야 하는 상황이었다.

그는 어쩌면 미국인들과의 은밀한 거래 때문에 자신의 운명이 꼬일 수도 있겠다는 우려를 했고 다른 한편으로는 부테르세가 그랬듯, 자신도 대부분이 흑인 빈민층으로 구성된 군대보다, 부와 권력을 잡고 있는 백인과 인도인들의 머리 꼭대기에 올라갈 수 있는 야망도 그려 봤다.

쿨리트가 시가를 절반 정도 태워갈 때쯤, 누군가 출입문을 두들겼다. 평소에 들어왔던 노크 소리로 보아 그는 자신의 부관인 네스티 대위일 거라 짐작했다.

출입문을 열고 들어온 네스티는 쿨리트에게 용건을 바로 던져줬다.

"대대장님, 북한인들의 신원이 확인됐습니다."

"북한군이 맞는 건가?"

"예, 가이아나군을 훈련시키는 군사고문단의 일부입니다."

"대체, 그들이 왜 수리남에 들어와서 설치는 거야? 북한 대사관 쪽에서는 언질이 있었나?"

"일체 없었습니다만, 그 부분에 대해서는 이자들이 대대장님께 직접 이야기하고 싶다고 합니다."

"그들의 선임장교의 계급과 임무는?"

"중령입니다. 임무에 대해서는 그것 또한 대대장님과 대면하면 얘기해 주겠다고 합니다."

쿨리트는 이 와중에 뜬금없이 나타난 북한군들의 존재가 달갑지 않았다. 그는 본능적으로 이들이 어쩌면, 대통령궁에서 일어나는 군사작전과 관련되어 있지 않을까 우려했다. 쿨리트는 시가를 물고 허리춤의 권총집에 마카로프 권총을 집어넣고 출입문으로 향했다. 그의 뒤를 부관장교가 따랐고 두 사람은 요새 건물 지하에 있는 심문실로 향하고자 복도로 나섰다. 굳이 그가 명령을 내리지 않더라도 그의 휘하 병사들은 AK 소총을 휴대한 채 분주하게 통신실과 작전 관련 부서들을 오가고 있었다.

두 사람이 오래된 돌벽으로 둘러싸인 복도를 통해 계단 통로로 방향을 바꿀 때, 네스티 대위가 쿨리트를 힐끗 응시했다. 쿨리트는 그의 시선이 무언가를 의미하는 것일지도 모른다는 생각을 하면서도 젊은 부관에게 말을 건네지는 않았다.

두 사람이 심문실에 도착하자, 출입문 양옆에서 AK 소총을 쳐들고 있던 경계병들이 받들어총을 해 보였다. 쿨리트가 그들에게 고개를 끄덕이고 출입문을 열자, 습기와 뒤섞인 사람들의 열기가 그를 맞이했다.

심문실의 양쪽 구석에는 AK 소총을 겨누고 있는 2명의 수리남 군들이 있었고 3명의 북한군들은 심문실 한가운데 책상 쪽에 자리를 잡고 있었다. 쿨리트는 그들 중 자신과 비슷한 연배의 최태관 중좌를 알아보고 그의 앞에 섰다.

쿨리트가 들고 있던 지시봉으로 최태관을 가리키자 최태관이 유창한 크레올 영어로 쿨리트에게 말했다.

"쿨리트 중령, 지금 요새 밖에서 무슨 일이 일어나고 있는지 알고 계시오?"

쿨리트는 최태관의 태도를 의아해하며, 곁에 서 있는 부관장교에게 시선을 보냈다가 다시 거뒀다. 최태관의 말은 계속됐다.

"당신의 부하들에게 이미 수차례 말했듯이 나와 내 병력은 이곳, 수리남의 수도에서 뭔가 미심쩍은 일이 일어나고 있음을 당신네 정부와 군에 경고해 주고자 온 것이오. 당신에 수도 한복판과 국제공항 일대를 양키 놈들과 남한의 첩자들이 휘젓고 다녔던 것이 지금 요새 밖에서 들려오는 총성과 관련돼 있다 말했는데 왜 귀담아 듣지 않는 것이오? 지금 당장 당신은 당신네 모든 병력을 동원하여 전투가 벌어지는 곳에서 미제 놈들과 그놈들의 앞잡이들을 소멸시켜야 하지 않겠소?"

쿨리트는 그 대목을 들으면서 가슴이 덜컥 내려앉았지만 애써, 태연한 모습을 유지했다. 그는 네스티 대위를 응시했다. 자신의 은밀한 거래를 알고, 동조하는 유일한 사람인 그에게서 이 순간을 서둘러 모면할 지혜를 요구하는 눈빛을 보낸 것이다. 그리고 네스티는 그가 바라는 것을 바로 실행했다.

"이자가 말하는 것에 대해서는 북한 대사관이나 우리 군 사령부에서 일체 들어온 첩보나 정보가 없습니다."

네스타가 말을 마치자, 쿨리트의 시선이 다시 최태관에게 향했다. 최태관은 실눈을 뜨고 쿨리트와 그의 부관장교를 번갈아 응시했는데, 그는 서서히 요새 밖으로 병력을 전개시키지 않는 쿨리트의 의도를 의심하기 시작했다. 그의 입장에서, 바보가 아닌 이상, 수리남의 대통령궁이 있는 수도에서 총격전이 벌어진 것이 분명한 상황인데도 불구하고 궁과 가장 가까운 곳에 있는 대통령의 친위부대가 움직이지 않는다는 것이 너무도 이상했다.

쿨리트 또한 본능적으로 최태관의 생각과 느낌을 감지했다. 그는 심문실 구석에 있던 병사들에게 심문실 바깥으로 나가도록 지시봉으로 두 경비병과 출입문을 차례로 가리켰다. 두 사람이 심문실 밖으로 나갈 때, 최태관은 가슴팍의 주머니에서 만년필을 꺼내 책상 위에 있던 백지 위에 무전기 주파수를 적었다. 그리고 그것을 쿨리트에게 들어 보이며 말했다.

"이 주파수는 하바나에 있는 쿠바군 동무들의 혁명수출부대 지휘부요. 바로 당신네 수리남에 무력혁명을 수출하는 부대의 지휘부 말이오. 저기 있는 빌어먹을, 당신네 무전기로 교신을 하면 얼마 전 당신네 대통령궁과 통일광장에서 간첩질을 했던 양키 놈과 남조선 놈들의 존재를 확인해 줄 것이오. 나는 당신네 대통령의 안전을 위해서 황급히 국경을 건너온 것이란 말이오. 당신네 대통령을 안전지대로 대피시키고 우리 발로 당신네 요새에 들어왔는데, 대체 이게 무슨 시간 낭비란 말이오? 어서 부대를 정비하여 요새 바깥으로 출동해야 하지 않소?"

그 질문을 하며 최태관이 자리에서 벌떡 일어섰고 네스티 대위는 반사적으로 허리춤의 권총집 쪽으로 손을 위치시켰다. 쿨리트 중령이 최태관이 들고 있던 종이를 받아들자 네스티는 권총집에 손을 댄 채 꼼짝하지 않았다. 쿨리트가 주파수가 적힌 종이를 받아들고 생각에 빠지자, 최태관이 네스티 대위를 응시하며 조심스럽게 말했다.

"이 동무가 중령 동무의 부관인 것은 알겠지만, 그래도 나와 중령 동무 단 둘이서 할 말이 있소. 우리가 서로에게 적대적인 아닌 양국 관계를 생각한다면 내가 동무나 수리남군에게 해가 될 일을 하지 않는다는 것은 동무들도 잘 알고 있지 않소?"

최태관은 쿨리트 중령을 뚫어지게 쳐다보며 말을 마쳤고 쿨리트는 순간, 이 모든 상황이 낯선 북한군들의 존재 때문에 예상했던 것과 완전히 다르게 진행될지도 모를 거라 우려하기 시작했다.

최태관은 책상 위에서 모서리 쪽으로 굴러가는 자신의 만년필을 집어 들어, 그것을 자신의 부관인 장영철 대위에게 건네줬다. 곧, 쿨리트는 책상 쪽에 서 있는 최태관을 등지고 섰다. 그런 뒤,

고개를 살짝 움직여 마주 서 있는 네스티 대위의 권총집 쪽으로 시선을 보냈다. 쿨리트는 그의 부관장교로 하여금 이들 북한군들을 모두 심문실 안에서 사살할 생각을 가졌고 그것을 행동에 옮기도록 방금 지시를 내린 것이었다.

네스티 대위는 눈을 두어 번 깜박인 뒤, 권총집에서 권총을 꺼내 최태관과 장영철 쪽으로 쳐들었다. 그러나 네스티 본인은 물론, 쿨리트가 예상했던 것과 완전히 다른 일이 일어났다. 권총을 쳐든 네스티의 목 정중앙에는 장영철이 집어던진 만년필이 박혀 있었고 만년필 안에 있던 청산가리가 벌써 그의 몸속에 퍼지고 있었다.

최태관은 책상 위로 몸을 날려 쿨리트 중령을 뒤에서 붙잡았다. 쿨리트가 책상 쪽으로 균형을 잃고 쓰러졌고 최태관은 그를 책상 위에 눕힌 채, 그의 권총집에서 마카로프 권총을 뽑아 들었다. 이 모든 일들이 일어나서 끝나는 데 불과 2초도 걸리지 않았다.

쿨리트 중령은 최태관의 팔뚝에 목이 완전히 졸린 상태였기에 소리조차 지르지 못한 채 제압된 상태였다. 장영철이 네스티 대위의 권총을 주워 들어 출입문 쪽을 경계할 때, 최태관이 쿨리트의 턱에 마카로프의 총구를 푹 찌르면서 또박또박 말했다.

"중령 동무, 내 딱 한 번만 묻겠다. 허튼 소리로 대꾸하면 이대로 동무를 쏴 죽이고 내가 직접 저 무전기로 하바나의 동무들에게 이곳 상황을 전파할 것이야. 알겠지?"

쿨리트는 고개를 끄덕였고 최태관의 질문이 이어졌다.

"저 총성들은 미제 놈들과 관계가 있는 것 맞지? 그렇지?"

쿨리트는 고개를 끄덕이며 대꾸했다.

"그, 그렇소."

"얼마나 많은 병력이야? 미제 놈들의 해병대가 상륙해 들어오는 것이야?"

"난 모르오."

최태관은 그의 대답이 나오자마자 권총으로 그의 코를 내려쳤다. 그런 뒤, 총구를 그의 관자놀이에 위치시키며 다시 위협했다.

"내, 허튼 소리하면 끝장내겠다 하지 않았소?"

"정말, 모르오. 내가 할 일은 처음 상황이 발생하면 2시간 동안만 내 병력을 요새 안에 묶어 두는 것이오. 그게 전부요."

최태관은 기가 막히다는 표정을 지으며 그의 부관장교 장영철 대위를 응시했다. 그리고 그때, 요새 바깥에서 훨씬 다급한 상황이 진행 중이었다.

* * *

1983년 3월 22일 03시 21분 수리남 파리마리보 외곽 강변도로

거의 10분이 넘는 시간 동안, 대통령궁 쪽에서는 아무런 총성이 들려오지 않았다. 김창수 준위는 최정구 소령 쪽에 부테르세의 체포가 성공적으로 마무리되었는지 묻고 싶은 마음이 굴뚝같았지만, 통일광장 쪽으로 퇴각, 합류하라는 지시를 기다리기로 했다.

강변도로와 젤란디아 요새 쪽은 너무도 조용해서 상공에서 선회하고 있는 AC-47기들의 소리가 모두에게 시끄럽게 들릴 정도였다.

김창수와 그의 대원들은 어쩌면 이러한 상황이 그대로 작전의 종료까지 이어질 수도 있겠다고 낙관할 수도 있는 분위기였다. 김창수는 손목시계를 살핀 뒤, 자신의 목덜미에 붙어 있는 모기를 손바닥으로 때렸다. 그리고는 피식 웃었다. 그러자 그의 코웃음 소리를 들은 박희석 중사가 궁금한 듯 시선을 그에게 보냈다. 김창수는 시선을 젤란디아 요새 쪽에 둔 채, 작은 목소리로 그에게 속삭였다.

"대통령궁과 광장 쪽에 있는 애들은 총질이라도 원 없이 했는데, 우리 쪽은 풀섶에 쭈그리고 앉아 모기에게 물어뜯기기만 하다가 귀국하는 게 아닌지 모르겠다."

김창수는 자신의 설명에 박희석이 역시, 콧소리를 내며 조용히 웃는 것을 느꼈다. 그러나 잠시 후, 강변도로의 북쪽에서 들려오는 저음의 엔진 소리가 두 사람의 입가에서 미소를 걷어 갔다.

김창수는 작은 메아리로 들려오는 엔진 소리를 듣고 벌떡 일어났다. 그는 한 손으로 성대마이크를 누르고 도로 접수조 병력에게 소리쳤다.

"북쪽에서 적들이 내려오고 있다! 북쪽 차단조, 빨리 준비해!"

김창수는 이마 쪽에 올려 두었던 야간투시경을 눈가로 위치시켰다. 그의 시선이 향한 곳은 강변도로의 북쪽 모퉁이였다. 김창수와 380부대원들은 모두 총구와 66밀리 대전차 로켓발사기를 모퉁이 쪽으로 집중시켰다.

요란한 엔진 소리는 상공에서 들려오는 AC-47기들의 프로펠러 엔진음과 뒤섞여 들려왔기 때문에, 김창수는 엔진 소리만으로 수리남군의 규모를 예측할 수 없었다.

하지만 그 기분 나쁜 소리가 이들 쪽으로 더욱 가까워지는 것만은 모두가 확신할 수 있었다.

김창수 준위와 380부대원들은 강변도로와 시내 도로가 만나는 교차점 수풀에서 도로 북쪽을 향해 숨죽인 채 총구를 겨누고 있었다. 김창수는 순간, 자신이 입방정을 떨어서 이런 일이 생기는 게 아닌지 스스로를 자책했다가 말았다.

이윽고, 이들 특전대원들의 200여 미터 전방에 있는 도로의 커브 구간에서 훨씬 더 가까워진 엔진음이 들려왔다. 엔진음이 고조되는 순간, 시커멓고 커다란 실루엣이 모퉁이를 돌아 나와 380부대원들의 시야에 들어왔다. AN/PVS-5 야시경을 통해 그 광경을 살피고 있던 김창수의 입에서 한마디의 저주가 새어 나왔다.

"에이, 씨!"

T-62 전차 한 대가 엄청나게 빠른 속도로 도로를 타고 내려왔

는데, 커브 구간을 통과한 전차는 구식 전차라는 사실을 무색할 정도로 쾌속으로 도로를 타고 미끄러져 왔다.

김창수는 T-62가 최대 속도로 주행 중이기 때문에 이들의 위치, 전방 200여 미터 구간에 있는 특전대원들이 66밀리 로켓사격을 제대로 할 수 없을 거라 짐작했다. 그 생각을 하며 그는 자신도 모르게 숨을 참은 채 아랫입술을 깨물었다.

곧이어 그의 예측대로, 도로 북쪽 구간에 매복 중인 5명의 380부대원들이 전차가 자신들의 매복 위치를 지나가서 66밀리 로켓탄의 신관 작동 거리를 확보할 때까지 기다리고 있었다. 그러나, 야시경이 있든 없든, 김창수가 보기에 야간에 그 정도의 거리에 이동하는 전차를 향해 로켓을 발사하는 것은 쉽지 않은 일이었다. 그때, 매복조원들이 T-62의 후방과 측면 궤도 부분을 향해 M72 로켓을 발사했다.

"펑~! 쐐애액!"

"펑, 피슛!"

가장 북쪽에 있는, 첫 번째 매복 지점에서 두 발의 66밀리 고폭탄 로켓이 노란 불꽃을 꼬리에 달고 날아갔다. 그러나 두 발 모두 빗나가 버렸고 그것들 중 한 발이 공연하게도 강 건너 젤란디아 요새 근처의 강둑에 작렬, 폭발했다.

김창수는 도로 한복판으로 달려 나가, 그의 먼 전방에 있는 두 번째, 세 번째 매복 지점을 확인했다. 그는 두 번째 매복 지점의 부대원들이 그가 방금 전 그랬듯, 도로 안으로 달려 나와 전차의 전면부를 향해 로켓을 발사하는 것도 소용이 없을 거라 생각했다. 그러나 첫 번째 매복조처럼 전차가 자신들의 위치를 지나간 뒤에 후방에서 로켓 사격을 하는 것이 이번에는 성공할지 분명하지 않았고, 아까운 로켓을 낭비하는 것이 아닌가 반문했다.

그런 그의 우려를 인지하고 있는 듯, 두 번째 매복조에서는 M72 로켓이 한 발만 발사되었다.

"펑~! 피슈슈슛! 콰앙!"

66밀리 로켓탄이 T-62 전차의 우측 포탑 근처에서 폭발하면서 노란 불꽃이 사방으로 튀어 날렸다. 그렇지만, 놀랍게도 전차는 원래의 속도를 유지하면서 세 번째 매복조의 위치를 통과, 김창수의 매복 본대의 위치까지 다가왔다. 김창수는 러시아제 전차의 거대한 실루엣이 50미터 미만의 거리까지 다가오는 것을 보다가 원래 위치로 뛰어 들어가, 다른 대원이 메고 있던 M72 로켓발사기를 빼앗아 왔다. 그리고 다시 도로가로 내려오자 이미, 네거리에 도착한 전차가 대통령궁 쪽, 시내 도로로 우회전을 한 뒤였다.

"통일광장 쪽에 알려, 전차가 그쪽으로 진출한다고!"

김창수는 무전병에게 소리치며 아스팔트 바닥을 질주했다. 그는 네거리 지점에 도착하자마자 로켓 발사기의 뒤쪽 튜브를 잡아서 뺐다. 그리고 무릎쏴 자세로, 가솔린 매연을 뿜으며 멀어져 가는 T-62를 어깨 위에 올려 둔 로켓발사기의 스테디아 곡선을 통해 정조준했다.

야시경을 착용한 데다가 시내 쪽 도로 좌우에 가로등이 있어서 전차의 후방이 완벽하게 그의 시야에 포착되는 순간이었다. 그러나, 그가 검지와 중지로 발사기 방아쇠를 누르려는 찰나 김창수의 시야 안으로 엄청난 양의 광량이 유입되기 시작했다. 그의 양 눈을 살짝 찡그리게 했던 야시경 시야 내의 밝기가 별안간 그가 두 눈을 질끈 감게 할 정도로 증폭되었다. 그리고는 김창수의 시야가 완전히 까맣게 되었다.

"씨팔!"

그가 자동으로 전원이 차단된 야시경을 벗어젖히자 그의 머리 위쪽에서 믿기지 않을 정도의 환한 빛이 쏟아져 내리고 있었다. 젤란디아 요새 쪽에서 발사한 박격포 조명이 네거리 직상방에 떠 있었던 것이다.

김창수는 고개를 돌려, 후방 멀리에 있는 요새 방향을 주시했다. 그리고 그곳에서 들려오는 수리남군들의 목소리를 듣는 순간 본능적으로 교차 지점에서 수풀 쪽으로 내달리기 시작했다. 거의 동시에, 요새의 성곽 일대에서 노란 불꽃 몇 개가 깜박이면서 강변도로 일대에 총성이 쩌렁쩌렁 울리기 시작했다.

그리고는 김창수가 로켓 사격을 하려 했던 지점으로 중기관총 예광탄들이 날아왔고 강력한 기관총탄이 작렬하는 바닥에서 "퍽! 퍽!"하는 소리와 함께 아스팔트 조각이 한 주먹씩 튀어 날렸다.

김창수는 처음 대기 위치를 향해 가슴 높이의 풀 줄기들을 헤치고 달리는 동안 서서히 중기관총탄들이 풀밭 안으로도 날아왔다. 그의 뜀걸음이 이어질 때, 풀 줄기들을 동강 내는 총탄들의 소리가 김창수로 하여금, 수리남군들이 그저 단순한 제3세계의 그저 그런 3류 군대라는 사실이 믿기지 않게 했다. 그가 가까스로 부대원들의 위치에 합류할 때, 도로 북쪽의 매복조에서 다급한 목소리로 경고하는 게 모든 특전대원들의 이어폰에 울려 퍼졌다.

"북쪽에서 적 병력이 나타났다! 지프 2대와 두 톤 반(2.5톤 수송 트럭) 5대! 다시 말한다! 지프 2대와 두 톤 반 5대가 내려오고 있다!"

김창수가 지시하지 않아도 박희석 중사는 대통령궁 쪽에 현 상황을 보고하기 시작했다. 김창수는 아직도 박격포 조명의 잔영이 어지럽게 남아 있는 시야를 회복하고자 두 눈을 연신 깜박이면서 젤란디아 요새 방향을 응시했다. 도로 북쪽과 요새 쪽에서 동시에 협공을 받는 최악이 상황이 벌어지지 않기를 바라며, 그는 도로 북쪽의 매복조 방향을 주시했다.

전방의 커브 너머로 수리남군의 차량 행렬이 모습을 드러냈고 곧 모든 차량들이 김창수 준위의 위치에서 관측 가능했다. 김창수는 주변의 대원들의 준비 상태를 확인한 후, 침착한 목소리로 성대 마이크를 통해 도로 북쪽의 매복조에게 지시를 내렸다.

"이 중사! 이 중사!"

"네, 폭파담당관님."

"그쪽에서 타이밍을 결정해서 조치해! 지금부터 로켓은 최대한 아껴 둔다."

"알겠습니다."

요새 쪽의 수리남군은 그들의 지원 병력 차량들의 존재를 파악함과 동시에 중기관총들의 사격을 중단했다. 그동안 기관총을 장착한 지프를 선두에 둔 차량 행렬은 도로 북쪽, 세 곳의 매복 지점의 살상 구획 안에 완전하게 들어온 상황이었다.

잠시 후, 김창수와 다른 부대원들이 기다렸던 조치가 취해졌다.

"콰콰콰쾅! 쾅!"

네거리 위쪽, 200여 미터 구간의 도로 왼쪽 노변에 설치된 10여 발의 크레모아들이 동시에 폭발했다. 셀 수 없이 많은 수 천 개의 작은 쇠구슬들이, 무시무시한 운동에너지를 가지고 도로 안의 2.5톤 트럭들을 향해 투사되는 순간이었다.

*   *   *

1983년 3월 22일 03시 32분 수리남 파리마리보 통일광장

통일광장과 대통령궁 정문 근처에는 김영천의 대통령궁 기습조와 최정구 소령의 정문 기습조, 광장 접수조가 완전한 엄폐, 은폐 상태에서 전차를 기다리고 있었다.

전장형 중사가 이끄는 일부 대원들이 궁 내부에서 숨어 있던 경비병들과 산발적인 총격전을 치루고 있었지만 대통령궁 전체 구획과 통일광장은 현재 380부대원들에 의해 평정된 상태나 마찬가지였다. 그러나 부테르세 대통령의 소재를 파악하지 못한 상황에서 시내로 진출하는 수리남군을 상대해야 하는 상황이 김영천과 그의 조원들에게는 부담스럽기 그지없었다.

대통령궁의 정문 근처에서 최정구 소령과 상황을 협의하던 김영천, 이규식은 이제 통일광장 너머의 민간인 주택 건물들에서 민간인들이 창문을 통해 이곳 상황을 주시하고 있음을 알 수 있었다.

최정구 소령이 노시천 상사를 통해 66밀리 로켓발사기를 가진 대원들을 광장과 이어져 있는 시내 도로 쪽으로 전개시키고 나자, 김영천이 전소 중이던 경비대 막사 건물을 응시하며 그에게 말했다.

"최 소령, 광장 근처에 사는 민간인들이 다 깨어나서 창가에 서 있는 것 같소."

"예?"

개인용 무전기의 이어폰과 성대마이크를 통해 다른 대원들과 교신하느라 바쁜 최정구가 김영천에게 다시 말해 보라는 듯 턱을 치켜들었다. 김영천은 몸을 빙 돌려서 유럽풍의 아파트 건물들을 좌에서 우로 손가락으로 가리켜 보았다. 창가 앞에서 서성이거나 아예, 창문을 열고 고개를 내놓고 있는 사람들이 그의 눈에 잡혔다. 곧 상황을 파악한 최정구의 표정이 더 일그러졌다.

그는 김영천이 우려하는 것처럼 '단 한 번의 체포, 퇴출 작전'이 '대규모 시가전'이 되는 것을 결코 원치 않았다. 때문에 여차하면, 퇴출 헬기들을 광장 안으로 바로 불러들여서, 380부대원들의 머리 위에서 선회 중인 엔트로피 원의 엄호를 받으며 퇴출할 계획이었다.

다만, 그가 그러한 계획을 김영천, 이규식, 노시천과 같은 선임대원들과 협의하여 진행시키기도 전에 러시아제 전차가 다가오고 있고, 또 대규모 차량화부대가 강변도로에서 접근 중이라는 사실이 그의 조바심을 배가시켰다.

최정구는 우지 기관단총의 소음기를 총구 쪽에서 빼내면서 김영천에게 대꾸했다.

"이미 부테르세를 확보하는 데 실패한 상황에서 이곳에 오래 머물면 수리남군 전체가 우릴 잡아먹으러 몰려올 겁니다. 일단, 근접해 온 적들부터 제압하고 바로 퇴출 과정 요청하면 어떨까요?"

김영천 또한 자신의 우지 기관단총에서 무거운 소음기를 빼내면서 고개를 끄덕여 보였다. 최정구 소령은 김영천과 이규식의 주의를 끌고자 한 손가락을 세워 들며 말했다.

"만약 제게 무슨 일이 생기면 두 분이 퇴출 작전을 진행시켜주셔야 합니다."

"알겠습니다."

이규식이 대답을 하면서 김영천의 어깨를 툭 치고 정문 근처에서 대기하는 기습조원들을 챙기고자 자리를 떴다. 김영천은 최정구 소령의 짐을 덜어 주고자 권용한 중사를 손짓으로 불렀다. 그리고는 그의 무전기를 가리키면서 말했다.

"그럼, 일단 건쉽의 화력지원을 필요로 할지도 모르니 저 위성 중계 무전기를 지금부터 내가 운용하겠소."

"네, 김 중사님."

권용한이 새트컴을 벗어서 김영천의 등에 메주는 동안, 이들의 위치까지 전차의 기동음이 들려오기 시작했다. 전차 소리가 들리는 것과 거의 동시에 대통령궁으로 이어져 있는 도로의 좌우의 건물, 분수, 담벼락 쪽에 380부대원들이 모두 엄폐했다.

김영천은 최정구 소령과 권용한 중사, 몇 명의 통일광장 접수조들과 함께 정문 쪽을 벗어나 광장 한쪽에 있는 긴 화단 벽 쪽으로 달려가 엄폐했다. 이들과 380부대원들은 광장 북쪽 경계선을 따라 커다란 벽돌들을 쌓아서 만든 화단 벽면에 몸을 숨긴 채, 총구와 고개만 내밀었다. 이들의 시선은 전방에 있는 시내 도로를 주시했다.

넓은 2차선 왕복 도로의 좌우에는 3층, 4층짜리 상가 건물들과 아파트 건물들이 있었고 벌써 멀리에서 육중한 전차의 차체가 보이고 있었다. 시내 도로의 가로등들은 강변도로보다 넓은 간격을 두고 설치가 되어 있었다. 따라서 T-62 전차는 가로등 빛이 비치는 곳에서는 거대한 실루엣을 드러냈다가 빛이 없는 곳에서는 아예 보이지 않았고, 그러다가 다시 빛이 비치는 곳에서는 훨씬 더 크고 무시무시하게 모습을 불쑥 드러내며 다가왔다.

김영천과 특전대원들은 모두가 숨을 죽인 채, 이 광경을 지켜보고 있었다. 잠시 후, 광장과 시내 도로 쪽 경계를 담당한 이준호 상사가 도로를 따라 매복 중인 대전차로켓 매복조에게 지시를 내리는 게 모두의 개인 무선망에 울렸다.

"기다려……! 기다려……! 기다려~!"

이준호의 목소리가 이어지는 동안, T-62 전차는 시내 도로를 거의 다 질주하여 대통령궁 쪽으로 방향을 바꾸기 직전까지 다가왔다. 그리고 입체감이 없이, 까맣고 거대하게 보이던 실루엣이 궁 정문 쪽으로 방향을 바꾸자, 전차의 100밀리 포신이 김영천의 시야에 잡혔다. T-62는 시내 도로가 끝나고 광장으로 진출하면서 포탑을 대통령궁 정문 쪽으로 천천히 움직였다. 전차와 김영천의 엄폐 위치는 60~70미터 정도 되는 시점에서 이준호의 목소리가 무선망에 울려 퍼졌다.

"발사~!"

"펑! 펑! 슈슈슛!"

전차의 좌우측 후방 30여 미터 전후의 거리에서 66밀리 로켓탄 두 발이 발사됐다. 그 직후 전차의 후방에서 번쩍하면서 대기를 찢어내는 듯한 폭발음이 울려 퍼졌다.

"콰아앙!"

전차 후방의 디젤엔진부에 로켓탄이 작렬했는지, T-62 후미 쪽에서 노란 불덩어리들이 넓은 포물선을 그리면서 튀어 날아갔다. 전차의 기동 속도가 빠르지 않았기 때문에 김창수의 도로경계조보다 훨씬 더 정확한 로켓 사격이 가능했었고 사격 각도 또한 적합했기에 M72 로켓발사기는 최고의 파괴력을 발휘했다.

그렇지만 최초의 일격으로 전차가 무력화된 것은 아니었다. 포탑이 전차 후방으로 돌면서 수리남군 전차병들이 로켓을 발사했던 매복 지점들을 향해 공축 기관총으로 사격을 가하기 시작했다.

포탑의 위쪽에서 전차병이 해치를 열고 나와 곧 12.7밀리 중기관총으로 시내 도로 좌우를 향해 무차별 사격을 가하기 시작했다.

"타타타타타~! 타타타타~!"

2정의 기관총들이 사방으로 눈 먼 총탄들을 뿜어내고 예광탄들이 도로 좌우의 건물 벽면들을 따라 날아다녔다. 얼마 후, 누군가 투척한 연막탄의 연기가 도로 일대에 흩어지기 시작하면서 전차병들의 사격이 주춤해졌다. 그리고 그때, 최정구 소령이 벌떡 일어서서, 전차를 향해 M79 유탄발사기를 쳐들었다. 40밀리 유탄 사격은 곧바로 이어졌다.

"퍽!"

"콰앙!"

40밀리 유탄이 둥근 포탑에 그대로 명중하자 중기관총 사격을 가하던 전차병의 모습이 뒤이어 발생한 짙은 연기 속으로 사라졌다. 그때부터 도로 좌우에 엄폐했던 대원들이 AK 소총을 단발 모드로 쏴 대기 시작했고, 공축기관총에서 발사된 예광탄들이 그 때마다 380부대원들의 총구 섬광이 보이는 쪽으로 대응 사격을 가했다.

뒤이어서 이준호 상사로 짐작되는 대원 한 명과 두 명의 특전 대원들이 도로 우측의 노상 카페 쪽에서 달려 나왔다. 맨 뒤쪽 대원이 파라솔 테이블에 발이 걸려서 넘어지고 그 바람에 파라솔이 바닥으로 쓰러졌다.

그로 인해, 이들이 측면에서 접근하는 것을 전차병들이 발견할까, 김영천까지 아찔해했다. 다행히, 이준호 상사와 대원들은 전차의 기관총과 포신이 향하고 있는, 수리남군의 시야 좌측에서 은밀해 접근하는 데 성공했다. 다른 대원들의 유인 사격에 수리남군이 반응하는 사이에, 이준호는 다른 대원들의 도움으로 전차 차체 위로 올라갔다. 그런 뒤, 수류탄으로 보이는 것을 포탑 위, 해치 안에 투척했다.

"쿠웅!"

둔한 폭발음과 함께, 열려 있는 해치 안에서 연기 기둥이 치솟자 공축기관총 총성이 뚝 그쳤다.

"후~! 적 전차 제압, 현 상황 이상 무다!"

숨 고르기를 하면서 겨우 이어지는 이준호의 보고에 김영천은 참고 있던 숨을 길게 내쉬었다. 그런데 별안간 김영천이 오줌보가 열릴 정도로 엄청난 폭발음이 그의 직후방에서 들려오기 시작했다.

"파파파팡~! 파파파파!"

김영천과 최정구 소령의 지휘조 후방, 통일광장의 서쪽 골목에서 대구경 기관총성이 울리면서 끊어진 광선 마디처럼 보이는 예광탄들이 T-62 전차의 차체 쪽으로 일직선을 그으며 날아갔다. 수발의 기관총탄들이 차체에 작렬하고 이준호 상사가 아래쪽으로 떨어졌다.

김영천은 몸을 빙 돌려, 이들의 5시 방향에서 접근하고 있는 M2 중기관총이 장착된 수리남군의 지프를 향해 총구를 겨눴다.

"타타타타타! 타타타타타!"

"타타타타!"

"탕! 탕! 타탕!"

그와 주변에 있는 4명의 특전대원들이 우지 기관단총과 AK 소총을 난사했지만 60~70미터 거리를 두고 있는 지프는 쉽게 제압되지 않았다. 오히려, 차체 뒤쪽에 서 있는 기관총 사수가 기관총 총구를 광장 안으로 향하고는 응사하기 시작했다.

"파파파파팡!"

김영천과 특전대원들은 화단 벽을 너머 반대편으로 몸을 날렸고, 김영천이 바닥에 패대기친 자신의 몸을 가누기도 전에 중기관총탄들이 화단 벽의 벽돌을 과자처럼 박살을 내기 시작했다.

벽돌 조각과 화단 안의 흙, 관상용 수풀 줄기들이 연막처럼 380부대원들의 머리 위에 흩뿌려지기 시작했다. 누군가 AK 소총의 총구를 화단 벽 위에 걸쳐 놓고 수리남군의 순찰용 지프를 향해 전자동으로 사격을 가했지만 그곳으로 중기관총탄들이 집중되면서 압도당했다.

"광장 서쪽의 적 중기관총! 광장 서쪽, 주택가 쪽 도로 위에 적 중기관총! 누가 좀 제압해!"

최정구 소령의 개인용 무선망에 고래고래 소리를 쳤고 김영천은 사격이 집중되지 않는 곳으로 기어 나갔다. 그곳에서 새로운 사격 위치를 잡아 수리남군에게 대응하려 했지만 공교롭게도 중기관총탄들은 그가 이동하는 방향을 따라 갔고, 화단의 벽돌들이 역시 박살이 나서 그에게 튀어 날아왔다.

김영천은 꼼짝도 못하고 화단 벽면에 몸을 밀착한 채 엎드려 있었는데, 갑자기 그의 앞에서 뭔가 시커먼 것이 꿈틀했다. 그가 반사적으로 기관단총을 겨누자 김영천의 두 눈에 펠리컨이 기괴하게 생긴, 큰 부리로 딱딱 소리를 내며 서 있었다. 그리고는 김영천의 눈앞에서 거친 날갯짓을 몇 번 하더니 허공으로 날아오르려 했고 김영천은 펠리컨이 기관총탄에 맞아 핏덩어리가 되어 떨어지리라 생각했다.

그러나 펠리컨은 괴상한 울음소리를 내면서, 기관총 예광탄들을 헤치고 천천히 날아올라, 남쪽으로 가 버렸다. 상황에 맞지 않게, 김영천이 너털웃음을 짓는 순간이었다.

*　　　*　　　*

1983년 3월 22일 03시 43분 수리남 파리마리보 통일광장 남쪽, 아파트

"5시 방향, 적 기관총 지프 출현! 빨리 제압해!"

황석현은 최정구 소령의 다급한 목소리를 이어폰을 통해 청취하면서도, 침착하고자 애를 썼다. 처음 수리남군의 중기관총성이 울릴 때부터 그는 저격 태세로 지상을 살폈지만 중기관총 지프는 창가에서 보이지 않는 곳에서 사격 중이었다. 황석현은 급한 대로 저격소총을 두고, 창 바깥으로 상체를 내밀어 아래쪽을 살폈다. 창가의 좌측 먼 아래쪽에서, 총성이 들릴 때마다 번쩍이는 게 그의 눈에 들어왔지만 지프나 기관총의 모습은 보이지 않았다.

"이런, 염병할~!"

그는 저격소총을 번쩍 안아들었고, 어리둥절해하는 김동욱 상사를 둔 채 방 밖으로 나가려 했다. 그러나 김동욱이 바삐 나가려는 그의 어깨를 채어 잡았다.

"적 지프 시야에 들어왔습니다! 저기, 저기 아래쪽 9시 방향!"

황석현은 원래 위치로 돌아와 창가 쪽 테이블을 발로 밀어 버린 뒤, 창틀에 걸터앉았다. 김동욱은 눈치껏 자신과 마주한 채, 창턱에 앉아 사격 앵글을 확보하는 그의 허리띠 앞쪽을 두 손으로 꽉 잡았다.

그의 도움으로 균형을 유지한 채, 황석현은 M21 저격소총을 왼손잡이 사격 자세로 바꿔 아래쪽을 주시했다. 다행히도 그는 지프를 내려다보는 완벽한 위치를 확보할 수 있었고 그의 치명적인 능력이 발휘되었다.

"탕! 탕! 탕!"

불과 3초도 되지 않는 짧은 순간에 그는 7.62밀리 저격소총으로 3번의 표적조준과 3번의 방아쇠 격발을 실행했다. 그리고 세 번째 저격탄의 발사 충격, 반동이 채 가시기도 전에 미제 윌리스 지프는 마치, 차량 안에 아무도 탑승하지 않은 것처럼 광장 바닥 위를 굴러갔다.

중기관총 사수와 운전병, 무전병이 모두 황석현의 총탄에 머리가 박살 나서 쓰러져 있었기 때문이었다.

"후~! 흡!"

황석현은 숨을 내보내자마자 다시 숨을 들이쉬었다. 그리고 지프 주변의 거리를 스코프를 통해 살펴봤다. 더 이상의 위협이 없자, 황석현이 380부대의 무선망에 처음으로 자신의 존재를 드러냈다.

"통일광장 저격조다! 적 지프, 제압! 현 상황, 이상 무!"

그가 보고를 마치자마자, 땀을 뻘뻘 흘리며 황석현의 몸이 창밖으로 넘어가지 않게 잡고 있던 김동욱이 그를 안쪽으로 끌어들였다. 그러나 380부대의 위기는 그것이 전부가 아니었다.

황석현이 테이블을 원위치시키고 광장을 엄호하는 저격 위치를 잡는 동안, 각 대원들이 휴대한 개인용 무전기의 무선망이 아닌, 대통령궁 기습조, 통일광장 접수조, 강변도로 접수조가 공유하는 무선망에서 김창수 준위의 목소리가 다급하게 들려오기 시작했다.

"1조, 3조! 강변도로에서 당소(우리 쪽)와 교전 중이던 수리남 군 보병들이 교전 현장을 이탈, 시내 쪽으로 이동하고 있다. 다시 말한다! 당소와 교전 중이던 적 병력 일부가 교전 현장을 이탈, 시내 쪽으로 이동하고 있다. 1조와 3조는 다음 상황에 대비하라, 이상."

황석현은 고개를 내저으면서, 허리에 착용하던 탄띠를 풀러 테이블 옆에 올려놨다. 그가 탄띠의 수납부들을 열어 놓으면서 7.62밀리 철갑탄들이 가득 채워져 있는 탄창들을 테이블 위에 빼놓을 때, 이번에는 김영천의 목소리가 무선망에서 들려왔다.

"여기는 1조다! 2조가 경고하는 적 병력의 규모는? 이상."

황석현은 동작을 멈추고, 김창수 준위 쪽의 응답을 기다렸다. 김동욱 또한 숨죽인 채 무전기를 주시하고 있는 순간이었다. 김창수의 목소리가 시끄러운 총성과 함께 들려왔다.

"최소 1개 소대 병력 정도 되겠다. 최소 1개 소대! 박격포를 휴대한 것 같으니 조심하라, 이상."

황석현과 김동욱의 시선이 마주치고 두 사람은 무거운 조바심을 공유하기 시작했다.

* * *

1983년 3월 22일 03시 54분 수리남 파리마리보 통일광장

최정구 소령과 김영천은 대원들과 함께 전차가 파괴된 곳으로 달려갔다. 이준호 상사는 차체에서 떨어져 이마가 깨졌지만 무사했다. 하지만 함께 차체에 올라갔던 대원 한 명은 중기관총탄에 우측 팔이 박살이 나서 너덜너덜할 정도로 되어 있었고, 유일하게 중기관총 지프를 향해 응사했던 이준호 상사의 나머지 대원은 즉사한 상태였다.

최정구 소령은 광장 접수조 병력들을 직접 불러 모아, 전소 중인 전차 너머의 시내 도로 양편을 향해 RPK 기관총들을 배치했다. 강변도로와 교차할 때까지, 500여 정도를 거의 일직선으로 뻗어 가는 도로 구간이기 때문에 기관총 몇 정이 위력을 잘만 발휘한다면 시간을 벌 수 있을 거라는 계산이었다.

김영천은 380부대원들이 도로 양편에 매복 위치를 잡느라 분주히 움직이는 것을 지켜보고 있을 때, 각 조별 무전기를 통해 김창수가 그를 호출했다.

"영천아! 영천아!"

김영천은 최정구에게서 송수화기를 건네받아 입가로 가져갔다.

"상황이 어때, 창수?"

"이쪽 2조의 모든 매복 위치에서 적 다수 병력과 교전 중이다. 화집점 호텔 파이브(H5), 화집점 호텔 식스(H6), 화집점 호텔 세븐(H7) 사이의 공간을 킬박스(무차별 사격 지대)로 설정! 즉각적인 화력지원을 요청한다. 지금 당장!"

김영천과 최정구는 대통령궁, 통일광장, 강변도로, 시내 도로 일대에 정해 놓은 화집점들을 모두 암기하고 있었기에 김창수의 화력지원이 어느 정도로 다급한 상황인지를 인지할 수 있었다.

김영천은 최정구를 향해 고개를 쳐들었고, 그가 김영천에게 고개를 끄덕이며 대꾸했다.

"엔트로피 투가 화력지원을 해 주도록 요청하세요, 김 중사님."

김영천은 즉시, 위성중계 무전기의 채널을 바꿔 파나마의 전진기지와의 무선망으로 옮겨 갔다. 그리고 전진기지 상황실을 호출하기 시작했다.

*　　*　　*

1983년 3월 22일 03시 57분 미국 워싱턴주 워싱턴DC, 백악관 집무실

제이슨 휘태커와 클래러지가 대통령의 집무실에서 레이건 대통령을 기다린 지 반 시간이 조금 넘자, 집무실 출입문 쪽에서 몇 사람의 걸음소리가 들려왔다. 휘태커가 먼저 소파에서 몸을 일으켰고 클래러지가 뒤따라 일어났다. 그 즈음, 출입문이 열린 뒤 대통령 경호대의 선임요원이 집무실 안으로 고개를 쓱 들이밀었다. 그는 고개를 좌우로 신속하게 움직여 두 사람만 있는 것을 확인했다. 휘태커가 그를 향해 고갯짓을 하자, 그 역시 고개를 끄덕여 답례했다.

잠시 뒤, 그가 다른 경호원들에게 집무실 내부 상황을 보고하고자 속삭이는 소리가 출입문 뒤에서 들여오고 마침내 침실에서 곧바로 달려온 레이건 대통령이 출입문을 열고 나타났다.

"각하~!"

"제이슨? 듀이?"

레이건을 두 사람에게 인사를 건네고, 집무실 책상 앞쪽에 자리를 잡았다. 그는 두 사람을 응시하면서 대충의 분위기를 파악한 듯했고 먼저 물었다.

"수리남인가?"

휘태커는 클래러지를 힐끗 보고서 가운의 주머니 안에 양손을 넣고 서 있는 대통령을 향해 고개를 끄덕였다. 질문에 대한 답변은 클래러지가 했다.

"문제가 생겼습니다."

레이건이 고개는 꼼짝하지 않고 시선만 클래러지 쪽으로 움직였다. 그리고 무거운 목소리로 물었다.

"작전이 실패한 것이오?"

"아닙니다, 각하. 작전은 현재 실행 단계에 있습니다."

"그럼, 무엇이 문제요?"

레이건의 질문에 마침내, 휘태커가 응답했다.

"조지(국무장관 조지 슐츠)입니다. 조지가 이번 작전에 대해서 모든 것을 캐내서 알고 있는 듯합니다."

레이건은 고개를 가로저어 보인 뒤 시선을 바닥으로 향했다. 휘태커는 잠시 말없이 그를 주시했다. 조금 뒤, 대통령이 시선을 여전히 아래쪽으로 둔 채 말했다.

"국무부가 원하는 것이 무엇이라 합니까?"

"CIA가 앞장서서 월권행위를 하고 있다고 펄쩍 뛰면서 당장 작전을 취소하고 한국군 병력을 본국으로 철수시키라 합니다."

"만약 그의 요구가 받아들여지지 않는다면?"

대통령의 질문에 답변하기 전에 휘태커는 손수건으로 자신의 뺨과 목을 한 번 닦았다. 그리고는 어렵게 대꾸했다.

"상원 군사위원회와 정보위원회에 이 사항을 낱낱이 보고하는 것은 물론, 언론에 모두 공표해 버리겠다고 벼르고 있습니다. 이미, 국무부 쪽에서 은밀하게 몇몇 관련된 의원들까지 그냥 두지 않겠다고 점잖게 위협한 모양입니다. 카진스키 의원과 홈스 의원이 이번 작전에 대해서 지지를 철회한다고 연락이 왔습니다."

"젠장, 조지~!"

레이건 대통령은 난감한 표정을 지으면서 고개를 가로저어 보였다. 그의 시선이 다시 휘태커에게 향했다.

"케이시 국장과 다른 사람들도 이 상황을 인지했소?"

"네, 각하. 펜타곤의 장군들은 어차피 이번 작전에 깊숙하게 개입되지 않아서 강 건너 불구경하듯 관망하고 있지만 케이시 국장은……."

휘태커의 표정이 더욱 일그러지자 레이건이 자리에서 벌떡 일어났다. 휘태커는 식은땀을 흘리면서 답변을 이어 갔다.

"케이시 국장은 자신이 직접 상원 군사위원회와 정보위원회의 위원장들을 다시 만나 우리 입장을 분명하게 관철시키겠다고 분주히 움직이고 있습니다."

"빌어먹을, 케이시 국장이 이번 작전의 입안 단계에서 그쪽 위원회들의 핵심의원들을 포섭하는 데 성공했다고 하지 않았소? 겨우 카진스키와 홈스 같은 시끄러운 나팔수들만 포섭해 놓고 이 난장판을 추진해 왔단 말이오? 기가 막히는군."

낮은 톤이지만 힘이 바짝 들어가 있는 레이건의 질문에 휘태커가 난감한 표정을 지어 보일 때, 또 클래러지가 끼어들었다.

"포섭이야 했죠. 당연히 포섭을 했으니 일을 이렇게 크게 벌려 놓은 게 아니겠습니까?"

클래러지는 다시 소파에서 일어나 팔짱을 끼었다. 그리고 대통령의 곁으로 몇 걸음 다가가며 말을 이어 갔다.

"슐츠 장관은 두 상원의원들 뿐만 아니라 NSA, NRO의 다른 몇몇 협력자들에게도 이미 경고의 메시지를 보냈습니다. 군사, 정보위원회의 몇몇 다른 의원들까지 자신들은 이번 작전과 아무런 관련이 없다고 우리의 확인을 받으려 합니다."

클래러지의 설명을 듣고 나서 레이건은 책상 뒤쪽으로 걸음을 옮겨 의자에 앉았다. 30여 초 동안 세 사람이 아무 말 없이 서로를 주시했다. 휘태커는 손목시계를 쓱 쳐다본 뒤 대통령에게 어렵게 말을 붙였다.

"각하, 결단을 내려 주셔야 할 것 같습니다. 지금쯤 한국군 특전대가 수리남 영공에 진입하고 있을지도 모릅니다. 아니, 어쩌면 양측 간에 전투가 진행 중인지도 모를 일입니다. 그쪽에서 가능한 상황이라면 당장에라도 작전 전체를 취소해야 할 듯합니다."

휘태커는 말을 마치고 짧은 한숨을 쉬었다. 레이건 대통령의 시선이 클래러지에게 향했고 클래러지는 조언을 구하는 대통령에게 고개를 한 번 끄덕여 보였다.

이어서, 레이건은 휘태커에게 시선을 보낸 뒤 역시 고개를 끄덕여 보임으로써 작전 취소를 승인했다.

휘태커는 집무실 책상 한쪽 구석에 있는 보안회선 전화기 쪽으로 서둘러 걸음을 옮겼다. 그 사이, 대통령은 의자에서 일어나서 클래러지 쪽으로 다가섰다. 두 사람은 휘태커가 케이시 국장 쪽과 통화를 시작하는 것을 잠시 듣다가 서로를 마주보게 됐다. 레이건은 그에게 나지막이 말했다.

"듀이, 다른 이들이 훗날 이번 사건에 대해 알게 된다면 어떻게 반응할까? 난 이 점이 두려운 게 아니라 궁금하네."

말을 마치고 대통령이 억지로 미소를 지어 보이자 클래러지는 사뭇 진지한 표정을 지어 보이며 대답했다.

"각하께서 우리 미합중국의 국익을 위해 최선의 선택을 하셨다고 말할 겁니다."

그의 대답을 듣고 레이건은 활짝 웃어 보였지만 그 웃음을 웃음으로 보는 사람은 없었다. 대통령은 큰 목소리로 말을 보탰다.

"아냐. 아마도 '불 쉣(Bull Shit)'이라고 하겠지."

대통령이 웃으며 남긴 말에 클래러지와 휘태커는 순간 표정이 굳어 버렸다. 그들을 뒤로 하고 대통령은 집무실 출입문을 향해 성큼성큼 걸어 나갔다. 그의 인기척을 느낀 출입문 밖의 경호요원이 출입문을 열었고 레이건을 출입 문가에 섰다. 그곳에서 그는 어깨 너머로 고개를 돌려 아직도 통화 중인 휘태커를 응시했다. 그리고 입술을 크게 움직여서 언짢은 듯한 표정을 만들어 보이고는 집무실 바깥으로 나가 버렸다.

클래러지는 꼼짝 않고 서서 레이건 대통령이 갔던 방향을 응시했다. 그가 담배 개비 하나를 꺼내 입에 물 때 통화를 마친 휘태커가 클래러지 옆으로 다가섰다. 불을 붙이면서, 클래러지가 그에게 물었다.

"작전 취소가 제때 전달될 것 같습니까?"

휘태커는 담배를 한 모금 길게 빨고서 연기를 길게 내뿜었다. 휘태커의 대답은 그때쯤 나왔다.

"케이시 국장에게 직통으로 전달되는 CIA 긴급회선으로 각하의 명령을 전달했습니다. 나머지는 그 교활한 녀석들의 몫이겠죠. 한국군 침투부대를 불러들이든지 그들이 탑승한 침투 항공기를 격추시키든지. 아니면 그곳에서 이미 전투를 치루고 있을 한 국군들을 모두 잊어버리든지."

클래러지는 숨이 막히는 느낌이 들었는지 갑자기 넥타이 매듭 부분을 거칠게 잡아당기기 시작했다. 그는 넥타이 매듭이 헐렁하게 되자 몇 번 심호흡을 했다. 그런 뒤 휘태커를 쳐다보지도 않고 집무실 출입구로 걸어 나갔다.

*　　*　　*

1983년 3월 22일 04시 03분 파나마 미군 전진기지

여러 대의 무전기들이 작동 중인 상황실 내부에서 이번 작전을 지원하는, 그린베레 통신부사관이 별안간 싱글턴을 향해 한 손을 쳐들며 소리쳤다.

"장군님!"

그의 목소리에 싱글턴과 함께 상황판 앞에 서 있던 글로버 중령, 오스본의 시선까지 무전기 패널 쪽으로 향했다. 그러나 이들이 우려했던 상황이 시작된 것은 아니었다. 통신부사관 행크 새들러(Hank Saddler) 중사는 380부대 쪽과 교신하는 무전기의 송수화기가 아닌 미국 본토와 연결되어 있는 새트컴의 송수화기를 들고 싱글턴을 호출한 것이었다.

싱글턴이 그쪽으로 걸어가고 잠시 후, 그는 무언가 중요한 대화가 오가는지 자신이 직접 새트컴을 들고 상황실 구석으로 가버렸다. 그리고 그 모습을 말없이 지켜보다가 오스본과 글로버 중령의 시선이 다시 상황판 쪽으로 향했다.

380부대의 교전에 대한 보고에 이어서 NRO에서 6분 전에 업데이트해 준 정보는 두 사람이 판단하기에 곧 교전 현장이 총체적인 난장판이 될 것임을 기정사실화해 줬다. 오스본은 곧 380부대 쪽에서 AC-47기들을 요청할 거라 확신했다. 그는 상황판에서 젤란디아 요새 쪽을 뚫어져라 주시하며 글로버에게 물었다.

"쿨리트 중령의 부대가 결국에는 움직일 거라 생각합니까?"

몇 분 전 NRO의 위성사진 상에서 젤란디아 요새 내부의 움직임은 아직 없었지만 오스본은 그의 의견을 듣고 싶어졌다. 그러나 네이비 씰 출신의 장교는 얼굴을 잔뜩 찡그린 채 상황판을 응시할 뿐 대꾸하지 않았다. 답답한 오스본의 시선이 등 뒤쪽으로 향했다. 새트컴을 통해 본토의 CIA 지휘부와 교신하는 싱글턴 장군의 곁에 다른 그린베레의 장교들까지 합류하여 은밀한 목소리로 대화하는 모습이 그의 시야에 잡혔다.

"빌~."

오스본이 기다리던 대답이 심드렁한 말투로 글로버 중령의 입에서 나왔다.

"혹시, TF380이 젤란디아 요새에서 강변도로로 진출하도록 해 주는 교각을 지금 당장 폭파시키도록 하면 어떻겠소?"

그 말을 마치면서 글로버 중령은 오스본에게 시선을 보내 왔다. 오스본은 그의 눈빛에서 팽팽한 긴장감과 불안감을 읽었다.

"장군님, TF380입니다."

새들러 중사의 호출에 오스본과 글로버 중령이 싱글턴 대신 그에게 다가갔다. 오스본이 아직도 새트컴을 붙들고 있는 싱글턴을 힐끗 본 뒤 그에게 물었다.

"엔트로피 원, 투에 대한 화력지원 요청인가, 행크?"

"예. 화집점 호텔 파이브, 호텔 식스, 호텔 세븐 사이에 킬박스를 설정해서 긴급 사격을 요청하고 있습니다."

새들러 중사의 설명에 오스본이 그가 들고 있던 전술지도를 빼앗아 들었다. 지도 안에서 오스본이 확인한 확인점 호텔 파이브, 식스, 세븐은 강변도로의 북쪽과 젤란디아 요새, 시내 도로 입구 구획이었다. 오스본은 지도를 안은 채 380부대와 연결된 무전기 송수화기와 AC-47건쉽들과 연결된 송수화기, 두 개를 양손에 들고 있는 새들러 중사에 물었다.

"지금 수리남군이 강변도로 전체를 접수했다 하던가?"

"아닙니다, 강변도로 북쪽에서 적 병력이 내려오고 있고, 요새 쪽에서도 적들이 진출하려는 것 같다고 전달해 왔습니다."

대답을 마치기도 전에 새들러 중사의 시선이 다시 싱글턴 쪽으로 향했다. 그러나 싱글턴 장군은 그를 향해 대기하라는 의미로 한 손바닥을 쳐들어 보이고 있었다. 그는 아직도 자신의 새트컴 송수화기를 든 채 누군가와 옥신각신하고 있었고 그 모습에 오스본은 슬슬 불안한 표정을 지어 갔다.

다시 한 번, 380부대 쪽 무전기 쪽에서 다급한 목소리로 화력 지원을 요청하는 목소리가 새들러 중사의 손 안에 있는 송수화기에서 흘러나왔고 오스본은 그때, 그 목소리의 임자가 김영천임을 확인했다. 그때부터, 그의 뱃속에서 뜨거운 무언가가 생겨나서 점점 가슴팍 쪽으로 차오르기 시작했다.

오스본은 새들러 중사의 어깨를 채어 잡고 말했다.

"이봐! 어차피 당신이 이곳 상황실 무전기를 잡고 있는 이유가 TF380을 위해 엔트로피 원, 투의 화력투사를 지시해 주는 거잖아. 장군님도 나도, 여기 있는 모든 인원들이 알고 있는 사실이 바로 그거 아닌가? 뭘 기다리는 거야? 지금 당장, TF380의 화력 지원 요청을 엔트로피 원과 투에게 전달해 줘!"

새들러는 잠시 어리둥절한 표정을 지었다가 다시 싱글턴 장군 쪽으로 시선을 보냈다. 싱글턴은 새트컴을 통한 교신은 마쳤지만 글로버 중령과 큰 목소리로 대화를 나누고 있었고, 상황실 안에서 가장 중요한 임무를 수행할 새들러 중사는 안중에도 없어 보였다.

"서둘러, 행크!"

오스본은 그 기세로 새들러에게 전술지도를 펴서 들이댔다. 글로버 중령은 말없이 두 사람 그리고 싱글턴 장군을 차례로 지켜봤지만 오스본과 달리 차분한 상태였다.

결국 오스본의 요청에 새들러 중사가 능숙한 스페인어로 AC-47기 1번기, 엔트로피 원을 호출하기 시작했다.

"엔트로피 원, 여기는 에이블 식스!"

그의 호출에 바로 엘살바도르 공군 파일럿의 목소리가 들려왔다.

"엔트로피 원, 카피!"

그때서야 오스본은 전투복 소매로 이마의 땀을 닦아 내며 한숨을 내쉬었다. 그렇지만 그가 바라는 일은 일어나지 않았다.

"잠깐! 잠깐, 대기해! 대기하란 말이야!"

싱글턴의 목소리가 들리면서 누군가가 새들러 중사가 들고 있던 전술지도를 채어 갔다. 갑작스러운 일에 오스본과 글로버의 시선이 싱글턴 장군에게 향했다. 싱글턴은 전술지도를 한 손으로 들고 다른 한 손으로 새들러 중사의 무전기 송수화기를 빼앗았다. 그런 뒤, 자신이 직접 능숙한 스페인어로 엔트로피 원의 조종사에게 대기하라는 지시를 내렸다.

오스본은 순간, AC-47기들의 지상 공격 개시 명령의 최종 절차를 싱글턴이 직접 하고 싶어 하나 싶어서 한마디 하려 했지만, 그의 입에서 훨씬 더 충격적인 말이 나왔다.

"새들러 중사뿐만 아니라, 이 시간부로 이 상황실에 있는 모든 인원은 대기 상태에 들어간다!"

그의 말에 오스본은 온몸의 신경세포가 곤두서는 것을 느꼈다. 그런 그가 입을 열기도 전에 싱글턴이 그에게 얼굴을 들이밀고 속삭였다.

"빌, 유감스럽지만 TF380은 이 시간부로 일체의 화력지원을 받을 수 없을 수 없네."

그 말에 글로버 중령의 두 눈까지 휘둥그레졌다. 오스본과 글로버, 새들러 중사 그리고 다른 몇 명의 상황실 요원들이 싱글턴 장군을 응시하자 그가 침착한 톤으로 말했다.

"방금, 본토에 있는 작전 지휘부에서 이번 작전에 대한 철회를 공식적으로 통보해 왔다."

그의 말에 잠시 동안 모든 사람들 사이에 침묵이 감돌았다. 글로버를 비롯한 상황실 인원들과 달리 빌 오스본에게는 그 침묵이 폭풍 전의 고요와 같은 것이었다. 익히, 오스본을 잘 알고 있는 사람들은 걱정스러운 눈빛으로 그를 주시했고 그가 마침내 싱글턴에게 따지기 시작했다.

"그게 무슨 말입니까, 장군님. 작전을 취소하기에는 이미 너무 늦은 거 아닙니까? 지금 엔트로피 원, 투를 기지로 복귀시키고 우리가 이곳에 퍼질러 앉아 버리면 저들에게 무슨 일이 일어날지 잘 아시지 않습니까? 공해상에서 대기 중인 엔트로피 쓰리까지 현장에 합류시켜도 상황이 쉽지가 않은데, 대체 이게 무슨 말입니까?"

싱글턴은 대꾸 없이 시선을 내리깔고 시가를 꺼내 물었다. 그러자 오스본의 성토가 이번에는 글로버 중령에게 향했다.

"중령님, 이게 말이나 되는 겁니까? 지금 파리마리보에는 서너 명의 씰 대원이 교전 중인 게 아니라 55명이나 되는 한국군 병력이 수백 명의 수리남군에 포위되어 있는 상황입니다. 대체 어떤 작자가 작전 취소를 통보한 겁니까?"

오스본의 목소리가 상황실 안에 쩌렁쩌렁 울렸지만 그의 질문에 대답하는 사람은 아무도 없었다.

서서히 흥분해 가던 오스본이 여러 대의 작전용 AM, FM, 위성중계 무전기들을 가리키며 소리쳤다.

"빌어먹을 작전 취소를 엔트로피 원, 투, 쓰리에게 전파하기 전에 이미 지상에 대한 화력지원이 시작된 걸로 둘러대면 되지 않습니까? 그리고 TF380을 퇴출시키는 헬기들과 교신이 원활하지 않아서 역시, 작전 취소를 전달하지 못했다고 하면 55명의 한국군 특전대원들이 모두 살아서 돌아올 수 있습니다. 예?"

감정이 고조된 오스본이 이제 싱글턴 장군에게 거칠게 쏘아붙였다. 사실, 오스본은 자신의 항의에 무반응으로 일관하는 싱글턴의 속내를 짐작할 수 있었다. 그는 싱글턴 또한 몇 분 전, 미본토의 랭글리에서 작전 취소를 내렸던 브랫 헨드릭스에게 자신이 한 말과 똑같이 얘기 했을 것이라 확신했다.

이들 사이에 있었던 팽팽한 긴장감 대신 이제 무력한 침묵이 감돌았다. 오스본은 무전기 송수화기에서 새어 나오는 김영천의 목소리를 듣다가 이내, 관제실의 출입문을 향해 몸을 돌렸다.

그는 출입문 쪽으로 뚜벅뚜벅 걸어 나가다가 갑자기 걸음을 멈추고 어깨 너머로 시선을 보냈다. 싱글턴 장군과 글로버 중령을 차례차례 응시했지만 오스본의 시선에서 분노나 적개심이 보이지는 않았다. 하지만 싱글턴과 글로버는 지금 오스본의 심정이

어떠한지 매우 잘 알았다.

두 사람은 1980년 4월 이란 주재 미 대사관 인질들의 구출 작전 당시, 작전 취소 통보 없이 테헤란 시내에 버림받았던 오스본이 지금 수리남에서 버림받은 한국군 특수부대원들의 심정을 그 누구보다도 잘 알고 있을 거라 확신하고도 남았다.

오스본은 깊은 좌절감을 눈빛에 실어 보내고는 다시 출입문으로 향하고 곧 관제실 바깥으로 나갔다.

4장
오스본의 작은 전쟁

1983년 3월 22일 04시 16분 파나마 미군 전진기지

관제탑의 상황실에서 활주로로 내려온 오스본은 AC-47기들
이 주기되었던 쉘터 쪽으로 급히 옮겨 갔다. 빈 쉘터 안에는 아무
도 없었지만 쉘터 안쪽 구석에 지프 한 대가 있었고 그는 그곳으
로 향했다. 지프에 도착하자, 지프의 뒤쪽에 적재된 2대의 무전
기들 중 한 곳에서 김영천의 화력지원 요청이 들려오고 있었다.
그러나 김영천의 목소리가 들려오는 교신은 상황실의 싱글턴 장
군이 사용하는 약정된 주파수를 통해서가 아닌, 오스본이 김영천
에게 380부대의 출격 직전에 은밀하게 건네준 비상주파수를 통
해서였다. 상황을 파악한 김영천이 오직, 오스본과 김영천 두 사

람만이 알고 있는 주파수로 전환하여 화력지원을 요청하고 있었던 것이었다.

숨 고르기를 한 뒤, 오스본이 김영천에게 응답했다.

"킴! 여기, 빌이다."

잠시 후, 총성들을 배경으로 그의 목소리가 들려왔다.

"젠장할! 지금 뭐하고 있는 거야? 건쉽들이 이쪽 상공에 떠 있는 게 보이는데 왜 지상 사격을 하지 않지?"

오스본은 큰 숨을 들이쉬었다 내쉬고는, 또박또박 말했다.

"방금 전에 본토의 지휘부에서 작전 취소를 통보해 왔다. 하지만 걱정 마, 친구."

그가 말을 마치고 키를 놓자마자 곧바로 김영천 쪽에서 교전 소음이 무전기 송수화기에서 들려왔다. 연사로 발사하는 AK 소총과 우지 기관단총의 총성들이 계속해서 이어졌다. 그러나 김영천은 무전기 키를 잡은 채 아무 말도 못 하는지 총성과 다급히 오가는 한국말 소리만이 들려왔다. 한참이 돼서야 김영천의 목소리가 들려왔다.

"빌!"

"듣고 있다."

"우리가 여기서 그냥 개죽음을 당하도록 손 놓고 있지 않을 거지?"

그 말을 들은 오스본은 울컥해지는 마음에 무전기 키를 부서져라 꽉 잡고 말했다.

"이런 경우를 대비해서 내가 준비해 둔 게 있다. 내게 믿음을 가져 봐. 신이 존재한다는 것을 보여 주마."

그가 말을 마치자 다시 시끄러운 총성 속에서 김영천의 대답이 들려왔다.

"난 여기서 죽고 싶지 않다, 빌. 교신 끝!"

오스본은 김영천과 교신한 무전기의 송수화기를 내려놓고 엔트로피 원, 투와 교신할 수 있는 무전기의 송수화기를 집어 들었다. 그 순간, 그의 머릿속에 댄 크로포드가 최근 몇 년 동안 그에게 반복해서 했던 말이 떠올랐다.

크로포드는 두 사람이 온두라스와 파나마, 콜롬비아에서 활동하는 내내 오스본을 힘들게 했던 '윤리적인 책임감'이 언젠가 그를 발목을 붙잡고 결국에는 곤경에 처하게 만들 거라 말했다. 그 말이 떠오르자 오스본은 콧방귀를 한 번 끼고서 피식 웃었다. 그런 뒤, AC-47기의 예비주파수를 통해 그들을 호출했다.

"엔트로피 투, 여기는 알투로(Arturo). 엔트로피 투, 여기는 알투로, 응답하라!"

오스본은 현재와 같은 만약의 경우를 대비하여, 엔트로피 원과 엔트로피 투의 예비주파수를 확보하여 싱글턴 장군의 지휘부 몰래 지상 공습을 요청할 계획이었다. 엘살바도르 공군 조종사들에게 낯선 방문객인 싱글턴 장군과 달리 수년 동안 엔트로피 원과 엔트로피 투의 화력지원을 임무 수행 중에 직접 요청하고 받아왔던 오스본은 사실상 그들의 동료라고 인정되어 왔기 때문에 그의 마음속에는 성공에 대한 확신이 가득했다. 그의 기대에 부응이라도 하듯 엔트로피 투의 부조종사 곤잘로 대위의 목소리가 들려왔다.

"엔트로피 투, 카피! 대체 왜 알투로가 예비무선망에서 얼쩡거리는가? 이상."

별다른 의심 없이 서로의 목소리로 피아가 확인된 이상, 이제 오스본은 그의 계획대로 엘살바도르군 조종사들을 자신만의 의도대로 몰고 가기만 하면 됐다. 오스본은 상황실의 통신부사관 새들러 중사 없이도 자신이 직접 전술지도를 보고 공습을 요청하는 일은 평소에 늘 해 왔던 일 이상도 이하도 아니었다.

그는 태연하게 말을 이어 갔다.

"적들이 우리 약정된 최초 무선망에 침입하여 교란작전을 펼치고 있어서 예비무선망으로 들어왔다. 현 시간부로 엔트로피 원과 엔트로피 투는 이 예비무선망 외에 다른 무선망에서 들어오는 그 어떤 지시나 명령을 무시하고 알투로를 통해서만 작전 행동을 취하기 바란다. 이상."

오스본은 말을 마치면서, 만약 저쪽의 관제탑 위에서 싱글턴 장군의 상황실 요원이 예비무선망을 점검하다가 이 교신 내용을 청취하지 않을까 걱정했다. 그렇지만 아직 양쪽의 대화에 끼어드는 대상은 없었다. 대신, 엔트로피 투의 조종사인 발데즈 소령의 목소리가 들려왔다.

"라저 댓! 엔트로피 원과 엔트로피 투가 아직 작전 지점 상공에 대기 중이다. 지상 상황이 좋지 않은데, 계속 대기해야 하는가? 이상."

그 말을 듣자마자 오스본은 지프의 조수석에 앉아서 전술지도를 펼쳤다. 그의 응답이 뒤따랐다.

"아니다, 발데즈! 대기 명령을 취소하고 현 시간부로 지상 공습 과정을 시작하라. 엔트로피 투에게, 다시 말한다. 엔트로피 투에게 최초 화력지원 요청 내용은 화집점 호텔 파이브와 호텔 식스, 호텔 세븐 사이에 킬박스를 설정하고 그 안에 있는 모든 적 인원과 차량을 제거하는 것이다! 이상."

지도를 보고 있는 그의 머릿속에는 부디 자신의 조치가 너무 늦지 않았기를 바라는 조바심이 가득했다.

"라저! 엔트로피 투, 현 시간부로 지상 화력지원 과정에 들어간다! 이상."

건쉽과 교신을 마치자마자 오스본은 이번에는 무전기의 주파수를 380부대의 퇴출을 지원할 헬리콥터 편대의 예비무선망으로 전환시켰다.

"액추얼(Actual), 액추얼, 여기는 알투로."

이번에는 오스본이 직접 모집하고 편성한 민간용 CH-47 헬리콥터 편대장을 호출했다. 그가 싱글턴 장군의 지휘부 몰래, 사전에 주지시켜 놓았듯이 액추얼 편대 역시 예비주파수를 열어 놓고 있었다. 그들의 응답이 바로 이어졌다.

"액추얼 수신! 알투로, 고우!"

은퇴한 에어 아메리카의 조종사 샌더스(Tom Sanders)의 목소리였다.

"현재 대기 상태를 유지하고 있는가? 이상."

"빌, 대체 어떻게 된 거야? 5분 전에는 우리 출발했어야 하는 거 아냐?"

오스본은 손목시계를 한 번 살핀 뒤, 힘주어 말했다.

"탐, 현 시간부로 약정된 최초 무선망에 적들이 교란작전을 펼치고 있으니 예비무선망 외에 그 어떤 주파수로 들어오는 지시나 명령을 무시하라. 그리고 지금 당장 목표 지점(통일광장)으로 출발하라. 액추얼, 메시지 카피했나? 이상."

"라저, 알투로. 지금 당장 출발하겠다. 이상. 교신 끝"

오스본은 이들 헬기부대가 일단, 베네수엘라의 야전활주로에서 이륙한다면 해상으로 저공침투 비행을 실행하는 내내 무선침묵 상태가 유지될 것으로 알고 있었다. 때문에 중간에 싱글턴 장군이 이들의 비행을 취소시킬 수 없을 거라 계산했다. 그는 이제 그의 은밀한 조치들로 모든 문제가 해결될 거라 조심스럽게 낙관했다.

오스본은 심호흡을 한 번 한 뒤, 무전기 키를 누르며 말했다.

"행운을 빈다, 액추얼. 이상, 교신 끝!"

교신을 마치고 오스본은 등받이에 몸을 기댔다. 그는 이 작전이 끝나면 이 모든 일에 대해서 책임을 묻는 자들이 두렵지 않았다. 다만, 김영천과 54명의 한국군 특전대원들이 과연 살아 돌아올 수 있을지가 걱정되었다.

                    *   *   *

1983년 3월 22일 04시 22분 수리남 파리마리보 외곽 강변도로

"펑! 피슈슛!"

김창수의 지시에 따라, 그의 좌측에 있던 380부대원 한 명이 M72 로켓발사기로 66밀리 로켓탄을 발사했다. 섬광을 꼬리에 단 대전차 고폭탄이 강변도로를 횡단하여 젤란디아 요새에서 진출하던 선두 장갑차 전면에 명중했다.

"콰~!"

새벽 대기를 찢어발기는 듯한 폭발음과 함께 불꽃이 사방으로 튀어 날렸다. 놀랍게도 로켓탄의 피탄과 동시에 전면부에서 화재가 발생한 장갑차에서 누군가 해치를 열고 나왔다. 그리고는 차체 위에 장착된 7.62밀리 경기관총으로 김창수 준위의 위치 일대로 사격을 가해 왔다. 파괴된 장갑차와 김창수 준위의 도로저지조의 거리는 60~70미터였다.

잠시 후, 파괴된 장갑차 차체 전체로 불길이 번졌다. 그로 인해 장갑차 뒤로 정체되어 있는 수리남군들의 5톤 트럭들은, 요새에서 강변도로로 이어진 20여 미터 길이의 교각 위에서 꼼짝도 못하게 되었다. 그러나 트럭에서 하차한 수리남군 보병들은 교각 좌우 난간 쪽에서 380부대원들 방향으로 사격을 가해 왔다.

그들을 향해 380부대의 매복 지점들에서 AK 소총과 RPK 기관총이 응사했지만 그때마다 어김없이, 강변도로의 북쪽 2.5톤 트럭들 근처의 수리남군들 또한 380부대원들에게 격렬한 사격을 가해 왔다. 도로 북쪽의 수리남군들은 10발의 크레모아 공격에 일부 병력이 무력화되었다. 그리고 멀쩡한 병력 대다수가 대통령궁 쪽으로 이동해 간 상황이지만, 남아 있는 그들의 규모는 여전히 380부대원들을 압도하고도 남는 상황이었다. 김창수 준위의 매복 위치로 거리를 좁혀 오기는 그쪽도 마찬가지였다.

김창수는 잠시 도로 북쪽을 응시하던 시선을 좌측으로 돌려, 젤란디아 요새 쪽을 살폈다. 요새에서 뻗어 나온 교각 위에서는 수리남군이 트럭들에서 하차 중이었기에 그들의 목소리가 시끄럽게 들려오고 있었다. 그리고 그들이 도보로 교각을 건너, 강변도로로 진출할 일련의 과정을 엄호하기 위해서, 요새의 꼭대기 층에서 서치라이트들이 강변도로와 시내 도로의 교차 지점 일대를 훑고 있었다. 무언가 보이면 수리남군의 기관총탄들이 날아갔고 그로 인해 380부대원들은 잠시 사격을 중단해야 했다.

김창수가 보기에 교전 지점 상공에서 선회하고만 있는 건쉽들이 손써 주지 않는다면, 이들의 저지선이 양편에서 접근하는 수리남군들에게 뚫리는 것은 이제 시간 문제였다. 그는 곧 10~20분 안에 자신의 조원들은 물론, 통일광장과 대통령궁 쪽에 있는 동료들의 운명이 결정지어질 거라 생각했다. 그는 자신의 가슴이 한없이 먹먹해지는 것을 느꼈고 이어서 AC-47기들의 발칸포가 불을 뿜게 만들지 못하는 작전 지휘부를 모두 쏴 죽이고 싶은 충동에 숨이 턱 막혔다.

양쪽의 적군들을 번갈아 주시하던 그의 한쪽 팔을 누군가가 잡고 흔들었다. 무전기를 메고 있는 박희석 중사였다.

"폭파담당관님, 우리를 지원해 줄 방법이 없는 것 같습니다. 아마, 우리 쪽과 건쉽의 교신이 중간(파나마 전진기지)을 거치니까 어딘가에서 일이 꼬인 게 틀림없어 보입니다."

김창수는 실루엣만 보이는 그의 얼굴에서 두려움이라기보다는 지독한 허무함을 느꼈다. 온갖 어려움을 극복하고 수리남까지 날아와서 약속되었던 지원 없이 전멸을 앞둔 시점에서 김창수 또한 비슷한 감정에 사로잡히기 시작했다. 그는 힘없이 대답했다.

"그러니까 말이다. 대한민국 전국 팔도의 한가락 한다는 놈들이 죄다 모인, 이 잘난 부대원들 중에 단 한 놈이라도 스페인어를 할 수 있어서, 저 라틴아메리카 똥덩어리들(AC-47)하고 정상적으로 교신을 할 수 있다면 우리가 여기서 요단강 건너갈 일이 없을 텐데 말이야."

그러나 별안간 흐릿한 실루엣으로 보이던 박희석의 얼굴이 김창수의 눈에 분명하게 보여 왔다. 두 특전대원들의 시선이 허공으로 향하자 환한 오렌지빛 조명탄 2발이 떠 있었고 곧 추가로 2발의 조명탄이 또 불쑥 나타났다. 두 특전대원들은 그 조명탄들이 수리남군의 박격포 조명탄이 아닌 것을 알아차렸다. 그 순간,

김창수가 가슴이 터질 듯이 벅차오르는 것을 무시하고 벌떡 일어나 두 손 모아 소리쳤다.

"모두 엄폐하라! 모두 엄폐하라! 건쉽의 사격이 시작된다! 건쉽의 사격이 시작된다!"

그의 경고에 도로 좌우에서 수리남군에게 사격을 가하던 특전대원들이 최대한 도로와 거리를 두고자 도로 우측으로 움직였다. 김창수 또한 앞뒤의 병력을 살피면서 도로에서 10여 미터 이상 떨어진 낮은 언덕 쪽으로 이동했다. 그는 적외선 커버를 끼워 둔 스트로브를 작동시켜 서스펜더(X반도)의 어깨 쪽에 끼워 놓았다. 다른 2명의 부대원들은 육안으로 관측되도록 적외선 커버를 씌우지 않은 스트로브를 작동시켜 역시 어깨에 고정해 놓았다. 이들은 모두 킬박스 바깥으로 대피하는 과정을 실행 중이었다. 위험한 순간을 앞두고 있었지만 그래도 김창수 준위의 입에서 안도의 한숨이 새어 나왔다.

그 사이에, 요새 앞 교각 위에는 장갑차를 5톤 트럭이 밀어붙여 돌파하던 참이었다. 장갑차가 교각의 반대편 끝, 강변도로 쪽으로 밀려갈 때마다 수리남군들이 트럭 뒤에서 AK 소총 사격을 가하며 뒤따랐다. 다음 순간, 강변도로 상공에서 낮은 천둥소리가 울려 왔다.

"부우우웅~!"

짧은 천둥소리가 끝나기가 무섭게 까만 허공에서 지상으로 노란 빗방울들이 쏟아져 내렸다. 엔트로피 투가 최초 쏟아 부은 발칸탄들이 교각과 젤란디아 일대의 수리남군 트럭들 쪽에 착탄하기도 전에 다시 한 번 "부우우웅~!" 하는 소리가 교전 지점 일대에 울려 퍼졌다. 2차로 쏟아져 내린 발칸탄들은 강변도로 북쪽의 2.5톤 트럭들 쪽에 떨어졌다.

김창수 준위의 병력이 교전 중인 지점 상공에서 넓은 원을 그리며 선회하던 엔트로피 투는 두 번에 걸쳐서, 대략 5~6초 정도 지상에 사격을 가했지만 지상에는 수백 발의 발칸탄들이 쏟아져 내렸다. 그리고 도로 위로 쏟아져 내린 발칸탄들이 수리남군의 트럭들과 지프에 작렬할 때, 사방으로 무섭게 튀어 날리는 불꽃과 화염이 김창수와 그의 동료 부대원들의 시야에 그대로 잡혔다.

그들이 보기에 수리남 보병들은 자신들이 어느 쪽에서 어떤 공격을 받고 있는지 모르고 어리둥절해하는 것 같았다. 오렌지색 조명탄 빛에 보이는 그들의 모습은 그야말로 우왕좌왕이었다.

교각 위에서 트럭에 탑승해 진출하던 1개 소대 정도의 수리남군들은 AC-47기의 공격에 혼비백산하여 요새 안으로 달아나기 시작했다. 근처 상공을 향해 소총과 기관총 사격을 가하는 요새 위쪽 병력과 달리 그들은 총 한 방 쏘지 않고 교점 지점을 이탈하는 데 주력했다.

김창수는 곧 AC-47기에서 투하한 조명탄들이 지상에 떨어질 것을 계산하고서 수풀 사면에서 벌떡 일어섰다. 그는 그 상태로, 낯선 언어로 소리치며 도주하는 수리남군들을 응시했다. 이미 강변도로 북쪽에 멈춰 선 트럭들 대부분이 불길에 휩싸였고 그곳 일대에 남아서 국군 특전대 병력에게 사격을 가하는 수리남군은 이제 단 한 명도 보이지 않았다.

벌레와 모기가 가득한 수풀 속에서 김창수 준위는 자신과 자신의 부대원들이 전투를 치르는 입장에서 이제는 전투를 구경하는 방관자의 입장이 된 듯한 묘한 기분에 사로잡히기 시작했다.

"폭파담당관님!"

박희석 중사가 무전기 송수화기를 들고 있던 손으로 이들 엄폐 위치의 7시 방향, 강변도로 건너편의 젤란디아 요새 쪽을 가리켰다. 김창수의 고개가 그곳으로 향할 때, 또다시 밤하늘에서 저음의 폭발음이 울려 퍼졌다.

"우우우우웅!"

소리가 들리자마자 김창수는 마음속으로 시간을 가늠했고 엔트로피 투의 3정의 발칸포들이 대략 7~8초 정도 불을 뿜었다. 그때는 조명탄들이 요새 주변의 수풀과 강 수면에 떨어지기 직전이었는데, 요새 정문에서 빠져나온 군용트럭들 쪽에 발칸포탄들이 작렬하면서 분수의 물줄기처럼 노란 불꽃들이 궤적을 그리며 사방으로 퍼졌다. 그 직후, 요새 쪽은 물론, 강변도로 일대가 전소 중인 트럭들의 불빛으로 환하게 밝혀졌다.

이제 380부대원들은 AC-47기의 프로펠러 엔진 소리를 통해 대강의 위치는 짐작할 수 있었다. 엔트로피 투는 젤란디아 요새를 가운데 두고 먹잇감을 노리는 독수리처럼 원을 그리며 비행 중이었다.

　김창수 준위는 가슴 높이의 풀 줄기들을 헤치고 언덕 아래쪽으로 자리를 옮겼고 그의 뒤를 박희석과 2명의 부대원들이 뒤따랐다. 젤란디아 요새 쪽의 수리남군은 어떤 종류의 공습을 받고 있는가 파악했는지, 더 이상 박격포를 이용한 공중조명을 띄우지 않았다. 그러나 아직 교량 위에서 불타는 트럭들이 근처에 조명을 제공해 주고 있었다.

　"쾅! 콰앙!"

　교량 위에서 2차 폭발음이 들리면서 노란 화염 기둥이 허공 높이 솟구쳤다. 엔트로피 투, 단 한 대의 10여 초가 조금 못 되는 지상 사격으로 김창수 준위의 도로경계조의 운명이 뒤바뀐 점에 대해 그와 모든 부대원들이 안도의 한숨을 쉬는 순간이었다.

　김창수의 곁에서 숨 고르기를 하며 불타는 트럭들을 응시하던 박희석 중사가 모두가 들을 수 있을 만큼 큰 목소리로 말했다.

　"하아! 나, '쓰리 고'가 오늘 새벽 여기서 징 치고 막 내리는 운명은 분명 아니었구만."

　그 말을 마치며, 380부대의 특전대원들 중 가장 고스톱을 잘 친다는 '타짜'는 자신의 눈가에서 격한 감정 변화가 만들어 낸 눈물을 훔쳤다.

　　　　＊　　　　＊　　　　＊

1983년 3월 22일 04시 32분 베네수엘라 모처 해안, 퇴출 헬리콥터 발진기지

"싱글턴 장군 연결됐나?"

장거리 교신용 AM무전기와 예비용 새트컴이 설치된 테이블 쪽에서 오세웅 대령이 최성수 상사를 10분 넘게 닦달 중이었다. 그럼에도 불구하고 파나마의 전진기지에서는 계속해서 시간을 끌고 있었다.

"대기하라는 말만 반복하고 있습니다, 부대장님."

오세웅 대령은 초조한 마음에 담배 개비를 입에 문 채 불을 붙이지도 못하고 필터 부분을 잘근잘근 씹기만 했다. 그는 손목시계를 보면서 또다시 역정을 냈다.

"씨, 이 대위(이승주 대위)는 대체 어디 간 거야? 헬기 조종사들을 부르러 간 거야, 한 놈 훈련시켜서 만들러 간 거야?"

오세웅은 지휘 텐트 바깥으로 머리를 쑥 내밀었다. 해안가의 정글 지대와 모래사장 지대의 경계선에 쭉 따라서 설치된 텐트들 중 그의 지휘 텐트는 가운데 있었고 퇴출 헬기 조종사들과 싱글턴 장군의 파견 인원들이 함께 쓰는 텐트는 가장 우측에 위치해 있었다.

이미 퇴출 헬리콥터들이 이륙해야 할 시간에서 10분이 넘었지만 그쪽 텐트 그리고 그 텐트 너머의 CH-47 헬리콥터들 쪽에서는 아무런 움직임이 없었다.

"안 되겠다. 최 상사, 계속 교신해 봐. 난 저쪽 텐트로 가 봐야겠어."

"네, 부대장님."

오세웅이 텐트 밖으로 나서자 우지 기관단총을 휴대한 박신호 중사와 강상욱 준위가 그의 뒤를 따랐다. 세 사람은 모래사장을 성큼성큼 걸어 나가 일렬횡대로 설치된 텐트들을 따라 올라갔다. 곧 CIA 요원들의 텐트가 보였고 그 너머의 개활 지대에는 급조해 만든 헬리패드 지대가 있었다. 헬리패드 위에는 민간 정유회사에서 은밀하게 임대해 온 CH-47 치누크 헬기 4대가 주기되어 있었다. 그러나 헬기들 근처에서 바삐 움직이는 인원은 아무도 없었고 그 광경에 오세웅의 가슴이 터질 듯이 뛰기 시작했다.

"이 새끼들, 대체 무슨 지랄을 하고 있는 거야."

오세웅은 물고 있던 담배 개비를 거칠게 내던지며 중얼거렸다. 그와 수행인원이 CIA 텐트 쪽에 도착하자 텐트 앞을 지키던 사복 차림의 CIA 요원 2명이 M76 기관단총의 총구를 거두며 길을 만들어 줬다. 오세웅은 텐트 안으로 들어서자마자 CIA 요원들과 미군 연락장교인 밀러(Frank Miller) 대위에게 소리쳤다.

"대체 퇴출 헬기들의 출동 준비를 하지 않고 뭐하는 것이오?"

그의 호통에 자신들끼리 대화를 나누던 밀러 대위와 에어 아메리카 조종사들이 깜짝 놀랐다. 오세웅은 조종사들 중 가장 선임이자 책임자인 탐 샌더스를 향해 자신의 손목시계를 가리켜 보이며 말했다.

"샌더스 요원, 지금 출발하지 않으면 우리 TF380이 전멸할 수가 있습니다. 내가 10분 전에도 이 점을 주시시켜 주지 않았습니까?"

오세웅의 말에 샌더스가 양손을 들어 보이며 난감한 표정을 지었는데 오세웅은 곧 그 이유를 알게 되었다. 이곳 현장에 있을 거라 이야기된 바 없었던 인물이 탐 샌더스 그리고 밀러 대위와 대화를 하고 있었던 것이다. 그 문제의 인물은 댄 크로포드였다.

"크로포드 요원이 이곳에는 무슨 일 때문에 와 있는 겁니까? 당신이 우리의 출정을 배웅해 줄 거라고는 예상 못 했는데."

오세웅이 완벽한 영어로 그러나 그의 감정을 실어서 말을 건넸다. 그러자 크로포드는 오 대령에게 고개를 살짝 끄덕여 인사한 뒤 대꾸했다.

"파나마 전진기지에서 여기 있는 샌더스 요원에게 직통으로 무선 교신이 되지 않는다 하여 '펠리컨'을 타고 방금 도착했습니다. 아마 파나마 쪽과 이곳의 무선교신에 문제가 생긴 듯한데 사실, 이보다 더 큰 문제는 TF380을 엄호해 주기로 되어 있는 건쉽들과도 교신이 되지 않는다는 사실입니다."

그 말에 오세웅의 입이 쩍 벌어졌지만 크로포드는 속으로 이미 이 모든 이상한 문제들의 배경에 빌 오스본이 있을 거라 추측하고 있었다. 크로포드는 베네수엘라의 모처에서 가이아나와 수리남 해상에서의 쿠바 정보국의 트롤어선들을 감시하고 있던 중 이곳 베네수엘라의 헬기 전진기지와 수리남 영공에 있는 앤트로피 원, 앤트로피 투와 교신이 되지 않는다는 싱글턴 장군의 요청으로 이곳에 날아온 것이었다. 해안가의 감청기지에서 이곳까지의 짧은 비행시간 동안, 크로포드의 머릿속에는 과연 오스본이 어떤 술수를 꾸미고 있는지밖에 떠오르지 않았다. 그렇지만 그는 그러한 술수가 무엇이든지 간에, 본능적으로 오스본이 그의 윤리적인 판단에 의거하여 어떤 사건을 전개하고 있음은 확신했다. 그러한 모든 것들을 이들 한국군 특수부대원들에게 감추고 어떻게 이 상황을 주도할 것인가는 순전히 그의 역량에 달려 있는 것이었다. 크로포드 자신이 싱글턴 장군에게서 받은 최종 명령은 어떠한 일이 있더라도 이곳에서 대기 중인 CH-47 헬리콥터들을 이륙시키지 말라는 것이었다.

"대령님, 작전과 관련된 모든 무선망의 안전이 확보되지 않는 상황에서 퇴출 작전을 시작할 수는 없습니다. 우리는 지금 무선 교신망이 적들에 의해 교란되어 있지 않나 해서 점검 중입니다. 작전 교신망에 적들의 침입 흔적이 없는 것이 분명하다고 생각되면 그때 출발하셔도 늦지 않습니……"

"아냐, 아냐! 그건 아니잖소."

크로포드가 그 말을 끝내기도 전에 오세웅 대령이 끼어들었다. 크로포드가 오세웅을 진정시키려는 듯 두 손을 들어 보이자 오세웅이 말을 이어 갔다.

"어차피, 우리 퇴출 지원 병력을 탑승한 이 헬기들이 이곳에서 이륙, 공해상에서 침투 비행을 실행하는 무선 침묵 상태에 들어갈 테고 그 시간 동안에 문제점을 파악해서 해결한다면 어떻게든 파리마리보에 있는 우리 병력을 퇴출시키게 될 것 아니오. 이 점에 대해서 싱글턴 장군이 모를 턱이 없는데 왜 이 귀중한 시간을 낭비하고 있소?"

텐트 안에 있는 모든 에어 아메리카 조종사들은 오세웅의 말에 고개를 끄덕였다. 그렇지만 크로포드와 밀러 대위는 꼼짝도 하지 않고 그의 말을 듣기만 할 뿐이었다. 오세웅 대령은 두 사람에게서 미묘한 분위기가 흐르고 있음을 파악했다. 그럼에도 그는 부탁하는 어조로 다시 요청했다.

"제발 우리가 지금 당장 출발하도록 해 주시오. 크로포드 요원. 먼저 우리가 이륙한 다음에 다른 이슈들을 정리하여 새로운 사항을 전달한다면 우리도 임기응변으로 대처하겠소."

오세웅이 크로포드의 한 팔을 살짝 잡고 말했지만 크로포드는 시선을 오세웅의 가슴팍에 두고 힘없이 대답했다.

"죄송합니다, 대령님. 제가 결정할 수 있는 일이 아닌 것 같습니다."

오세웅은 크로포드의 뒤쪽에 서 있는 샌더스와 그의 조종사들에게 시선을 보냈다. 그들은 크로포드와 똑같은 표정을 짓고 있었으며 밀러 대위도 마찬가지였다. 오세웅 대령은 현재의 상황에서 뭔가 자신이 모르는 요소가 좌우하고 있음을 추측할 수 있었다. 크로포드의 대답은 겉으로는 정중했지만 오세웅은 본능적으로 그의 대답, 사실상 싱글턴 장군이 하달했을 그 지시 사항에서 미묘하게 느껴지는 위협을 감지했다. 오세웅의 머릿속으로 이 위기를 극복하기 위해 온갖 생각들을 떠올리기 시작했고 그를 마주하고 있는 크로포드 또한 오세웅 일행을 회유하기 위해서 머리를 굴렸다. 그 상태로 어색하고 불편한 침묵이 텐트 안에 감돌았다. 그렇게 지속된 침묵을 깬 것은 크로포드가 들고 왔던 새트컴이었다.

"오센틱(Authentic), 여기는 에이블 식스! 아크 히트, 여기는 에이블 식스!"

새트컴에서 들려오는 목소리가 싱글턴 장군임을 알아차린 크로포드는 반사적으로 오세웅의 눈치를 살폈고 오세웅은 새트컴을 뚫어져라 응시했다.

"오센틱, 여기는 에이블 식스다! 빨리 응답하라, 젠장!"

싱글턴의 목소리가 고조되어 있음을 감지한 크로포드는 더더욱 그의 교신에 응답하고 싶지 않았지만 이제 오세웅이 그를 정면으로 응시하는 상황이 되자 마지못해 무전기 쪽으로 향했다.

"여기는 오센틱, 에이블 식스, 고우~!"

크로포드는 대답을 함과 동시에 모두가 듣는 상황에서 싱글턴이 말 한마디만 잘못해도 서로가 총구를 겨누게 될지도 모른다는 생각을 했다. 그는 분명히 그 우려가 현실적임을 잘 알고 있었다.

"액추얼 원, 투, 쓰리의 현 상황을 보고하라, 이상."

크로포드는 오세웅을 힐끗 본 뒤, 무전기 송수화기를 최대한 자신의 얼굴 쪽에 밀착시키고 대답했다.

"액추얼 원, 투, 쓰리는 현재 최초 대기 위치를 고수하고 있습니다. 최초, 에이블 식스에서 하달한 지시가 유지되는 상황에서 대기 중입니다. 이상."

그때, 크로포드가 키를 놓자마자 오세웅이 다가와 그의 송수화기를 뺏어 들었다. 눈 깜짝할 사이에 일어난 일이기에 그는 오세웅을 제지하지도 못했다. 하지만 이곳 상황을 알 리 없는 싱글턴 장군은 오세웅이 들고 있는 송수화기를 통해서 폭탄선언을 해 왔다.

"현재 상황을 그대로 고수하도록 최선을 다하라. 매직 호크 작전이 취소될 가능성이 농후하다. 현장의 한국군 병력의 통제에 각별히 유의하라, 오센틱."

오세웅은 그 말을 듣자마자 크로포드를 쏘아봤고 박신호와 강상욱은 다음 상황에 대비하여 오세웅 대령을 에워쌌다. 두 특전 대원들은 몸통에 엇걸어 맨 우지 기관단총을 허리 쪽에 고정해 잡고 있었는데, 순간 텐트 안의 모든 미국인들은 한국군들이 우지 기관단총의 총구를 자신들에게 겨누고 있는지 신경을 써서 살펴야 하는 상황이었다.

오세웅은 키를 잡고 싱글턴에게 소리쳤다.

"장군, 그게 무슨 말이오? 작전이 취소될 수 있다니?"

오세웅의 등장에 싱글턴 쪽에서는 갑자기 무선 침묵을 유지하듯 조용해졌다. 30여 초가 지나도록 응답이 없자 다시 오세웅이 키를 잡고 말했다.

"우리 병력이 파리마리보에서 몰살당하게 그냥 내버려 두겠단 말이오? 어서 대답하시오, 장군."

"그게 아니오, 대령. 작전 전체를 위협하는 요소가 포착되어 작전의 다음 과정 실행을 보류하고 있소."

"그럼 그 위협 요소라는 것이 무엇이오?"

"분명치는 않지만 아마도 소비에트 놈들과 쿠바 놈들이 이번 작전에 대해 파악하고 움직이는 것 같소. 수리남 현지의 병력과 건섭들의 교신을 방해하는 것도 그놈들의 소행이 아닌가 하여 지금 확인 중에 있소. 대령, 대령의 퇴출 지원 병력과 우리 퇴출 헬기부대 인원까지 위험에 처하게 할 수는 없으니 현 상황이 파악될 때까지 대기해 주기 바라오."

싱글턴의 설명을 들으면서 오세웅은 크로포드를 정면으로 응시했다. 그는 크로포드의 두 눈을 뚫어져라 보면서 그의 분위기를 읽으려 했고 크로포드는 그의 의도에 맞서 최대한 포커페이스를 유지하려 애쓰고 있었다.

오세웅은 오랫동안 새트컴의 송수화기를 잡은 채 입을 다물었다. 그는 싱글턴과 크로포드가 무언가를 숨기고 있다는 것을 충분히 감지할 수 있었지만 그것을 다시 질문으로 던지지 않았다. 오세웅은 말없이 송수화기를 크로포드에게 돌려줬고 크로포드는 송수화기를 귓가에 밀착한 채 말했다.

"오센틱입니다, 에이블 식스!"

"이후에 추가적인 지시가 있을 때까지 최초 지시대로 현지 상황을 유지하라. 질문 있나?"

"없습니다, 이상. 교신 끝!"

크로포드는 등 뒤에서 오세웅 대령 일행이 자신을 주시하고 있을 것을 생각하면서 식은땀을 흘렸다. 그는 송수화기를 새트컴에 고정해 두고 나서 천천히 몸을 돌렸다. 그러나 그가 불편해할 것 같았던 광경은 없었다. 오세웅과 2명의 380부대원들 대신 밀러 대위와 에어 아메리카 조종사들이 그의 시야에 들어올 뿐이었다. 크로포드가 밀러에게 시선을 보내자 그가 고개를 가로저으며 말했다.

"그들은 말없이 나가 버렸어. 젠장, 대령이 상황을 모두 파악한 눈치야. 이거 무슨 일이 터질 것만 같은데 대책은 있는 거야?"

그 말에 크로포드는 허리 뒤춤에 숨겨둔 하이파워 권총을 꺼내 슬라이드를 당긴 뒤 다시 넣었다. 그리고는 에어 아메리카 조종사들의 분위기를 살핀 뒤, 속내와 달리 아무렇지 않은 듯 대꾸했다.

"정신들 똑바로 차리지 않으면 대책 같은 걸 생각해 보기도 전에 이곳에서 지옥의 문이 열릴 수도 있을 거다."

그는 텐트를 나서자마자 출입구 좌우에 있던 CIA 요원 두 명과 근처에 무기 적재 텐트를 지키던 다른 2명의 요원들을 손짓해서 불렀다. 크로포드와 그의 4명의 요원들은 전진기지의 상황이 모두가 생각지도 못한 방향으로 흘러가고 있음을 인지했다. 그는 헬기들이 주기된 헬리패드 쪽을 살핀 다음 20여 명의 380부대원들이 중무장 상태로 대기 중인 북쪽 텐트 쪽으로 향했다. 그들이 모래사장을 터벅터벅 걸어간 지 잠시 후, 대형 텐트들 너머에서 그들의 귀에는 낯선 한국어가 들려왔다.

"예비 무장량까지 모두 챙겨! 아꼈다가 귀국해서 남대문 시장에서 좌판 깔 거야? 수류탄 박스와 M72(대전차 로켓발사기) 박스는 각 헬기에 1박스씩 필히 적재하고 예비로 AK 있는 것들 모두 챙겨!"

오세웅의 목소리가 일대에 쩌렁쩌렁 울리고 있었고 크로포드는 주변을 주의 깊게 살피면서 그쪽 대형 텐트 너머로 향했다. 텐트들 사이를 통해 오세웅 대령 쪽으로 모습을 드러내기 전에 크로포드는 자신을 뒤따르는 요원들이 각자 휴대한 M76 기관단총과 CAR15를 장전하는 것을 확인했다. 그러고 나서야 그들은 한국군 특수부대원들 앞에 모습을 드러냈다.

크로포드는 자신의 눈앞에서 출동 준비를 하고 있는 한국군 특전대원들을 보게 됐다. 미제 얼룩무늬 정글복이 아닌 영국군의 얼룩무늬 정글복 차림의 380부대원들은 모두 AK 소총이나 우지 기관단총, M60 기관총, M203과 M79 유탄발사기, M72 로켓발사기까지 휴대한 상태였다. 2열 횡대로 서 있는 그들 앞에는 오세웅 대령과 몇 명의 고참대원들이 그들의 준비 상태를 확인, 감독하고 있던 참이었다. 크로포드는 그들이 챙기고 있는 플라스틱 폭약 박스들과 수류탄, 로켓발사기 박스들을 보면서 현재 이들이 가진 화력만으로도 이곳 전진기지 전체를 쑥대밭으로 만들 수 있음을 가늠하고도 남았다.

크로포드는 그러한 광경에 압도된 내색을 하지 않고 차분하게 오세웅에게 말을 건넸다.

"대령님, 혹시 지금 당신의 병력이 출동 준비를 하는 것이라면 아직 시간이 너무 이른 게 아닙니까?"

오세웅은 대꾸 없이 강상욱 준위, 이승주 대위와 함께 전술 항공지도를 펼쳐 들고 이륙과 함께 점검할 시간대 별 확인점들을 수정하고 있었다. 그들의 모습에 크로포드는 이들 한국군 특수부대원들이 무슨 생각을 하고 있는지 짐작할 수 있었다. 그는 조심스럽게 고개를 돌려 그의 요원들에게 시선을 보냈고 그들은 크로포드의 무언의 지시를 즉시 알아차렸다. 필요하다면 무력으로 오세웅 대령을 제지해야 될 지에 대해 그들은 촉각을 곤두세웠다.

"대령님, 잠시만 제 얘기를 들어주십시오."

크로포드가 오세웅과 다른 대원들의 사이로 비집고 들어가며 목소리를 높였다. 그때가 돼서야 오세웅은 그를 응시하며 반응했다.

"크로포드 요원, TF380에게 퇴출할 기회를 주지 않을 거라는 거 나도 잘 알고 있소. 당신은 당신 일을 하고 난 내 일을 할 것이오. 당신의 일은 지금 여기까지요. 이 시간 이후부터 우리가 취하는 모든 조치나 행동에 대해서는 내가 책임지겠소. 당신이 우리를 제지하거나 방해한다면……."

오세웅은 그 다음 내용은 말하지 않았다. 크로포드는 싱글턴 장군이 가장 우려하던 상황이 지금 벌어지고 있다고 판단했다. 이러한 상황이 일어나지 않기 위해서 크로포드가 모든 일을 뒤로 하고 날아왔지만 결국에는 일이 터지고 있음에 그는 무력감까지 느꼈다.

"뭐해, 이 대위? 애들 빨리 이동시켜! 일분일초가 급하다."

오세웅 대령이 호통을 치자 이승주 대위가 강상욱 준위와 함께 부대원들을 인솔하여 이동하기 시작했다. 실탄과 폭약, 각종 중화기를 휴대한 380부대원들이 헬리패드 쪽을 향해 걸어 나가기 시작했고 오세웅은 그 모습을 말없이 지켜봤다. 그리고 그때 크로포드가 다른 부대원들이 보이지 않게 자신의 권총을 꺼내 총구로 오세웅의 등 뒤를 찔렀다. 그 동작을 취하면서 크로포드는 뒷목이 뻣뻣하게 설 정도로 긴장했다. 하지만 오세웅은 놀랍게도 태연하게 그의 부대원들이 이동하는 것을 지켜볼 뿐이었다.

"죄송합니다, 대령님. 부대원들을 불러들이십시오. 이 상황은 용납될 수도 없고 일어나서도 안 됩니다. 이 작전은 우리 미합중국 정보부의 작전입니다. 당신들이 주도권을 쥐고 좌지우지할 수 있는 사안이 아닙니다."

그럼에도 불구하고 오세웅은 미동도 하지 않고 그의 모든 부대원들이 집결 장소를 빠져나가는 것을 지켜보기만 했다. 마음이 급해진 크로포드가 다시 총구로 그의 등을 찌르며 재촉했다.

"대령님, 마지막 기회입니다. 제발 나와 다른 요원들이 당신의 부하들과 극단적인 상황까지 가지 않도록 해 주십시오. 절대로

TF380 병력이 이곳에서 출동하는 일은 없을 겁니다."

오세웅은 마지막 부대원이 그의 시야에서 사라지고 나서야 크로포드에게 고개를 돌렸다. 그리고 그때 크로포드는 오세웅의 한 손이 안전핀이 제거된 수류탄이 쥐어져 있음을 알게 됐다. 그의 뒤쪽에 있는 요원들 또한 그 모습에 멈칫했다.

"크로포드 요원."

크로포드는 대꾸하지 않고 뒤로 몇 걸음 물러섰고 오세웅 대령의 등 뒤에 겨눴던 총구도 그에게서 멀어졌다. 오세웅은 몸을 돌려 크로포드를 정면으로 향해 섰다. 그런 뒤 또박또박 말했다.

"우리 부대원들을 위해서라면 내 목숨 하나쯤 없어지는 것에 대해 내가 당연하게 여기는 것이 당신에게 매우 새로운 사실이 될 것 같소?"

오세웅은 M26 수류탄을 얼굴 앞까지 쳐들면서 단호하게 말했다.

"내가 여기서 당신들과 함께 이 수류탄에 피떡이 된다 해도 내 부하들은 최초 내 지시대로 헬리패드에 있는 헬기들을 탈취를 해서라도 수리남으로 향할 것이오. 그런 내 부하들을 중도에 제거하고자 당신들의 2함대에서 F-14기들을 수 십대를 출격시키더라도 내 부하들은 자신들의 동료를 퇴출시키고자 계속해서 수리남으로 향할 것이오. 이게 우리 TF380이 이번 작전에 참여할 때 공유했던, 결코 변치 않을 약속이자 맹세입니다. 저들을 막지 마시오. 저들을 막겠다면 난 당신들을 막겠소."

크로포드는 자신이 민첩하게 권총 사격으로 오세웅을 제압한 뒤, 수류탄을 다시 집어서 멀리 던져 버릴 수 있음을 확신했다. 그렇지만 지금 이 상황에서 과연 그렇게까지 해야 하는지에 대해서는 아직 분명히 판단할 수 없었다. 다른 2명의 CIA 요원들이 M76 기관단총의 사격 자세를 유지한 채 크로포드의 곁에 다가와 있었고 결국 오세웅 대령과 5명의 CIA 요원들이 서로의 무기로 대치하게 되었다.

크로포드는 검정색과 갈색, 녹색의 위장 크림으로 안면 위장이 되어 있는 오세웅 대령의 얼굴에서 결의를 읽을 수 있었다. 그리고 여전히 그를 제압하거나 아니면 마지못해 그를 보내 줘야 하는가에 대해 고민했다.

그 짧은, 긴장된 순간 크로포드는 오스본이 가졌던 사고방식이 자신의 머릿속에 떠오르는 것을 인지하고 기막혀 하기도 했다. 빌 오스본이 이곳 현장에 있었다면 그는 아마 여분의 총기를 얻어서 TF380과 함께 수리남으로 날아갔을 것이라 생각했다. 크로포드 또한 마음 한편에 그러한 충동이 없지는 않았지만 그는 오스본보다 훨씬 더 냉정한 현장요원이었다.

크로포드는 자신도 모르게 권총 방아쇠에 걸쳐진 자신의 검지 손가락에 힘이 들어가는 것을 당연하게 여겼다. 그는 오스본과 분명히 다른 사고방식과 공작원으로서의 철학을 가졌다고 인식했고, 어쩌면 어떤 비극적인 결과를 초래할지라도 자신의 임무를 수행해야 한다고 결론짓기 시작했다. 그러한 결론은 오세웅 대령을 향해 방아쇠를 당기는 것이었다. 그 또한 결코 원하지 않았지만 결국에는 일어나야 할 일이라 생각하기까지 했다.

무엇보다도 크로포드는 지금 오세웅의 행동이 단순한 위협이 아닌 것 정도는 파악할 수 있었다. 그렇지만 그가 물러서기에는 한국군들의 의도가 너무 감당 불가한 정도라는 것 또한 잘 알고 있었다. 그는 오세웅 대령에 대해 이제 결단을 내릴 준비가 되어 있었다. 그러나 오세웅 또한 그의 의도를 읽고 있는 것처럼 반응했다.

"물러서시오, 크로포드 요원. 나와 수리남에 있는 내 대원들에게 남아 있는 시간이 별로 없소."

오세웅은 크로포드를 주시하면서 그의 부대원들이 향했던 방향으로 뒷걸음질 치기 시작했다. 크로포드는 그에게 마지막 경고를 했다.

"대령님, 당신이 헬기 쪽으로 가도록 그냥 두지 않을 겁니다. 더 이상 상황을 악화시키지 마십시오."

하지만 오세웅은 계속해서 뒷걸음질 쳤고 크로포드는 하이파워를 쥔 두 손을 어깨높이로 쳐들었다. 오세웅도 그가 들고 있는 수류탄을 금방이라도 떨어뜨릴 것처럼 위협했다. 현장의 모든 이들이 이제 곧 무언가 끔찍한 사태가 일어날 것을 감지하는 순간이었다.

"대령~!"

크로포드는 방아쇠를 거의 다 당기며 소리쳤지만 오세웅은 멈추지 않았다. 결국 크로포드는 오세웅 대령을 향해 총탄을 날려야겠다 최종 결정을 내리고는 검지 손가락에 힘을 더 실었다. 그러나 다음 순간 모두를 기겁하게 하는 목소리가 이들의 후방에서 울려 퍼졌다.

"잠깐, 잠깐! 모두 꼼짝하지 마!"

모두를 깜짝 놀라게 한 목소리의 주인공은 에어 아메리카의 선임요원 탐 샌더스였다. 그는 크로포드의 앞을 가로막으며 양측을 제지했다.

"모두 진정하시오! 여기! 크로포드 요원, 새트컴 무선망에서 오스본이 당신을 찾고 있소!"

샌더스는 한 손은 허공에 쳐들고 다른 한 손에는 등에 메고 있는 새트컴에서 뻗어 나온 송수화기를 들고 있었다. 그의 갑작스러운 등장에 모두가 꼼짝하지 않고 그를 지켜봤다. 샌더스는 얼떨떨해하는 크로포드에게 송수화기를 흔들어 보이며 재촉했다.

"오스본 요원이요, 댄. 당신이 이곳에 있는 것을 그가 알고 있소."

크로포드는 샌더스가 건네주는 송수화기를 건네받으며 모두가 들을 수 있는 목소리로 중얼거리며 응답했다.

"젠장, 오스본, 이 망할 자식 같으니. 여기는 오센틱! 알투로, 고우!"

크로포드가 교신에 응하자 오스본이 기다렸다는 듯이 말했다.

"오센틱, 액추얼 원, 투, 쓰리의 출격을 막지 말라. 이 임무에 대해서만은 내 지시를 따르기 바란다."

크로포드는 이제야 수류탄에 안전핀을 다시 꽂는 오세웅 대령을 주시하며 대꾸했다.

"빌, 이번 임무에 관련하여 내가 모르는 어떤 권한을 가지고 있는 게 아니라면 그만 물러서기 바란다. 당신도 잘 알고 있지 않나? 우리는 물론, 이곳에 있는 모든 사람들은 명령권자가 아니야."

키를 놓아 주고 크로포드는 교신 내용에 귀를 기울이고 있는 오세웅 대령을 정면으로 응시했다. 곧 오스본의 대답이 이어졌다.

"댄, 이미 에이블 식스의 지시대로 일이 진행되기는 늦었다. 앤트로피 원, 투가 이미 임무 수행에 들어갔다. 이제 '매직 호크'는 취소할 수 없는 단계에 들어갔다. 어서 물러나라. 지금 파리마리보에 있는 모든 적군들이 개미 떼처럼 TF380의 위치로 모여들고 있다. 비록 네가 내 동료이지만, 지금 이 순간 파리마리보에 있는 내 친구가 죽도록 그곳에서 방조한다면 절대로 그냥 두지 않겠다."

"무슨 소리야, 빌?"

"물러서라, 댄! 자네도 오랜 공작원 생활 중에 이번 한 번쯤은 윤리적인 판단을 해 보기 바란다. 자네에게는 이것이 시시껄렁한 윤리적인 문제이겠지만 수리남에 있는 55명의 한국군 병력에게 지금 이 순간은 생과 사의 문제란 말이야, 이 자식아!"

오스본은 버럭 소리를 지르면서 키를 놓았다. 불현듯 무언가가 머릿속을 스친 크로포드가 갑자기 샌더스에게 시선을 돌렸다.

샌더스는 에어 아메리카에서 CIA의 비밀 공작을 지원하는 수많은 비행 임무들 중 대부분을 오스본과 함께 수행한 바 있었다. 크로포드의 느낌에 그는 지금 오스본과 함께 한국군 편에 있는 것이 분명했다. 크로포드는 자신이 오세웅 대령을 어떻게든 이곳에 붙잡아 두더라도 샌더스는 오스본에 요청에 따라 CH-47 헬기들을 이륙시킬 거라 생각했다.

그리고 그때, 크로포드는 자신의 등 뒤에 있는 4명의 CIA 요원들이 오스본과 함께 엘살바도르에서 활동했던 인원들이었음을 깨달았다. 크로포드는 송수화기를 든 채로 어깨 너머로 그들에게 시선을 보냈다. 그들의 총구는 오세웅 대령이 아닌 자신의 등 쪽에 향해 있음을 뒤늦게 깨닫고 그는 피식 웃었다. 작전의 세부 사항에 대해 알 턱이 없는 그들은 샌더스와 마찬가지로 오스본의 지시를 따르고 있는 게 틀림없어 보였기 때문이었다.

크로포드는 어이없는 웃음을 이어 가면서 송수화기의 키를 잡았다.

"빌어먹을, 빌! 당신이 CIA 국장이라도 되는 거야? 대체 이곳에서 무슨 일을 꾸몄던 거야? 이런 상황이 일어날 줄 알고 있었어?"

크로포드는 무력감에 한숨을 내쉰 뒤, 오스본과 오세웅 대령이 원하던 대답을 해 줬다.

"잘들 해 보라구. 빌, 당신이 이번 일 때문에 반역죄로 기소당한다면 나는 당신의 반대 측 증인 1번이 될 거다. 당신이 지금 무슨 일을 저지르고 있는지 잘 생각해 보기 바라, 빌어먹을!"

크로포드는 새트컴 송수화기를 샌더스에게 집어던졌고 그 직후, 오세웅 대령은 샌더스와 함께 헬리패드 쪽으로 향했다. 크로포드는 그의 등 뒤에 서 있는 요원들을 응시했다. 그들은 그때서야 크로포드를 겨누고 있던 M76 기관단총의 총구를 거두고 그와 마주 섰다. 크로포드는 4명의 요원들 모두가 오스본과 한통속이었다는 생각이 들자 황당함에 몸을 부르르 떨었다. 조금 뒤, 헬리패드 쪽에서 헬기 소리가 고조되면서 근처 상공으로 흙먼지가 피어오르기 시작했다.

"댄~!"

헬리패드 방향을 응시하던 크로포드를 요원들 중 선임요원인 폴 버크(Paul Burke) 요원이 조심스럽게 불렀다. 크로포드가 그를 응시하자 그가 우호적인 표정을 지으면서 다가와 무언가를 들이밀었다. 위스키가 든 플라스크였다. 크로포드는 그것을 거절할까 하다가 답답한 마음에 그것을 받아들었다. 그리고는 플라스크 안에 든 위스키가 반만 남을 때까지 길게 들이켜고 나서야 그것을 버크 요원에게 돌려줬다. 그도 위스키를 한 모금 마신 뒤, 이제는 헬기 소리가 천둥소리처럼 요란하게 울리는 헬리패드 쪽을 바라보며 말했다.

"크로포드 요원, 우리는 자세한 임무 내용과 상황을 모르지만 예전부터 이렇게 복잡하고 급박한 상황이 벌어질 때마다 빌의 판단과 결정을 따랐소. 그 덕분에 이제까지 최악의 임무들을 수행하면서도 우리는 단 한 사람도 죽거나 다치지 않고 살아남았단 말이오. 당신도 빌에 대해 약간의 믿음을 가져 보는 게 어떻겠소?"

크로포드는 말은 하지 않았지만 버크의 플라스크 안에 들었던 독주가 자신이 즐겨 마시던 싱글몰트 브랜드임을 깨닫고 빌 오스본이 크로포드 자신이 이곳에 갑작스럽게 투입되는 것까지 계산하고 있었다 확신했다. 그는 그 자신이 이렇게 허가 찔릴 줄은 꿈에도 몰랐다.

잠시 후, 요란한 로터 회전음을 앞세우고 CH-47 헬기 한 대가 거대한 형체를 드러냈다. 이후로, 2대의 헬기들이 동일한 방향, 동일한 고도로 이들의 머리 위를 스치듯 지나쳐 갔다. 그때 일대의 텐트들이 통째로 뽑혀서 날아갈 듯이 흔들렸지만 3번째 치누크 헬리콥터가 상공을 통과하자 다시 잠잠해졌다.

헬기들은 해수면 상공 위로 진입하면서 차례로 항행등을 꺼버렸고 곧 어둠 속으로 사라져 버렸다. 크로포드는 헬기들이 사라진 방향을 바라보며 나지막이 말했다.

"빌어먹을, 빌. 대체 지금 무슨 일을 저지른 거야?"

*　　*　　*

1983년 3월 22일 04시 51분 수리남 파리마리보 통일광장

통일광장과 시내 도로 쪽은 양쪽에서 오가는 셀 수 없이 많은 AK 총탄들 때문에 가로등과 건물의 창유리가 모두 박살이 나기 직전이었다. 수리남군들은 시내 도로의 중간쯤에서 좌우의 주택, 상가 건물들 사이 골목길들 안으로 모두 흩어져서, 광장 근처의 예상 못 할 곳에서 나타나 사격을 가했다.

그들은 최정구 소령의 예측대로 시내 도로를 따라 그대로 올라오다가 380부대원들의 기관총 매복 범위에 애초부터 들어오지 않았던 것이다. 설상가상으로 민간인들의 픽업트럭 적재 칸에 60밀리 박격포를 설치하고 골목과 골목 사이에서 박격포탄을 발사한 즉시, 현장을 이탈하는 수리남군들이 380부대원들을 괴롭히기 시작했다.

새트컴을 멘 채, 오스본과 교신 상태를 유지하는 김영천은 광장 한구석의 분수대 쪽에 엄폐한 상태에서 교전 상황을 총체적으로 점검했다. 그가 파악한 상황은 380부대가 이곳에서 버틸 수 있는 시간이 서서히 바닥나고 있는 게 틀림없었다. 수리남군 보병들은 광장과 궁 근처의 주택가들 골목들과 좁은 도로에서 게릴라들처럼 누비면서 380부대의 전력을 파악하듯 공격을 가해 왔고, 이 시점쯤에서는 분명히 또 다른 지원 병력을 불러들이고도 남았을 거라 예측했다.

김영천은 정문 근처의 부테르세 대통령의 동상 쪽에서 교전을 지휘하는 최정구 소령 쪽으로 달려 나갔다. 그런데 그를 향해 달리는 동안 그의 근처 바닥에서 둔한 타격음이 들리면서 돌조각들이 그의 종아리와 허벅다리 뒤쪽을 때렸다. 김영천은 동상을 조금 못 가서 벤치 뒤에 몸을 숨기고 나서야 AK 총탄이 아닌 산탄 총탄이 자신의 걸음 근처를 때렸음을 파악했다.

김영천의 시선이 광장 건너편의 상가 건물로 향했다. 건물 1층에 큰 식료품 가게가 있었는데, 그곳에서 누군가 꼼지락거리는 것이 김영천의 눈에 들어왔다.

"펑~!"

총성이라기보다는 시끄러운 폭발음과 같은 구식 산탄총 총성이 울리고, 또다시 김영천의 엄폐 위치 주변에서 돌조각이 깨져 날렸다. 공교롭게도 그때, 광장 상공에서 수타식 조명탄 한 발이 터졌고 그 덕분에 김영천은 자신을 향해 단발식 산탄총을 발사하던 자와 시선을 마주치게 되었다.

김영천은 커다란 터번을 쓰고 있는 인도계 노인을 발견했다. 그는 단발 총신의 산탄총에 또 탄환을 장전하려다가 김영천과 서로 눈이 마주쳤고 그 상태로 꼼짝하지 않았다.

김영천은 그를 향해 검지 손가락을 쳐들었다. 마치, 마지막 경고라는 듯한 손짓을 해 보였고 신기하게도 그 노인은 그의 경고를 진지하게 받아들였다. 그는 탄환 장전을 멈추고 산탄총을 거꾸로 쳐들어 한쪽 어깨 위에 올려 뒀다. 그리고는 김영천의 눈치를 보면서 슬금슬금 식료품 가게 출입문 쪽으로 뒷걸음질 치다가, 이내 가게 안으로 들어가 버렸다. 김영천은 그때까지 그를 향해 쳐든 손가락을 내리지 않았었다.

김영천은 다시 걸음을 재촉해, 파괴된 T-62 전차 근처의 최정구 소령 쪽에 합류했다.

"상황 어때요?"

김영천이 최정구의 어깨를 붙잡고 물었지만 그는 대꾸 없이, 김창수 준위의 도로접수조와 교신을 이어 갔다. 최정구와 교신을 하는 상대편은 김창수였고 최정구는 그에게 다급한 목소리로 말하고 있었다.

"예, 맞습니다! 지금 당장 시내 도로를 통해 이쪽으로 합류하십시오! 낙오되는 병력 없이, 모든 부대원들을 이끌고 광장 쪽으로 합류하십시오, 이상!"

최정구는 들고 있던 송수화기를 권용한 중사에게 건네준 뒤 김영천에게 시선을 보냈다. 그리고 김영천이 말을 꺼내기도 전에 상황을 전파해 줬다.

"시내 쪽으로 들어온 적 병력의 저항이 심상치 않습니다. 자칫 잘못하면 강변도로 쪽 병력이 우리 쪽과 단절된 채, 적들에게 포위될 것이 틀림없어서 지금 이쪽으로 철수하라 전달했습니다."

김영천은 그의 말을 들으면서 즉시 전체 작전의 다음 과정을 자신에게 상기시키며 대꾸했다.

"그럼 지금 당장 퇴출 헬기들을 불러들입니다."

"네, 김 중사님."

김영천은 새트컴의 송수화기를 꺼내 잡고 오스본을 호출하기 전, 다시 최정구의 어깨를 붙잡았다. 그가 고개를 돌리자, 김영천은 한 마디씩 힘주어 말했다.

"최악의 경우, 광장에서 헬기 퇴출을 하기 직전에 건쉽의 사격을 몇 번 불러들여야 할지도 모릅니다. 김창수 준위의 2조가 이곳에 합류하면 그쪽 병력을 포함해서, 모든 대원들을 최대한 가깝게 모아 두세요. 우리 대원들이 광장 안팎에 흩어져 있으면 엔트로피 원과 투의 지상 화력 지원이 불가능할 수도 있습니다. 알겠죠? 우리 위치의 50미터 반경 안에는 적들이 들어오면 절대로, 절대로 안 됩니다!"

"알겠습니다."

최정구가 고개를 끄덕이고서 다시 앞쪽에서 사격 중인 부대원들에게 향할 때, 김영천은 새트컴 송수화기를 얼굴에 가까이 대고서 그들을 응시했다. 최정구와 3명의 특전대원들이 화단 벽과 수풀 뒤에 몸을 숨기고 시내 도로의 어딘가를 향해 AK 소총과 우지 기관단총으로 단발 사격을 가하고 있었다. 그리고 얼마 뒤, 전소 중인 러시아제 전차 쪽에 박격포탄 한 발이 착탄하면서 이들의 엄폐 위치까지 열기와 먼지, 진한 화약 냄새가 파도처럼 다가왔다.

김영천이 겪었던 과거의 경험들에 따르면 수많은 목숨들이 생사를 사이에 둔 외줄 타기가 지금 진행 중인 게 틀림없었다.

1983년 3월 22일 04시 57분 수리남 파리마리보 통일광장 주변, 주택가 골목

이준호는 눈을 깜박일 때마다 눈가로 들어와 터지는 것이 땀방울이 아닌 것을 알고 있었다. 지혈이 채 끝나지 않은 이마의 자상에서 계속해서 피가 새어 나왔지만, 지금 상황에서는 그것이 문제가 되지 않았다.

이준호와 전장형, 이종진 등 세 명의 특전대원들은 통일광장의 교전 지점을 이탈했다. 그리고 광장을 둘러싸고 있는 주택가의 골목길들과 좁은 차도들을 오가면서 공격을 가하는 60밀리 박격포 차량을 찾아 헤매고 있었다.

이미 몇 차례의 박격포탄 공격에 380부대에서 6명의 사상자들이 발생한 이상, 최소 2정 이상으로 추정되는 수리남군의 박격포 운용 병력은 380부대원들의 퇴출 헬리콥터들의 안전을 위해서라도 반드시 제거되어야 하는 상황이었다.

3명의 특전대원들은 골목길의 전방과 좌우를 각자 담당 구획으로 나누어 박격포 포성이 들리는 곳으로 질주했다. 이동 도중에 한두 명의 수리남군들이 나타났지만 그들이 이준호 일행의 정체를 파악하려 망설일 때, 특전대원들은 이동을 멈추지 않고 집중사격을 퍼부어 제압했다.

그러던 중 앞서 가던 이준호가 한 팔을 쳐들었다. 이들의 2시 방향 즈음에서 박격포 포성이 울렸던 시점이었고 그는 문제의 픽업트럭이 이들의 전방에 있는 좁은 네거리를 통과할 것인지 가늠하고자 했다.

"퍼억~! 퍽!"

두 번째 사격이 이어졌고, 수리남군들의 고함 소리가 이들의 위치까지 들려왔다. 이준호와 그의 대원들의 좌우는 2층, 3층의 주택 건물들이 따닥따닥 붙어 서 있었기 때문에 수리남군들의 모습을 볼 수 없었지만 그들이 가까이에 있다는 것은 확신할 수 있었다.

그런데 일체의 조명이 없는 상황에서 별안간 이들의 위치 10시 방향, 주택가 2층에서 불빛 한 줄기가 이들에게 뻗어져 왔다.

"10시 방향! 2층!"

전장형이 우지 기관단총을 쳐들며 소리쳤고 곁에 있던 이종진은 40밀리 유탄발사기가 장착된 M203을 그곳으로 겨눴다. 그러나 이준호가 왼손을 쳐들며 그들을 제지했다.

"아냐! 아냐! 대기! 대기해~!"

영문을 모를 그의 행동에 전장형과 이종진이 멈칫할 때, 이준호가 허공에 대고 40밀리 유탄발사기가 장착된 자신의 AK 소총을 몇 발 발사했다.

"탕! 탕!"

두 번의 총성이 울린 즉시, 플래시 불빛이 이들의 시야에서 사라졌다. 그리고 현지 아이들이 시끄럽게 떠드는 소리가 특전대원들의 집중사격을 받을 뻔한 2층 창가에서 들려왔다.

그러나 세 사람의 시선이 다시 전방으로 향할 때, 모두가 믿을 수 없는 광경이 세 사람을 기다리고 있었다. 교차로 한복판에 픽업트럭이 정차해 있었는데, 트럭의 적재 공간에 기다란 박격포 포신 2개가 보였기 때문이었다. 불과 30여 미터가 조금 넘는 거리를 두고 양측이 서로의 존재를 확인하는 순간이었다.

이준호와 전장형, 이종진은 너 나 할 것 없이 총구를 직전방으로 겨누면서 방아쇠를 당겼다. 폭발하는 듯한 AK 총성이 거리를 뒤흔들면서 몇 발의 기관총 예광탄들이 380부대원들의 머리 위를 스치듯 지나쳤다. 그리고 픽업트럭이 박격포를 보호하기 위해 황급히 교차로에서 직진, 이들의 시야 좌측으로 사라져 버렸다.

"아, 씨! 염병하네!"

40밀리 유탄발사기를 직사로 발사하고자 정조준 과정에 들어갔던 이종진이 육두문자를 내뱉으며 아쉬워했다. 하지만 이준호는 트럭이 사라진 방향을 향해 이미 전력질주를 시작한 뒤였다. 전장형이 기관단총을 어깨 높이로 쳐든 채 그의 뒤를 따랐고 이종진 또한 40밀리 유탄발사기의 안전장치를 걸고 합류했다.

"후! 후!"

이준호는 호흡을 짧게 끊어 내뱉으면서 전력질주의 페이스를 유지했다. 강제로 숨을 내뱉을 때마다 가벼운 뇌진탕을 입은 그의 머리 전체에 통증이 느껴졌지만 그는 속도를 늦추지 않았다.

젖 먹던 힘까지 끌어모아 달리는 노병은 이번 기회를 놓침으로써 더 많은 후배 대원들이 피해를 볼 거라 생각하며, 반드시 끝을 보리라 다짐했다.

그리고 이준호가 좁은 네거리에 도착하여, 낡은 나무 전신주를 왼편에 두고 좌회전하는 순간 그의 눈앞에서 뭔가가 번쩍 했다. 이준호는 중심을 잃고 엉덩방아를 찧기 직전, 그의 얼굴이 부딪친 무언가가 딱딱한 철모라고 판단을 내렸다. 모퉁이를 돌고 나서 역시, 이들을 향해 달려오던 수리남군과 그가 정면으로 충돌했던 것이었다.

"이야야야~!"

이준호는 인도 바닥에 앉은 상태로 그의 전방을 향해 AK 소총을 난사하기 시작했다. 그의 총구에서 총탄 몇 발이 발사되자마자 그의 얼굴로 사람의 살점과 피가 튀어 날려 왔지만 그는 직전방에서 비틀거리는 그림자는 물론, 좌우에서 꼼지락거리는 모든 것들을 향해 총탄을 쏟아 부었다.

"타타타타~!"

"타타타! 타타타! 타타타타!"

간발의 차로 현장에 합류한 전장형은 눈앞에서 벌어진 상황에 동요하지 않고, 민첩하게 반응했다. 그는 이준호가 최초로 쓰러뜨린 수리남군 외에, 철모 대신 전투모를 착용하고 있는 2명을 향해 정확히 AK 총탄들을 날려 보냈다.

불과 2미터도 되지 않는 거리에서 5명의 군인들이 서로를 향해 자동소총을 난사하는 상황이었다. 까만 피부의 수리남군들 또한 괴성을 지르며 방아쇠를 당겼고 이준호와 전장형 또한 미친 듯이 소리를 질렀다. 그러한 상황은 5초도 되지 않아 종료됐다.

"아~! 씨."

이준호는 앉은 자세로, 황급히 탄창을 교체했고 전장형은 몇 걸음 걸어 나가 길바닥에 쓰러져 있는 수리남군들에게 또다시 총탄을 날렸다.

이준호는 뒤늦게 합류한 이종진의 부축을 받으며 몸을 일으켰고 적군들의 시체들을 뛰어넘어 다시 발걸음을 재촉하려 했다. 그러나, 놀랍게도 이들의 위치에서 40~50미터 떨어진 지점의 또 다른 네거리 근처에 픽업트럭이 세워져 있는 게 보였다.

그들은 그곳에서 통일광장 방향으로 박격포탄을 발사하려 준비 중이었다. 이준호는 오른쪽 눈으로 계속해서 들어오는 핏방울 때문에 눈을 제대로 뜰 수 없었다. 몇 번이나 눈을 깜박이고 머리를 좌우로 거칠게 움직여도 그의 막힌 시야로는 40밀리 유탄발사가 불가능했다. 곧 상황을 파악한 전장형이 차분한 말투로 그를 달랬다.

"이 상사님, 제가 하겠습니다."

전장형은 이준호와 총기를 교환한 후, AK 소총을 어깨에 단단히 견착했다. 그의 바로 우측에서 이종진 또한 M203으로 박격포 트럭을 정조준했다. 거리에 있는 가로등뿐만 아니라 광장 일대 상공에 떠 있는 조명탄 덕분에 두 특전대원들이 픽업트럭을 정조준하는 것은 큰 문제가 되지 않았다. 전장형이 유탄발사기의 방아쇠를 당기기 직전, 박격포를 운용하던 수리남군 한 명이 뒤늦게 380부대원들을 손짓으로 가리키며 동료들에게 경고했다.

"퍽! 퍽!"

거의 동시에 두 발의 40밀리 유탄들이 직사 각도로 발사되었고 곧 이준호가 기대했던 장면이 연출되었다.

"콰아앙!"

픽업트럭의 차체 후방에서 유탄들이 명중하면서 불꽃 줄기들이 사방으로 무섭게 퍼졌다.

전장형은 이준호와 다시 총기를 교환했고 그 즉시, 전방의 트럭을 향해 집중사격을 가했다. 두 사람은 연발 사격 대신 단발 사격으로 정확하게 트럭 차체를 향해 총탄을 날려 보냈고 이어서, 이종진이 또 한 발의 대장갑 유탄을 발사했다.

"퍽~! 콰앙!"

세 번째 유탄이 차체에 명중하자 차체 아래쪽에서 화염이 솟구쳐 올라 트럭을 집어삼켰다.

"쾅! 콰앙!"

잠시 후 차체에 실린 박격포탄들이 폭발하면서, 엄청난 폭발음과 함께 노란 화염이 버섯 모양으로 솟구쳤다가 사라졌다.

* * *

1983년 3월 22일 04시 58분 수리남 파리마리보 통일광장으로 향하는 시내 도로

김창수 준위와 15명의 특전대원들은 가장 전투가 치열한 지대에 있었지만 단 한 명의 사상자 없이 버티고 있었다. 엔트로피 투가 별도의 지원 요청이 없어도 지상에서 움직이는 수리남군들의 동선을 파악하고 제압 사격을 가했기 때문에, 김창수 준위의 지시에 따라 모든 2조 병력이 매복 위치를 이탈, 시내 도로로 진입하기 시작했다.

김창수는 자신이 직접 무전기를 멘 뒤, 그와 함께 있는 지휘조 원들 먼저 보냈다. 그런 뒤, 강변도로 북쪽에서 대전차 매복 지점들을 구축했던 대원들이 모두 합류할 때까지 네거리의 교차점을 떠나지 않았다.

강변도로의 교차점과 남쪽을 담당한 병력이 무리를 지어 시내 도로를 타고 이동한 후, 5분이 되어 가는 시점이 돼서야 도로 북쪽의 매복 병력 6명이 그의 위치에 합류했다.

그들이 모두 도착하자마자, 김창수는 통일광장 쪽을 가리키며 소리쳤다.

"뛰어! 쌍방울이 울릴 정도로 죽어라고 뛰어! 시내 도로 양편에서 적들이 사격을 가해 와도 퍼질러 앉아서 응사하지 말고 그냥 뛰는 거야. 알았지? 적들이 니들 앞길을 가로막을 때만 응사하고 그렇지 않으면 그냥 이동하는 거다!"

김창수가 계속해서 같은 내용을 반복하며 강조하는 동안 이미, 그의 부대원들은 시내 도로를 타고 달리기 시작했다. 그들은 차도를 한가운데 두고 좌우로 산개하여 달리고 있었고 김창수는 그들의 뒤를 따라 달렸다.

"부우우웅! 부우우웅!"

김창수는 시내 도로 안으로 들어오면서 어깨 너머로 젤란디아 요새 쪽을 힐끗 봤다. 엔트로피 투의 사격이 몇 초 정도 이어졌다가 다시 잠잠해졌지만 그는 본능적으로 이제 곧 엄청난 수의 수리남군들이 자신의 뒤를 쫓아올 것임을 알고 있었다.

김창수는 시내 도로를 따라 100여 미터 정도를 들어오자 단층, 2층 주택 건물들이 거리 좌우에 늘어서 있는 게 보였다. 그리고 건물과 건물 사이에서, 골목과 골목 사이에서 자신의 병력이 놓친 수리남군 병력이 산발적인 사격을 가해 오고 있음을 파악했다.

앞서 간 병력이 이따금 이동을 멈추고 어딘가를 향해 집중사격을 하는 게 김창수 준위 일행의 위치에서도 보였기 때문이었다.

그런데 조금 있자, 앞서 가는 380부대원들의 후방에서 연막탄의 연기가 사방으로 흩어지기 시작했다. 그 광경에 앞서 가던 도로매복조의 김세곤 상사가 멈춰 섰고 대열의 맨 뒤에 있던 김창수 준위가 앞쪽으로 옮겨 갔다.

"뭐야? 우리 애들이 투척한 거야?"

김창수가 낡은 승용차들 사이에 몸을 숨기고 있는 김세곤 곁에 앉으며 물었다. 그러자, 그가 주변 건물들의 2층과 옥상을 두리 번거리며 대답했다.

"제가 제대로 봤다면 양쪽 건물들 중 어딘가에서 아래쪽으로 투척한 것 같습니다."

"어?"

김창수는 대꾸를 하면서 동시에 우지 기관단총의 총구를 위쪽으로 쳐들었다. 그들의 후방과 차도 건너 왼편에는 나머지 4명의 특전대원들이 역시, 차량들이나 주택의 현관 계단 쪽에 엄폐한 채 상황을 살피고 있었다.

김창수는 준위는 이마에 흥건한 땀을 군복 소매로 훔치고서 다시 시선을 전방으로 향했다. 처음 발견했던 연막은 이제 더 진하고 자욱하게 퍼져서 김창수 준위 일행과 앞서 간 대원들 사이에 넓은 차양을 쳐 놓은 듯한 상황 같았다.

"어떡하죠, 폭파담당관님?"

김세곤 상사가 AK 소총의 탄창을 새것으로 바꿔 끼우며 물었다. 김창수는 그의 눈치가 자신 못지않게 저 연막을 통과하고 싶지 않다고 느꼈다. 그는 분명히 무언가가 하얀 연막 너머에서 자신을 기다리고 있다고 생각했다. 그리고 형언할 수 없는 어떤 느낌이 그의 목덜미와 양어깨에 찌릿한 느낌을 가져왔다. 그럼에도 불구하고 그는 이곳에 지체하다가 수리남군들에게 포위될 수 있음을 스스로에게 상기시켰다.

김창수는 한쪽 무릎을 꿇고 있는 몸을 일으키는 것이 이렇게 힘이 들기는 생전 처음이라 여기면서 겨우 일어섰다. 그는 가슴 속에서 작은 불덩어리 하나가 생겨서 아랫배 쪽으로 내려가는 것을 느꼈다. 그리고 대원들에게 작은 목소리로 속삭였다.

"내가 선두에 설 테니 간격을 두고 따라와! 여차하면 다 갈겨 버려!"

그의 지시를 하달 받은 5명의 특전대원들이 모두 총기에 새 탄창을 삽입했다. 그리고 나서야 김창수가 3미터 정도 앞서서 연막 속으로 발을 내디뎠다. 노련한 특전대원이 서너 걸음을 걸어 연막 속으로 들어가자 그의 시야가 완전히 막혔다. 그는 조심스럽게 큰 걸음으로 전진했고 한 걸음씩 내디딜 때마다 숨을 참고 있는 자신의 가슴이 터질 듯이 뛰는 것을 인지했다.

김창수가 연막 속을 5~6미터 정도 전진했을 때, 그는 별안간 걸음을 멈추며 우지 기관단총을 어깨 높이로 쳐들었다. 연막 속 어딘가에서 희미하게 사람들의 말소리가 들려오기 시작했던 것이다. 그들의 말소리가 들린 뒤, 무언가 덜그럭거리는 소리들이 어지럽게 울려 퍼졌다.

김창수와 그의 좌우에서 발걸음을 멈추고 서 있는 380부대원들은 그 소리가 AK 소총의 목제 개머리판이 허리춤의 탄띠에 부딪칠 때 나는 소리임을 거의 확신하고 있었다. 그리고 그 소리가 점차로 더 가까이 들리기 시작했고 김창수는 두 눈을 최대한 크게 뜨고 천천히 양 무릎을 굽혔다.

그는 그 순간 1초, 1초가 영겁의 시간처럼 느껴지고 있음을 잘 알고 있었고 두려움에 못 이겨 방아쇠를 덜컥 당기지 않도록 스스로를 잘 통제하고자 했다. 그의 대원들 또한 총기의 조정간을 연발에 맞춰 놓고 그의 행동을 그대로 따랐다.

김창수는 아무리 두 눈을 크게 떠도 연막으로 인해 보이는 게 없었지만 직전방에서 적군들이 접근해 오고 있다 직감했다. 그는 우지 기관단총의 방아쇠가 자신의 손에서 난 땀으로 미끄러운 상황을 우려했고 다음 순간, 만약 수리남군들의 인기척이 전방이 아닌 다른 곳에서 들려오는 것을 잘못 청취하고 있지 않나 잠시 걱정했다.

그러나 곧 그의 동물적인 감각이 얼마나 정확한가를 증명해 주는 상황이 일어났다.

"직전방 적 발견!"

머릿속을 어지럽게 하는 생각들 속에서도 김창수는 코앞에서 느끼지는 사람의 존재를 분명하게 감지해 냈다. 그는 후방의 대원들에게 소리치며 그 즉시 방아쇠를 당겼다.

"타타타타타타타~!"

김창수의 우지 기관단총에서 9밀리 권총탄들이 쏟아져 나가고 거의 동시에 그의 좌우 후방에서 AK 총탄들 또한 앞쪽으로 쏟아져 나갔다.

"아아아아!"

누군가의 비명 소리와 다급한 목소리가 울려 퍼지면서, 수리남군들 또한 김창수 쪽으로 응사를 하는지 총구 섬광 몇 개가 잠깐 잠깐 보였다가 사라졌다. 김창수는 한 치 앞도 볼 수 없는 상황에서 완전히 직감에 의존하여 기관단총 사격을 가했다. 그는 분명히 몇 걸음 앞에서 적들이 자신에게 AK 소총을 난사하는 것을 알고 있었고 그들의 총탄에 자신이 얼굴이 박살 날 것만 같은 두려움에 압도당하기 직전이었다.

단 3초 정도의 집중사격이었다. 그 직후, 연막의 차양이 가리고 있던 특전대원들의 전방은 다시 아무런 일이 없었다는 듯 고요해졌다.

그리고 서서히 연막이 걷히면서 김창수의 시야가 차츰 깨끗해져 갔다. 그는 탄창을 갈아 끼우는 과정조차도 시도하지 못한 채, 허리춤에서 M1911A1 권총을 뽑아 들고 있던 참이었다.

연막이 눈에 띄게 걷히고, 인도 위에서 무릎쏴 자세를 취하고 있던 김창수와 6명의 특전대원들의 무릎과 전투화발 쪽이 까만 액체에 젖어 가는 것을 알아차렸다. 그들의 2미터 앞, 인도 바닥에는 6명의 수리남군들이 널브러져 있었고 그들의 피가 근처 인도 바닥 전체를 놀라운 속도로, 흥건히 적셔 놓고 있었다.

김창수는 권총을 전방으로 겨눈 채, 천천히 몸을 일으켰다. 그리고 참았던 숨을 내쉬고서 다시 들이쉬자 그의 온몸에 싸늘한 한기가 찾아왔다.

＊　　＊　　＊

1983년 3월 22일 05시 12분 수리남 파리마리보 통일광장

김창수 준위와 나머지 대원들이 합류하자, 최정구 소령은 모든 380대원들을 대통령궁 정문 주변에 포진시켰다. 교전 중 부상당한 대원들의 응급처치가 정문초소 근처에서 진행 중이었으며 일부 병력은 만약의 경우를 대비해, 탄약과 수류탄, 로켓화기 등을 재분류하고 있었다. 그리고 대부분의 380부대원들은 정문 근처의 각자 위치에서 교전 및 경계 임무를 수행 중이었다.

통일광장 일대는 불타는 T-62 전차와 박격포탄들이 착탄한 주택 건물 몇 채에서의 화재 때문에 환하게 밝혀진 상태였다. 수리남군들의 공격은 이준호 상사 일행과 김창수 준위 일행의 활약으로 다소 누그러진 상태였지만 수시로, 380부대원들의 엄폐 위치들에 저격탄들이 날아들었다.

김영천은 최정구 소령 곁에서 다시 집결하는 부대원들을 살피면서 오스본과 교신을 진행하고 있었다.

"액추얼 원(Actual 1), 액추얼 투(Actual 2), 액추얼 쓰리(Actual 3)의 ETA(도착 예정 시간), 35분이다! 반복한다, 킴! 액추얼 원, 액추얼 투, 액추얼 쓰리의 ETA, 35분이다. 이상."

새트컴을 통해 오스본이 오세웅 대령과 일련의 지원 병력이 탑승한 CH-47 헬기들의 도착 시간을 공지해 왔다.

"라저~!"

김영천은 짧게 대꾸하고서, 그를 지켜보던 최정구와 노시천 상사 쪽을 향해 소리쳤다.

"퇴출 헬기들이 35분 후에 도착합니다! 35분~!"

최정구 소령은 김영천에게 한 손을 들어 보이며 반응해 보였고 김영천은 조심스럽게 성공적인 퇴출 과정을 기대하기 시작하는 순간이었다. 김영천은 잠시, 대통령궁 담벼락에 기대고 서서 수통을 꺼내 들었다. 그리고 수통 안의 물을 한 모금 마시려는 찰나, 심상치 않은 오스본의 음성이 무전기 송수화기에서 새어 나왔다.

"킴! 킴, 듣고 있나?"

김영천은 수통을 내려놓고 다시 새트컴 송수화기를 잡았다.

"듣고 있다, 빌."

"지금부터 내가 하는 말 잘 들어라. 방금 전 엔트로피 투가 내게 전달해 온 상황이다. 현재 강변도로 북쪽에서 2대의 소비에트제 전차와 7대의 적 트럭들이 남하하고 있다 한다. 접수했나?"

"전차 2대와 트럭 7대, 접수!"

대답을 하는 순간 김영천의 가슴속에 무거운 돌덩이가 하나가 들어앉았다. 그는 광장 안을 걱정스럽게 응시하며 오스본에게 물었다.

"빌, 적 증원 병력과 아군 헬기들 중 어느 쪽이 먼저 이곳에 도착할 것 같은지 파악할 수 있는가? 이상."

김영천은 대답하기 전에 오스본이 짧은 한숨을 쉬는 것을 들을 수 있었다.

"킴, 적 증원 병력을 먼저 차단해서 퇴출까지 시간을 벌 필요가 있는 듯하다. 현재, 엔트로피 투가 젤란디아 요새 쪽에서 대공 사격을 받아서 더 높은 고도로 올라갔다. 강변도로 접수조에서 다시 엔트로피 투의 지상 공격을 유도해 줄 필요가 있겠다. 이상."

오스본이 말을 끝날 때쯤 그는 김창수를 응시하면서 아쉬움에 입술을 깨물었다. 그의 모습에서 심상치 않은 기류를 감지한 최정구 소령이 담벼락 쪽으로 자리를 옮겨 왔다.

김영천은 난감한 표정으로 주변의 부대원들을 쳐다본 뒤 응답했다.

"강변도로에서 모든 TF380대원들이 현재 퇴출 위치로 철수한 상황이다. 엔트로피 투와 엔트로피 원이 임의로 적 증원 병력을 차단할 수 없는가?"

김영천의 말이 끝나기가 무섭게 오스본이 대답해 왔다.

"젤란디아 요새 쪽에서 엔트로피 투에게 투사하는 대공 사격이 점차로 강력해지고 있다. 엔트로피 투가 저고도가 아닌, 중고도에서 자신들의 안전을 확보한 후에 지상 공격을 해 주겠다고 한다. 선택의 여지가 없다. 킴."

무전기 송수화기에서 새어 나온 답변을 듣고 최정구 소령 또한 난감한 표정을 지었다. 그리고 곧 두 사람 쪽으로 이준호 상사와 노시천 상사가 상황 파악을 위해 합류했다.

한참 동안 고민하던 김영천은 마침내, 뭔가 결심을 한 듯 심호흡을 두어 번 하고서 모두에게 말했다.

"내가 지금 당장 강변도로와 시내 도로의 교차 지점으로 다시 가 봐야 될 것 같아."

그 말에 최정구와 김영천의 오랜 동료들이 흠칫 놀란 표정으로 반응했다. 하지만 김영천은 단호하게 말을 이어 갔다.

"퇴출 헬기들이 이곳에 도착하기 전에 적 증원 병력이 시내 도로와 광장 전체를 접수하면 퇴출 자체가 불가능한 상황이 돼. 그러니까, 내가 강변도로 쪽에 적들을 묶어 두고 있으면 이곳에서 퇴출 과정이 진행될 수 있다. 그렇죠, 최 소령?"

김영천의 시선이 최정구에게 향하자, 표정에 난감함이 가득한 그가 고개만 마지못해 끄덕여 보였다. 그러나 노시천이 무전기 송수화기를 입가로 가져가려던 김영천의 우측 팔을 거칠게 잡았다.

"야, 죽고 싶어 환장했어? 강변도로 네거리에 혼자 퍼질러 앉아서 그 많은 쪽수의 적들을 어떻게 막아 낼 건데. 주머니 속에 105밀리 곡사포라도 꼬불쳐 놓은 거냐?"

김영천은 다른 한 손으로 그의 손길을 뿌리친 뒤, 무전기 키를 잡고 오스본에게 자신의 계획을 전달했다.

"빌, 내가 단독으로 교차 지점으로 이동하여 엔트로피 원, 투의 근접 화력지원 과정을 진행시키겠다. 5분 후, 재교신 예정이다. 이상."

김영천의 보고에 오스본 또한 상황을 파악했는지 잠시 동안 응답이 없었다. 그 사이, 김영천은 최정구와 노시천, 이준호와 차례차례 시선을 교환했었다. 그들의 눈빛에서 안타까움과 두려움을 읽으며 김영천은 마음이 한없이 무거워져 숨이 막힌다고 생각했다.

김영천은 새트컴의 양어깨 끈을 조여서 등에 밀착시키고 우지 기관단총의 탄창을 새것으로 교체했다. 그러한 조치를 취하며, 그의 시선은 대통령궁 정문 쪽에서 전소 중인 전차를 지나, 시내 도로로 진입할 동선을 그리고 있었다.

그때, 김영천 쪽으로 김창수 준위가 달려왔다. 그가 부테르세 대통령의 동상 뒤에 엄폐하고 있는 김영천 쪽으로 막 도착할 때 주택가 쪽에서 날아온 몇 발의 총탄들이 "핑~."하는 소리를 내며 두 사람의 머리 위를 스쳐 지나갔다.

"자~!"

김창수는 자신의 기관단총 탄창 3개를 김영천 쪽으로 들이밀었다. 김영천이 그것들을 넘겨받아 자신의 탄입대 안에 쑤셔 넣는 동안 김창수가 걱정스러운 듯 말을 건넸다.

"야, 너무 막 나가는 거 아냐? 나, 애들 데리고 시내 도로를 타고 올라오면서 놈들하고 계속해서 조우했었어. 지금은 더 많은 놈들이 골목골목마다 포진해 있을지도 모르는데, 혼자서 무전기를 메고 뜀박질하겠다구?"

김영천은 한쪽 눈썹을 치켜세우며 김창수를 응시했다. 그리고 그의 허리춤에 있는 F1수류탄 한 발을 빼앗아 챙기며 대답했다.

"이것보다 더 좋은 생각이 있으면 말해 봐. 그럴듯하면 내, 너한테 거수경례 때리고 바로 실행하마."

김창수는 고개를 내저으며 김영천의 어깨 위에 한 손을 올려놓았다. 김영천은 탄띠와 서스펜더에 부착된 장구류들을 점검하며 물었다.

"아까, 올 때 어땠어? 조심할 곳이 있어?"

"광장 가까이에 있는 지대와 강변도로와 만나는 지대는 괜찮은데, 중간 즈음에 가면 좌우에 골목길과 좁은 차도들이 있다. 그곳에서 웅크리고 있던 놈들이 우리한테 총질을 하더라고. 응사하지 말고 수류탄이나 연막탄을 던져 놓고 그냥 돌파해. 거기서 놈들에게 발목 잡히면 십중팔구 포위된다. 간혹, 주택가 2층이나 옥상에서 우리 쪽으로 뭐 던지는 새끼들도 있어. 내가 너라면 그게 수류탄인지 돌멩이인지 확인하려고 뜀박질을 멈추지는 않을 거야. 조심해, 새꺄."

김영천은 고개를 크게 끄덕이며 자신의 어깨에 올려져 있는 김창수의 손을 잡아 줬다. 때맞춰, 노시천 상사가 김영천에게 2발의 수타식 조명탄과 2개의 스트로브를 가져다 줬다.

노시천은 그것들을 건네받는 김영천의 팔뚝을 붙잡고 말했다.

"영천이, 퇴출 과정에 눈치껏 합류해. 계속해서 강변도로에 퍼질러 앉아 있으면 정말 답 없다. 내가 너라면 퇴출 헬기들의 소리가 이쪽 상공에서 들리기 시작하면 무조건 이쪽으로 죽어라 내달릴 거야."

"알겠습니다, 노 상사님."

이윽고 김영천이 동상 쪽에서 도로 바닥으로 발걸음을 옮기자, 김창수와 노시천이 주변 대원들에게 양손을 흔들며 소리쳤다.

"엄호사격! 엄호사격 준비하라!"

김영천은 그의 2시 방향, 20여 미터 거리에 있는 파괴된 T-62 전차를 살핀 뒤 12시 방향, 앞쪽에 있는 최정구 소령에게 시선을 보냈다. 그리고 그를 향해 고개를 크게 끄덕여 보이자마자 앞쪽으로 내달리기 시작했다. 그의 등 뒤에서 노시천의 목소리가 쩌렁쩌렁 울렸다.

"사격 개시!"

김영천이 전차 쪽으로 달려 나가는 것과 거의 동시에 수십 명의 380부대원들이 AK 소총 사격을 개시했다. 엄청난 총성에 김영천의 양어깨가 움찔했지만 그는 우지 기관단총을 가슴 높이로 쳐든 채 질주해 나갔다.

불타는 전차를 지나쳐 시내 도로 안에 진입할 때, 그는 눈앞에 펼쳐진 거리가 다소 비현실적이라고 생각했다. 폭풍 같은 총성이 울리고 양편의 군인들이 서로를 향해 총탄을 날려 보내는 광장 쪽 상황과 전혀 상관이 없다는 듯, 가로등 빛이 비치는 도로는 평화롭게만 보였다.

몇 대의 트럭과 소형 승용차들이 주차되어 있었고 도로 양편의 주택들은, 김영천이 어렸을 때 미국인 선교사들이 보여 줬던 미국의 동부 지역의 주택가 사진처럼 깨끗하고 아늑해 보였다.

김영천은 도로의 좌측에 있는 인도를 따라 달렸다. 광장에서 도로 안으로 100여 미터 가량을 달려오는 동안에도 김영천에게 어떠한 돌발 상황도 발생하지 않았다. 그러나 시내 도로 지대의 중간 지점에 도달할 때 즈음 그의 후방에서 "퍽, 퍽"하는 소리와 함께 뭔가가 인도 바닥에서 깨지는 소리가 났다.

김영천이 어깨 너머로 주택 2층 쪽을 응시하자 백인으로 보이는 사람들이 그가 알아들을 수 없는 언어로 소리치면서 작은 화분들을 내던지고 있었다.

김영천은 그들이 자신의 머리통을 향해 화분을 내던졌는지 아니면 어떤, 다른 의도를 가지고 행동하는지 의아해할 겨를도 없이 계속 달려 나갔다.

그리고 그런 그가 도로 우측에 좁은 골목길 하나를 지나치는 순간, 그 안에서 별안간 소란스럽게 떠드는 말소리가 들려오기 시작했다.

김영천은 본능적으로 그 소리가 자신의 존재에 반응하는 것임을 직감했다. 그는 즉시 허리춤에서 수류탄을 꺼내 들었고 몸을 빙 돌려 안전핀을 뽑은 수류탄을 골목 안으로 힘껏 투척했다.

수류탄이 도로 건너, 골목 입구 바닥에 떨어지는 소리가 들려오기가 무섭게 철모를 쓴 수리남군 2명이 크레올어로 소리치며 나타났다. 그리고 그들이 김영천을 향해 AK 소총 사격을 시작하는 순간 수류탄이 폭발했다.

"콰앙!"

골목 바닥이 흙바닥, 수풀 바닥과 달리 폭발음과 폭발력을 흡수하지 않았기 때문에 그 충격들이 김영천의 고막을 큰 바늘처럼 꾹 찔러 왔다. 김영천은 그 직후, 전력으로 질주하였고 마침내 주택 지대가 끝나고 빈터와 키 큰 잡풀들이 섞여 있는 지대가 눈앞에 펼쳐졌다.

"후~!"

김영천이 시내 도로가 끝나는 지점 즈음에 도착할 때, 그의 먼 전방에 있는 젤란디아 요새 쪽으로 까만 새벽하늘 쪽으로 기관총 예광탄들이 솟구쳐 오르는 게 그의 시야에 잡혔다. 기관총 예광탄들은 요새뿐만이 아니라 강변도로의 먼 북쪽에서도 솟구쳐 올랐고 김영천은 엔트로피 투가 경고했던 수리남군 2차 증원 병력이 그곳에 위치해있다 파악했다.

김영천은 방향 표지판들이 위치한 곳, 근처의 풀 줄기 속에 자리를 잡고 새트컴의 송수화기를 꺼내 들고 그를 호출했다.

"빌! TF380이다!"

기다렸다는 듯, 오스본이 응답해 왔다.

"화력지원을 요청할 위치에 도착했나?"

"라저~! 이곳에서 엔트로피 투가 두 곳의 적 지점에서 대공사격을 받는 게 보인다. 엔트로피 투의 무장 상황에 대해 보고받은 것이 있는가? 이상."

잠시, 오스본은 대꾸하지 않았고 김영천은 그가 다른 무전기 송수화기로 엔트로피 투와 교신을 하는 것이라 짐작했다.

김영천이 바짝 마른입 속에서 혀를 굴리며 젤란디아 요새 쪽과 강변도로 북쪽을 번갈아 주시할 때, 엄청나게 많은 모기들이 그의 얼굴과 목덜미에 달려들었다. 김영천이 신경질적으로 무전기 송수화기를 얼굴과 목 주변을 휘두를 때, 오스본의 목소리가 송수화기에서 들려왔다.

"킴!"

"카피!"

"엔트로피 투의 무장량이 이제 10% 미만만 남아 있다. 현 시간부로 엔트로피 원이 그쪽 상공으로 옮겨 갈 것이니 원래대로 킬박스를 설정하거나 화집점을 선별, 선택하라. 이상."

그 순간, 김영천은 강변도로의 북쪽 150~160미터 지점에서 새까만 형체들이 나타난 것을 확인했다. 그는 허리 뒤춤의 야시경 케이스에서 AN/PVS-5 야시경을 꺼내 착용했다. 그가 발견한 것은 수리남군의 장륜식 장갑차들이었다. 그리고 일정 간격으로 뒤따르는 2대의 2.5톤 트럭들 또한 그의 야시경을 통한 시야에 포착되었다.

김영천은 키를 잡고 말했다.

"빌, 엔트로피 원을 빨리 보내줘야겠다. 벌써, 적 차량 행렬이 교차로 근처에 나타났다."

상황을 전파하면서 김영천은 주변 지형과 함께 암기해 두었던 화집점 식별번호를 생각했다. 그 와중에도 그는 손바닥으로 얼굴을 물어뜯는 모기들을 때려잡느라 바빴다.

"화집점 선정하라, 킴!"

김영천은 자리에서 일어난 후, 야시경을 통해 수리남군의 장갑차들의 위치와 도로 주변에 있는 전신주나 언덕과 같은 지형 참조물들을 확인했다. 그리고 보이지 않는 곳에 있을 수리남군들의 차량들의 위치를 침착하게 계산했다. 이어서, 그의 화력지원 요청이 시작됐다.

"현 시간부로, 화집점 호텔 쓰리(H3), 화집점 호텔 포(H4) 일대에 화력지원을 요청한다."

"화집점 호텔 쓰리, 화집점 호텔 포에 대한 화력지원 요청한다. 카피했나?"

"라저 댓!"

김영천은 송수화기를 얼굴에 댄 채, 고개를 쳐들어 먼 상공에서 움직이는 희미한 그림자들을 주시했다. 300미터 전후의 저고도가 아닌 훨씬 더 높은 고도에서 엔트로피 투가 엔트로피 원에게 정확한 발칸포 사격을 위한 공역을 넘겨주고 있는 게 그의 눈에 보였다.

그동안에도 차량 행렬의 선두에 있던 장갑차들은 밤하늘의 건섭들을 향해 중기관총을 몇 발씩 끊어서 쏘고 있었다.

김영천의 사격 유도 요청 후, 10여 초 정도가 지나자 드디어 침묵을 지키던 엔트로피 원의 최초 지상 사격이 시작되었다. 최소 대여섯 발의 오렌지색 조명탄이 밤하늘에 나타났다. 그리고 고도를 잃어 가면서 더욱더 강력한 빛을 지상으로 투사했는데 강변도로와 젤란디아 요새 쪽의 수리남군들은 조명탄 근처 상공을 향해 기관총 사격을 가했다.

"부우우우웅! 부우우우웅!"

2번의 3~4초 간격의 발칸포 사격이 이루어졌고 수백 발의 소이철갑탄들이 자체의 폭발에너지뿐만 아니라 중고도에서 떨어지는 운동에너지까지 얻은 채, 강변도로 안으로 쏟아졌다.

김영천은 야시경을 통해 발칸포탄들의 착탄 지점을 확인하며 송수화기 키를 잡았다.

"엔트로피 원의 1차 사격 양호! 현재 조명탄들이 낙하하는 지점의 북서쪽에서 발견되는 모든 차량들의 파괴를 요청한다. 이상!"

"댓츠 어 라저!"

김영천이 요청한 사격지원 요청은 오스본에 의해, 엔트로피 원에게 전달되었고 약간의 시간 차를 두었지만 AC-47의 발칸 사격은 거의 실시간으로 실행되었다.

또 한 번의 조명탄 투하에 이어, 엔트로피 원의 2차, 3차 지상 사격이 이어졌고 도로 북쪽에서 불기둥이 치솟기 시작했다. 김영천은 수리남군들의 트럭들이 도로에서 파괴되어 임시 장애물이 되었으리라 예측하며 흡족해했다.

손목시계로 퇴출 헬리콥터들의 도착 예정 시간을 확인한 그가 송수화기를 얼굴에 대고 입을 여는 순간, 김영천의 온몸에 전기가 찌르르 통하면서 몸이 굳어졌다. 그는 키 높이 정도의 풀 줄기들 사이에서 양 무릎을 굽힌 채 서 있었는데, 그의 시야 왼쪽에서 서너 명의 그림자들이 불쑥 나타난 것이었다. 김영천이 '얼음땡' 자세로 눈알을 굴려서 본 그들의 후방에는 약간의 간격을 두고 십여 명 이상의 그림자들이 뒤따르고 있었다.

김영천은 심장이 순간 그의 가슴팍을 뚫고 나올 정도로 세차게 뛰었고 우지 기관단총을 옆구리에 끼고 있는 왼손, 왼팔을 움직이는 것조차 엄두를 내지 못하는 상황이었다. 양쪽의 거리는 불과 2~3미터 사이였다.

더욱 놀라운 것은 그 그림자들 중 몇몇이 내뱉는 언어였다.

"동무들 서두르시오! 미제 놈들의 공격기(건쉽)가 지금 우리 머리 위를 지나치고 있소! 장영철 동무, 반땅크 화력기재를 가진 동무들을 대열 후방으로!"

"네, 총조장 동지."

"그리고 전정희 동무는 기동 중에도, 저쪽에 있는 수리남군 동무들과 교신할 수 있는 주파수를 확보해 보시오."

"알겠습니다."

자기들끼리 지시와 상황을 전파하면서 북괴군들은 김영천의 코앞을 그대로 지나쳐갔다. 김영천은 그들의 전투화발들이 낡은 아스팔트 바닥에 부딪치는 소리를 들으면서 꼼짝 않고 서 있었다.

그들 중 누군가 무심결에 시선을 왼편으로 돌린다면 김영천의 실루엣을 발견할 수도 있는 상황이었지만, 그들은 주변 상공에 울려 퍼지는 AC-47의 프롭 엔진 소리 때문에 분주히 발걸음을 재촉하던 중이었다.

십수 명은 되어 보이는 북괴군들이 시내 도로 안으로 사라지고 나서야, 김영천은 젤란디아 요새 쪽을 바라봤다. 요새와 강변도로를 이어 주는 교각 위는 장갑차량과 트럭들이 불타고 있었지만 그곳에서는 아직도 도보로 진출하는 수리남군들이 보였다.

김영천은 기관단총을 우측으로 옮겨 잡은 뒤, 조정간이 연발 모드로 되어 있는지 손끝으로 확인했다. 그런 뒤, 김영천은 터질 듯이 뛰는 가슴을 진정시키며 가슴팍에서 개인용 무전기의 키를 더듬어 찾아 눌렀다.

"최 소령, 이 상사님, 규식이! 내 말 들리면 누구든 대답해봐!"

키를 놔 주고 그들의 신속한 응답을 기다렸지만 아무도 무선망에 등장하지 않았다. 급한 마음에 김영천은 일단, 새트컴의 송수화기 키를 누르고 오스본을 호출했다.

"빌! 빌!"

"말하라, 킴."

"현 시간부로 젤란디아 요새의 교각과 강변도로의 교차 지점을 중심으로 지상 사격을 요청한다. 해당되는 지점의 화집점은 호텔 세븐이다! 이상!"

"화집점 호텔 세븐, 카피!"

오스본의 응답이 끝나기 전에 김영천은 다시 키를 누르고 통일광장 쪽의 동료들을 호출했다.

"통일광장 쪽에 380부대원, 누구든 내 목소리가 들리면 바로 응답하라!"

김영천은 어둠 속에서 옆구리에 부착한 개인용 무전기의 채널을 돌려서, 김창수 조의 무선망에서 그들을 다시 호출했다.

"380부대원, 누구든 내 목소리가 들리면 바로 응답하라! 긴급이다!"

다급한 목소리로 응답을 재촉하던 그가 무심결에 시선을 오른쪽으로 돌렸을 때, 그의 눈에 까만 형체 하나가 들어왔다. 그 순간, 김영천은 생각이나 판단이 아닌 본능에 따라 반응했다.

놀란 그의 입이 채 다물어지기도 전에, 김영천은 우지 기관단총을 오른쪽 옆구리 쪽에 끼고 방아쇠를 덜컥 당겼다.

"타타타타타타~!"

우지 기관단총 특유의 총성이 울려 퍼지면서 야시경을 통해 보이는 그의 초록색 시야 안에 불꽃이 거칠게 튀어 날렸다. 그의 총구가 쏟아 낸 수십 발의 권총탄들에 의해 긴 풀 줄기들이 일제히 쓰러지고 김영천을 향해 역시 불을 뿜는 총구가 나타났다. 대략 3~4미터 정도의 거리에서 두 사람이 서로를 향해 총탄을 쏟아붓는 상황이었다.

김영천은 잠시라도 망설이거나 위축되면 그 즉시, 자신의 몸이 총탄에 갈기갈기 찢겨질 것이라 생각하고 물러서지 않았다. 그러나 대기를 찢어 내는 듯 들려오던 우지 기관단총의 총성이 그치자 자신도 모르게 몸을 풀 바닥으로 떨어뜨렸다.

김영천은 어둠 속에서 가슴팍 쪽에 결속한 우지 기관단총의 탄입대에서 새 탄창을 꺼낼 때, 복부 쪽에서 뜨거운 열기가 퍼지고 있는 것을 느꼈다. 전장터에서의 오랜 경험은 그로 하여금 그의 몸 어딘가를 AK 총탄이 뚫고 들어갔을지도 모른다고 경고했지만 그는 전방을 주시하며 침착하게 총기의 탄창을 교체했다.

그런 뒤, 잠시 전 적군이 서 있던 지점을 향해 총구를 겨누고 방아쇠를 덜컥 당겼다.

"타타타타타타~!"

9밀리 권총탄을 끼얹는 듯한 긴 총성이 울리면서 김영천의 눈앞에 있는 풀 줄기들이 동강 나서 쓰러지거나 흩날렸다. 대략의 감각으로 그는 탄창 안의 총탄들이 절반 정도 발사되었을 때 방아쇠를 놓아줬다. 이미 깨끗이 그의 시계가 청소된 상태이었기에, 그는 앞쪽의 아스팔트 도로 지대를 살펴볼 수 있었다. 그와 정면으로 마주본 채 총격전을 치뤘던 그림자의 모습은 보이지 않았다.

대신 금속 재질의 무언가로 아스팔트 바닥을 때리는 소리가 나고 있었다.

"퍽! 퍽!"

김영천은 엎드려쏴 자세에서 꼼짝하지 않고 눈동자를 좌우로 분주하게 움직였다. 그리고 추가적인 위협 대상이 포착되지 않자 몸을 서서히 일으켰다. 하지만 양 무릎 위에 체중을 실어 전방으로 사격자세를 취하는 순간 김영천은 명치 주변에서 숨을 틀어막는 통증을 느꼈다.

마치, 작은 칼이 그의 뱃가죽을 뚫고 들어와 뱃속을 휘젓는 느낌이 그의 온몸을 전율하게 했다. 그는 그 통증을 극복하고 몸을 일으켜 세우려 했지만 눈앞이 핑 돌면서 중심을 잃고 풀 바닥에 다시 쓰러졌다.

김영천은 신경질적으로 눈을 깜박이면서 막혀 버린 시야를 뚫고자 애썼다. 야시경을 벗어든 채 그는 몇 차례 심호흡을 했고 잠시 후 그의 시야에 카리브 해의 밤하늘이 들어왔다. 온 하늘에 흩뿌려져 있는, 깨알 같은 별빛들이 보였고 이어서 엔트로피 원의 흐릿한 모습이 그것이 투하한 조명탄에 의해서 보였다.

김영천은 숨을 쉴 때마다 복부 쪽에 칼날이 들어왔다 나갔다 하는 듯한 고통에 압도되어 갔다. 그리고 그런 상황 속에서도 "퍽! 퍽!"하고 무언가가 아스팔트 바닥을 치는 소리가 그의 위치로 가까워지고 있었다.

김영천은 거의 마비되다시피 한 몸을 움직이고자 엉덩이 끝부터 허리, 등까지 기력을 짜내서 모으고자 애썼다. 그 과정에서 잠깐 힘이 풀려 버리자 그의 바지 앞섶이 뜨뜻해졌다.

"아아~! 으으!"

그는 다시 한 번 이를 악물고 기력을 모아 끌어 올렸다. 그리고 가까스로 야시경을 착용했다. 그의 시선은 이제 거의 근처까지 온 괴상한 소리 쪽으로 향했고 곧 그의 등줄기에 없던 기력이 쫙 퍼질 광경이 초록색 시야에 잡혔다.

김영천의 우지 기관단총탄에 쓰러졌던 적군이 도로 바닥에서 김영천의 위치인 풀섶 쪽으로 기어 오고 있었는데, 그는 괴기스럽게도 한 손에 쥐고 있는 AK 소총의 총검으로 작은 지팡이처럼 도로 바닥을 찍으며 다가오고 있었던 것이다. 게다가, 그는 이제 풀섶 안으로 들어오기 직전이었고 양쪽의 거리가 2미터도 안 되는 순간이었다.

김영천은 근처 바닥에 떨어져 있을 우지 기관단총을 찾는 것 대신 허리춤에서 M92F 자동권총을 뽑아 들었다. 그때에는 그의 머리 바로 위쪽에서 적군의 대검이 풀 바닥에 박히는 소리가 나는 시점이었고, 김영천이 느끼기에 금방이라도 대검 끝이 김영천의 머리에 박힐 것만 같은 상황이었다.

"아아아아~!"

김영천은 권총을 뽑아 들고 총구를 머리 위쪽으로 겨눴다. 그는 누워 있는 상태로 적군을 응시하고 있었기 때문에 적군의 모습은 거꾸로 보였지만 그의 조준은 정확했다.

"탕!"

총성이 울리는 것과 동시에 별안간, 북괴군의 움직임이 그가 믿을 수 없을 만큼 빨라졌다. 몇 미터를 겨우 대검에 의탁하다시피 해, 기어 왔던 적군이 갑자기 상체를 일으켜 세웠고 그 기세로 김영천을 덮치기 직전이었다.

"같이 죽자, 이 새끼야!"

"탕! 탕! 탕! 탕!"

김영천은 자신의 사격 자세로 인해 복부의 살가죽이 완전히 좌우로 벌어지는 듯한 고통을 느끼면서 미친 듯이 방아쇠를 당겼다. 그리고 시커먼 그림자에서 피와 살점이 자신에게 튀어 날리는 것을 느낄 수 있었다.

김영천이 마지막으로 본 것은 그를 향해 떨어지는, 거대하게 보이는 사람의 몸통이었다.

김영천이 다시 의식을 되찾게 한 것은 근처 상공에서 울려 퍼지는 발칸포의 포성들이었다. 김영천은 먹통이 되어 버린 야시경을 벗어 던진 뒤, 자신을 덮친 적군의 시신을 옆으로 밀어냈다. 김영천의 온몸은 피투성이가 된 지 오래였다. 자신의 피와 적군의 피가 구분이 되지 않을 정도로 그의 군복은 피에 젖어 있었으며 숨을 쉴 때마다 피비린내가 목구멍을 틀어막을 정도였다.

김영천은 무지막지한 고통을 감내하며 몸을 바로 한 후, 서서히 주변을 둘러봤다. 그가 잠깐 의식을 잃은 사이, 일대의 상황은 최악으로 치닫고 있었다. 엔트로피 원을 향해 사방에서 중기관총 탄들이 치솟고 있었으며 엔트로피 원 또한 더 높은 고도를 확보하여 지상을 향해 응사했다.

단 몇 초의 상황 파악으로도 그는 수리남군 전 병력이 이곳으로 모여들고, AC-47기 한 대가 힘겹게 그들의 진군을 지연시키고 있음을 알 수 있었다. 김영천은 풀 바닥 어딘가에서 오스본의 목소리가 들려오는 것을 듣고 새트컴의 송수화기를 찾기 위해 바닥을 더듬었다. 잠시 뒤, 그의 손에 송수화기가 잡히고 김영천은 힘겹게 그것을 얼굴 쪽으로 가져왔다.

"빌!"

"대체 뭐하고 있었나? 그곳 교차점으로 적 2개 중대 병력이 몰려가고 있다, 킴!"

"내 말 잘 들어 봐, 빌!"

"듣고 있다. 말하라!"

"엔트로피 원의 무장량 상황은?"

"적재한 무장량(발칸포탄)의 1/3, 적재한 조명탄 1/4이다! 이상!"

김영천은 엔트로피 원의 잔여 화력과 수리남군 증원 병력의 규모를 머릿속으로 겨우 계산해 갔다. 그런 뒤, 긴 한숨을 내쉬고서 복부 총상의 끔찍한 통증을 삼켰다.

"빌!"

"말하라~!"

"지금 당장 적들과의 교전을 중단하고, 적들이 모두 이곳 교차점 일대에 집결할 때까지 엔트로피 원을 대기시켜! 그리고 적 병력이 최대한 이쪽에 집결할 때, 화집점 호텔 에잇(김영천의 위치)을 중심으로 무차별 사격을 요청해!"

김영천이 키를 놓아 주자 오스본이 소리쳐 왔다.

"돌았어, 킴?"

김영천은 다급한 마음에 기운을 짜내 소리쳤다.

"마지막 방법이다! TF380이 퇴출할 수 있는 유일한 기회가 이 것뿐이다! 내 걱정 말고 빨리 전달해 줘! 빨리!"

그가 키를 놓고 몸 전체를 붕 뜨게 만드는 것 같은 격렬한 통증을 삼켰다. 그동안 오스본의 격앙된 반응이 몇 차례 들려왔지만 김영천은 대꾸하지 않았다. 그리고 조금 뒤 지나고 오스본의 목소리가 송수화기에서 들려왔다.

"적 차량들과 도보 병력이 5분 정도면 그쪽 교차점 근처를 통과할 거라 한다! 엔트로피 원과 엔트로피 투가 남아 있는 모든 무장량을 쏟아 낸다고 하니, 최대한 엄폐할 수 있는 위치를 찾아봐, 킴."

그 말에 김영천은 쓴웃음을 지었다. 공중에서 발칸포탄들이 소나기처럼 쏟아질 상황을 앞두고, 풀 줄기들이 무성한 곳과 휑한 아스팔트 도로에서 엄폐물을 찾는다는 것이 얼마나 허무한 시도인지를 두 사람은 잘 알고 있었기 때문이다.

김영천은 휴대하고 있는 5개의 스트로브의 전원을 켰다. 그리고 그것들을 자신의 위치 주변에 일정한 간격을 두고 던져 놓았다. 그의 경험상 AC-130 건쉽보다 훨씬 더 구닥다리인 AC-47 기들이 모두 6기의 M134 발칸포들로 일제 사격을 하는 상황에서, 아무리 많은 스트로브들을 깜박이고 있어도 큰 도움이 될 것 같지는 않았다.

김영천은 격렬한 고통이 숨통을 틀어막는 상황에서도 새트컴의 송수화기를 꼭 붙들고 있었다. AC-47기들이 지상에 대한 사격을 중단하자 수리남군들의 차량들이 움직이는 소리가 점차로 시끄러워지기 시작했다. 젤란디아 요새 쪽에서 도보로 교각을 건너온 수리남군 보병들 또한 대열을 갖추어 강변도로를 타고 이동 중이었다.

김영천은 자신의 의식이 또렷할 때 행할 가장 중요한 일을 하고자 무전기 키를 잡았다.

"헤이, 빌~!"

"……."

"헤이 빌!"

"말하라, 킴."

"부탁이 하나 있다."

"뭔가?"

김영천은 눈을 깜빡일 때마다 시야가 위에서 아래로 녹아내리는 듯한 느낌을 감지했다. 그 때문에 그의 말이 더 빨라졌다.

"내가 이곳에서 죽으면 나중에라도 내 시신을 찾아다가…… 꼭 내가 지냈던 산으로 보내 주면 좋겠다."

김영천이 말을 마치고 키를 놓자, 한동안 오스본이 침묵을 지켰다. 10여 초 정도가 지나고 나서야 그가 대꾸했다.

"걱정 마, 친구. 자네 아들이 한국 땅을 밟는 것 또한 내가 꼭 확인하고 돕겠다."

김영천은 안도의 한숨을 내쉰 뒤, 엎드려 있던 자세를 바꿔서 풀 바닥 위에 머리를 내려놓았다. 그는 눈을 뜨기 힘들 정도로 몸에서 힘이 빠져나가는 것을 느꼈다. 그럼에도 훨씬 더 가까워지는 수리남군들의 트럭 소리와 그들이 사용하는 크레올어를 들을 수 있었다.

김영천은 옆으로 비스듬히 누운 상태로, M92F 권총을 꽉 쥐고 있었다. 그의 총구는 교차로로 향해 있었고 누군가 나타나면 최대한 정확한 사격을 가할 심산이었다.

그리고 그러한 그의 의도는 곧 북괴군들에 의해서 실행될 것이었다.

"이쪽! 이쪽이다!"

없어진 동료를 찾기 위해, 다시 나타난 북괴군 정찰병들이 네거리 근처에서 떠드는 소리가 김영천의 위치에까지 들려왔다. 몇명의 전투화 바닥이 도로 바닥 위에 닿는 소리와 AK 소총의 목제 개머리판이 허리 쪽, 탄띠에 부딪치는 소리가 다시 들려왔다.

김영천은 권총의 안전장치를 풀고 엎드려쏴 자세를 취했다. 엎드려 있는 그의 위치에서는 도로 쪽을 올려다보는 상황이었기에, 두 팔을 겨우 뻗어 잡은 사격 자세에서, 그의 총구가 위쪽으로 약간 향했다. 이번에는 야간투시경을 착용하고 있지 않았기 때문에 김영천은 분명하게 보이지 않는 실루엣들을 향해 감으로 권총 사격을 가할 태세였다.

북한 특유의 억양이 있는 말투로 이어지던 대화는 곧 김영천과 그가 사살한 북괴군이 총격전을 벌인 곳 즈음에서 뚝 그쳤다. 잠깐 동안 울려 퍼지는 차량 이동음만 들려오는 동안 겨우 의식을 유지하는 김영천은 눈앞의 적들이 무언가를 발견했다고 직감했다.

"탕, 탕, 탕, 탕, 탕~!"

김영천은 총구를 좌에서 우로 움직이며, 민첩하게 방아쇠를 당겼다. 그리고 곧 마지막 9밀리 권총탄이 발사되고 권총의 슬라이드가 후퇴고정 되었다. 그때, 김영천의 보이지 않는 전방에서 무언가가 날아와 김영천의 위치 근처에 떨어졌다.

그 소리만으로도 김영천은 갑자기 온몸이 멀쩡할 때처럼 기력이 퍼지는 것을 느끼는 순간이었다. 김영천은 초인 같은 힘으로 몸을 일으켜 도로 쪽으로 뛰어들었다.

"퍼엉~!"

수류탄의 폭발과 동시에 김영천의 양쪽 고막이 찢어지는 듯한 통증과 그의 머리를 망치로 내려치는 듯한 충격이 찾아왔다. 수류탄의 진한 화약 냄새가 그의 콧구멍을 완전히 틀어막았고 김영천은 격한 기침을 하기 시작했다. 기침을 하면서 그의 복부에서는 피가 울컥울컥 쏟아져 나왔고, 금세 그가 엎드려 있는 아스팔트 바닥에까지 피가 고였다.

김영천은 막힌 시야를 회복하기 위해서 연속해서 두 눈을 깜빡였지만 모든 것이 흐릿했고 어둡게만 보였다. 그가 제대로 볼 수 있는 것은 아무도 없었지만 그의 오감은 최소한 2명 이상의 사람들이 그에게 접근하고 있는 것을 감지했다.

"이 새끼구만~!"

누군가의 말소리가 들리면서 동시에 김영천의 턱에서 무지막지한 충격이 느껴졌다. 북괴군의 전투화발에 걸어 채인 뒤, 김영천의 의식은 더욱 분명해졌고 시야까지 터졌다. 그때, 근처 상공에서 AC-47기의 조명탄들이 투하되면서 김영천은 자신을 내려다보는 3명의 북괴군들의 모습을 분명하게 볼 수 있었다.

김영천은 엎드려 있는 자세에서 겨우 고개를 가누고 있었지만, 몸 아래에 깔려 있는 그의 오른손은 이미 허리 쪽에 있던 수류탄을 꺼내 잡은 상태였다. 그는 자신의 머리 쪽으로 AK 소총을 겨누고 있는 북괴군들을 올려다보면서 젖 먹던 힘까지 짜내, 오른손을 깔린 몸 아래에서 빼냈다. 그런 다음 왼손으로 수류탄의 안전핀을 빼려고 할 때, 적군들 중 한 명이 그의 왼손을 밟았다.

정글모를 착용한 다른 북괴군이 김영천의 곁으로 한쪽 무릎을 꿇고 앉아 그의 몸에서 새트컴을 벗겨 냈다. 그는 새트컴을 대충 살피고 송수화기를 쳐들며 다른 동료들에게 말했다.

"이거, 미제 놈들의 위성무전기입니다."

보고를 받고 있는 상급자로 보이는 북괴군은 담배를 입에 물고 있었다.

"어떻게 할까요, 총조장 동지? 어차피, 여기서 살아서 돌아가기는 어려운 동무입니다."

김영천의 왼손을 밟고 있는 자가 묻자, 담배를 태우던 북괴군이 김영천 쪽으로 몇 걸음 다가와 섰다. 그는 말없이 김영천을 잠시 동안 내려다보다가 이내 등을 보이고 섰다. 그는 태우고 있던 담배 개비를 손가락 끝으로 튕겨서 내버린 뒤, 다른 북괴군들에게 고개를 끄덕여 보였다. 그런 일련의 모습을 김영천은 조명탄의 불빛 덕분에 분명하게 볼 수 있었다.

김영천의 왼손을 밟고 있던 자가 손을 밟던 발을 치우고, 김영천의 머리 쪽으로 AK 소총 총구를 겨눴다. 김영천은 그 순간 눈을 감았다. 감은 두 눈에서 그의 인생 역정이 영화필름처럼 돌아가지도 않았다. 그가 가장 사랑하는 사람들의 모습과 체취 따위도 생각나지 않았다. 다만, 그는 아무도 모르는 이곳에서 죽음을 맞이하는 자신의 처지가 지독하게 고독하고 씁쓸하다고 생각할 뿐이었다.

"틱!"

김영천은 그 소리가 십중팔구 AK 소총의 조정간이 단발 모드로 전환되는 소리라고 생각했다. 그때, 시내 도로 쪽에서 50구경 중기관총 총성과 함께 AK 소총 총성이 어지럽게 울려 퍼지기 시작했다. 김영천은 그 총성들이 먼 곳에서 일어나는 교전에서 비롯되는 거라 생각했지만, 다음 순간 그가 감은 두 눈을 번쩍 뜨는 일이 벌어졌다.

"탕! 탕! 탕!"

김영천을 향해 총구를 겨눴던 북괴군이 다른 곳을 향해 AK 소총 사격을 가했다. 그러나 그가 몇 발의 사격을 하자마자 그의 온몸이 폭발하는 듯 총탄들이 관통했다. 그리고 불과 1~2초 전까지만 해도 멀리에서 들려왔던 50구경 중기관총 소리가 이제는 김영천의 지근거리에서 시끄럽게 울려 퍼지고 있었다.

김영천은 고개를 쳐들어 그의 좌측, 시내 도로 방향을 살폈다. 그러자 시내 도로에서 이곳 교차점을 향해 윌리스 지프 한 대가 다가오는 게 그의 눈에 보였다. 놀랍게도 지프 차체 한가운데에 장착된 50구경 기관총뿐만 아니라 조수석 그리고 조수석과 운전석 뒤쪽의 자리에서 서너 정의 경기관총들이 사방으로 무시무시한 불꽃을 내뿜으며 사격을 가하고 있었다.

50구경 M2 기관총을 포함해 총 4정의 기관총들이 도로 좌우, 주변에 있는 적들을 향해 거의 난사하다시피 하며 교차점 쪽으로 접근해 왔다.

김영천은 죽을힘을 다해 한 팔을 쳐들었고 곧 지프가 그가 엎드려 있는 곳 즈음에서 정차했다. 지프에서 내리는 동료들의 모습에 김영천은 울컥한 마음에 숨을 제대로 쉴 수가 없었다.

"여기! 여기다! 영천이, 여기 있다!"

이마와 머리 쪽에 붕대를 동여 맨 이준호 상사가 김영천 쪽으로 달려와 RPK 기관총을 내려놓고 그를 살폈다.

"야, 인마. 살아 있냐?"

김영천은 힘겹게 고개를 끄덕였고 이준호는 그의 복부 쪽을 살핀 뒤 곧장 그를 두 팔로 번쩍 안았다. 그 와중에도 김영천은 바닥으로 축 늘어지는 한 팔로 도로 바닥에 내팽개쳐져 있던 새트컴을 가리켰다. 그러나 야시경을 착용하고 있는 노시천 상사가 새트컴을 발로 툭 쳐 보고는 소리쳤다.

"야, 무전기에 총알이 박혀 있다. 챙길 필요 없다."

김영천은 자신의 몸통을 관통한 AK 총탄이 새트컴에 박혔다고 유추하고는 그때가 돼서야 안심하고 몸에서 힘을 뺐다.

"받아, 받아! 복부 총상이다!"

이준호가 안고 있던 김영천을 지프의 조수석 쪽에 내려놓으며 소리쳤고 운전석에 있던 이규식이 그를 거들었다. 그때에도 중기관총을 잡고 있던 김창수와 그의 좌측 곁에서 RPD 기관총을 휴대한 전장형은 도로 좌우를 향해 미친 듯이 사격을 가하고 있었다. 두 사람을 포함한 모든 기관총 사수들은 AN/PVS-5 야시경을 착용한 상태였기에 주변 관측과 사격이 수리남군들 보다 정확했다.

"가! 가! 빨리 가!"

이준호 상사는 김영천을 앉혀 둔 조수석의 뒤쪽, 차체 모서리에 걸터앉으며 소리쳤다. 그러자 이규식이 지프를 크게 유턴으로 돌리기 시작했다.

5명을 태운 차체가 힘겹게 느린 속도로 움직이는 동안 도로 근처에서 불쑥불쑥 나타나는 수리남군들을 향해 380부대의 노병들은 격렬하게 기관총 사격을 가했다.

"타타타탕! 타타타타~!"

"타타타타타~!"

각자의 기관총에서 튀어 날리는 탄피들이 너 나 할 것 없이 지프 안에 탑승한 대원들의 뺨과 목덜미, 어깨를 때렸다. 유턴 과정을 마친 지프가 다시 시내 도로로 들어왔고 주변에서 나타는 적들의 위치를 경고하는 이준호와 이규식의 목소리가 릴레이를 하듯 이어졌다.

"11시 방향! 11시 방향~!"

"4시 방향! 4시 방향, 승용차 뒤쪽!"

이준호가 도로의 우측 차량과 골목 쪽을 향해 RPK 기관총을 난사하자 그 요란한 총성이 의식이 희미해져 가는 김영천을 깨웠다. 김영천은 지프의 차체에 총탄들이 작렬할 때의 충격을 느낄 수 있었다.

"조심해, 조심해! 7시 방향, 흑인 놈이 RPG를 날린다~!"

뒤쪽에서 노시천이 역시 기관총을 난사하며 소리쳤고 이규식은 운전대를 좌측으로 깊게 돌리면서 가속 페달을 깊이 밟았다.

"슈슈슛! 펑!"

후방에서 날아온 PG7 고폭탄두가 380부대원들의 지프 우측 직상방을 스치듯 날아가 주택가 2층에 작렬했다.

"타타타타타~! 타타타타~!"

"에이, 씨!"

"더 빨리 밟아! 뭐하는 거야, 규식이! 이게 경운기야? 왜 이렇게 느려?"

"저기! 저기, 1시 방향 옥상에 적 사수다~!"

격렬한 총성과 부대원들이 고래고래 소리치는 것을 들으면서 김영천은 자신이 살아 있다는 느낌을 지각했다. 차체가 좌우로 요동칠 때마다 도로로 추락하지 않도록 김영천을 좌측, 등 뒤에서 붙잡는 이규식과 이준호의 손길을 느끼면서 그는 자신이 설령 죽더라도, 아무도 모르는 라틴아메리카의 잡풀 밭에서는 아니다는 안도감에 눈물을 흘리기 시작했다.

김영천은 조수석의 등받이에 몸을 맡기고 고개를 슬쩍 들었다. 주변 하늘 전체에서 오렌지빛 조명이 쏟아지고 있는 상황 덕분에 그의 시야 좌우에 보이는 수리남 민간인들의 주택들과 가로등이 아름답게 보이기까지 했다.

종종 그의 시야 안에도 후방에서 날아와, 지나쳐 가는 기관총 예광탄들이 보였지만 그는 그것들이 위협적이라고 생각하지 않았다. 윌리스 지프에서 4정의 기관총들이 사방으로 기관총탄을 퍼부으면서 이들의 무시무시한 퇴출 과정이 김영천에는 집으로 가는 푸근한 길과 같이 느껴졌다.

김영천은 다시 무거워지는 눈꺼풀들을 애써 이겨 보려 했지만 그의 기력은 거의 다 소진된 상태였다. 눈이 감기기 직전, 김영천은 현실 세계에서인지 아니면 자신의 꿈속에서인지 알 수 없었지만 분명히 시내 도로 직상방 상공에 거대한 CH-47 헬기 3대가 지나쳐 가는 것을 볼 수 있었다. 거대한 헬기의 기체들이 지프의 바로 위쪽을 지나갈 때마다 세찬 폭풍이 이들에게 쏟아졌고 그 시원한 느낌 때문에 김영천은 그것들이 현실 세계의 것들이라 확신하며 눈을 감았다.

1983년 3월 22일 05시 51분 수리남 파리마리보 통일광장

"폭파! 폭파! 폭파!"

김창수 준위의 폭파조 박희석 중사가 소리치자 통일광장 안팎의 380부대원들이 일제히 엄폐, 은폐했다.

"쾅, 콰쾅! 쾅! 쾅!"

폭발음들이 일제히 울려 퍼지면서 과장 주변의 전신주들과 가로등들이 도미노처럼 쓰러졌다. 이어서 다른 폭파조 요원이 폭파 보고를 하고 난 뒤, 대통령궁 정문 너머의 보안등 기둥들과 전신주들이 폭발음과 함께 쓰러졌다. 곧이어 최정구 소령이 모두의 귀를 기울이고 있는 무선망에 지시를 내렸다.

"각 조, 약정된 구획 내에서 추가 장애물들을 제거하라! 고압선이 주변에 있는 조는 최대한 주의해서 치우도록!"

때맞춰 해안 도로 쪽에서 CH-47 헬리콥터들이 로터 회전음과 강력한 터빈 엔진음을 앞세우고 이들의 위치를 향해 접근해오고 있었다.

최정구 소령은 통일광장과 시내 도로가 만나는 지점에서, 고개를 쳐들고 점점 더 크게 보이는 거대한 실루엣들을 올려다봤다. 그는 한쪽 귓가에 새트컴의 송수화기를 밀착시킨 채로 퇴출 헬기부대의 착륙 전, 최종 교신시도를 기다렸다. 곧 이어, 그가 그토록 기다렸던 오세웅 대령의 목소리가 무선망에 등장했다.

"택티컬(Tactacal)! 여기는 액추얼 원이다, 이상!"

"여기는 택티컬, 액추얼 원, 감도 양호하다, 이상."

"엑스레이 위스키(XW: 착륙 지점) 상황 보고 바란다, 이상."

최정구 소령은 이제껏 일어났던 온갖 위기 상황들을 떠올리며 힘주어 대답했다.

"액추얼 원! 엑스레이 위스키, 상황 양호! 다시 말한다. 엑스레이 위스키, 상황 양호! 이상."

그가 키를 놓자마자 감정에 복 받힌 듯한 그의 직속상관의 목소리가 들려왔다.

"애썼다, 정구! 조금만 기다려라! 지금 내려간다!"

"라저, 액추얼 원!"

최정구는 조별 무선망에 통해, 모든 부대원들에게 주변 경계 과정에 들어가라는 지시를 내렸다. 그러자 380부대원들이 헬리콥터들이 착륙할 지점들과 이륙할 때 지나치게 될 곳 일대의 수색, 경계에 들어가기 시작했다.

때맞춰 CH-47 헬기들이 차례로 고도를 낮추면서 통일광장 안으로 진입하기 시작했다. 아직도 전소 중인 T-62 전차가 광장 안에 충분한 조명을 제공하고 있었을 뿐 아니라 광장과 궁 안팎에 수십 개의 케미컬 라이트 스틱들과 스트로브들이 설치되어 착륙 지점들을 밝혀주고 있었다.

헬기들을 유도하고자 광장 안 두 군데와 궁 정문 너머의 개활 지대에서 여러 명의 380부대원들이 플래시 라이트를 작동시킨 뒤 수신호를 만들어 보였다. 그리고 곧 오세웅 대령과 10여 명의 지원 병력이 탑승한 1번기 액추얼 원이 기수를 살짝 쳐들면서 광장 직상방으로 미끄러지듯 나타났다.

약간의 거리를 두고 2번기 액추얼 투 역시 광장과 시내 도로가 만나는 지점 직상방에서 호버링 상태를 실행했다. 액추얼 원이 광장 내 북쪽 구획에 착륙하고 이어서 액추얼 투가 남쪽 구획에 착륙 과정을 진행했다.

착륙 과정 내내 최정구 소령은 헬기 조종사들과 새트컴을 통해서 고도와 지형 정보를 업데이트 해 줬고, 마침내 3분도 안 되는 시간 내에 3번기 액추얼 쓰리까지 모두 약정된 구획에 착륙했다.

모두 3대의 대형 기체들이 만들어 내는 로터 폭풍과 엔진 소리는 광장 일대의 주택가를 뒤흔들었고 한참 동안 이어졌던 총격전 때문에 긴장 상태였던 수리남 현지인들은 다시 창가와 문가 사이로 긴장 어린 눈빛을 보내고 있었다. 그들뿐만 아니라 골목과 골목, 건물과 건물 사이에 숨어 있었던 수리남군들 또한 헬리콥터들의 등장에 압도되어 숨죽인 채 상황 파악에 들어갔었다.

액추얼 원과 투에서 쏟아져 나온 20명의 380부대 지원 병력은 다른 누구의 추가 지시 없이도 자신들의 약정된 구획을 정확히 찾아갔다. 그들은 M60 경기관총 6정과 M201, M79 10정을 가지고 광장과 대통령궁 너머의 착륙 지대에 1차 근거리 방어선을 구축했다. 몇몇 대원들은 이미 광장에서 전투를 겪느라 진이 빠진 동료들과 악수를 하거나 어깨를 두들겨 주는 모습을 보였고, 최정구가 그 모습을 지켜볼 때 그의 등 뒤에서 오세웅 대령이 나타났다.

"정구!"

"부대장님!"

최정구는 우지 기관단총을 지향사격 자세로 들고 있는 오세웅을 높은 화단 벽이 있는 곳으로 이끌어 자리를 잡았다. 오세웅은 사방을 둘러보면서 물었다.

"상황 어때?"

"부테르세는 이미 대통령궁을 떠난 지 꽤 된 듯합니다. 현재 파악된 우리 쪽 사상자는 전사 2명, 부상 7명입니다. 1차 교전 당시, 수개 소대 규모의 수리남군들이 들어와 충돌했고 교전 직후, 이곳을 이탈한 병력이 소수 있습니다. 아직은 겁을 집어먹은 상태인지 아직까지는 덤벼들지 않습니다만 해안 도로 쪽에서 적 전차 2대와 병력 수송 차량 7대에 탑승한 병력이 이곳으로 향해 오고 있었습니다."

그 말을 들으면서 오세웅은 잠시 자리에서 일어서서 주변을 휙 둘러봤다. 그런 뒤 다시 화단 벽에 은폐하면서 물었다.

"김영천 중사는? 예비역 대원들이 왜 아무도 안보여?"

그 질문에 최정구가 난감한 표정을 지으며 대답했다.

"김영천 중사는 아까 보고 드린 해안 도로 쪽에서 이곳으로 향해 오는 적 증원 병력을 차단하고자 새트컴을 가지고 단독으로 이동한 후 교신이 끊어졌습니다."

"뭐?"

오세웅이 최정구의 한쪽 어깨를 채어 잡고 재차 물었다.

"김 중사, 혼자서 건쉽의 지상 공격을 유도하러 간 거야?"

"네, 부대장님. 이후로 교신이 안 되서 이준호 상사와 노시천 상사, 이규식 중사, 전장형 중사가 지프를 타고 데리러 갔습니다."

"얼마나 된 거야?"

"쾅! 쾅!"

박격포탄 두 발이 갑자기 광장 주변의 주택가 옥상에 착탄하면서 두 사람이 움찔했다. 최정구는 포탄들이 떨어진 곳을 잠깐 주시했다가 다시 시선을 오세웅에게 향하며 대답했다.

"이준호 상사 일행이 광장 쪽에 있던 기관총들을 죄다 쓸어 담아간 지 10여 분이 조금 넘은 것 같습니다. 이준호 상사는 자기들이 지체되면 그냥 헬기 이륙시키라고 몇 번이고 당부했습니다."

그 말에 오세웅은 답답한 한숨을 내쉬었다.

"에이, 이 늙은이들이 그 새를 못 참고 떼거지로 사고를 치는구만. 기어이~ 에이 씨! 이준호 상사네 무전기 가져갔어?"

"네, 부대장님. 그런데 그 무전기도 먹통입니다. 시내 도로 진입할 때 이후로 교신이 안 되고 있습니다."

최정구는 몸을 일으켜 시내 도로 쪽을 실눈을 응시했다. 간간이 시내 어딘가에서 통일광장 상공을 향해 발사된 조명탄 덕분에 광장 일대는 관측이 양호했지만 시내 도로 쪽은 일체의 조명이 없는 상태이기에 음산한 기운이 가득해 보일 뿐이었다. 그리고 그곳 어딘가에서 AK 계열의 총성이 요란하게 울렸지만 피아를 식별할 수도 없는 상황이었다. 그럼에도 그는 냉정한 판단을 내렸고 그것을 오세웅 대령에게 확인시켰다.

"부대장님, 병력 철수 과정을 시작하도록 허락해 주십시오."

오세웅은 고개를 크게 끄덕여 보이면서 그의 판단에 호응했다. 그러자, 최정구가 각 조별 무선망에 이곳 작전 지점에서의 최종 명령을 전파했다.

"액추얼 원, 투, 쓰리의 최소 경계 인원들을 남겨 놓고 모든 대원들은 각자의 헬기에 탑승한다! 퇴출! 퇴출! 퇴출!"

무전기의 키를 놓으면서도 최정구는 시내 도로 쪽에서 눈을 떼지 못했다. 두 사람은 말없이 시내 도로의 먼 안쪽을 주시하는 동안 교전 현장의 모든 380부대원들이 CH-47 헬기에 탑승하기 시작했다.

예정된 시간대로라면 김영천과 이준호 상사 일행이 합류할 수 있는 시간은 이제 불과 3분도 남지 않은 상황이었다.

잠시 후, 액추얼 투와 액추얼 쓰리에 최초 투입된 모든 부대원들이 탑승을 완료하고, 인원 보고 내용이 최정구 소령에게 전달됐다. 최정구는 오세웅을 향해 엄지손가락을 들어 보이며 보고했다.

"부대장님, 액추얼 투, 쓰리에 전 부대원들이 탑승 완료했다합니다."

"그럼 먼저 이륙시켜! 우리(액추얼 원) 기다리지 말고 약정 항로로 공해상으로 나가 있으라고 해!"

액추얼 투와 쓰리에 최초 투입된 병력 모두와 지원 병력 10명이 탑승하여 이곳을 먼저 빠져나간다면 오세웅과 최정구는 한시름 놓을 수 있는 상황이었다.

최정구는 새트컴을 통해 액추얼 투, 쓰리에게 이륙 신호를 전달했고 그 즉시 헬기들이 거대한 기체를 허공으로 띄우기 시작했다. 그때 시끄러운 헬기 소음 속에서 한국말로 누군가 소리치며 나타났다.

"강철! 강철!"

최정구와 경계요원들이 주택가 쪽으로 총구를 겨누자, 두 사람이 개인화기를 허공 높이 쳐든 채로 다가왔다. 최정구는 그들을 향해 답어를 외쳐줬다.

"방패! 방패!"

광장을 담당했던 황석현과 김동욱이 조심스럽게 오세웅과 최정구의 위치로 합류했다. 최정구는 그들에게 액추얼 원에 탑승하라는 손짓을 해 보였지만 두 베테랑 공작원들은 최정구와 오세웅 쪽으로 합류했다. 김동욱이 숨을 헐떡이면서 두 지휘관들에게 급박해지는 상황을 전달했다.

"부대장님, 주택가에서 이곳 현지인들이 크게 동요합니다. 아마 거주지 근처의 수리남군들에게 이곳 상황을 관측해서 실시간으로 전달해 주는 듯합니다. 다른 것들은 몰라도 주민들 전체가 우리에게 우호적이지 않다는 것은 틀림없는 것 같습니다."

그의 말에 오세웅 대령은 상황에 어울리지 않는 미소를 지었다가 바로 지워 버렸다. 그때, CH-47 헬기의 후방에서 20여 미터 떨어져 있는 이들의 위치는 물론, 광장 전체가 대낮처럼 환해졌다. 박격포 조명이 떠 있는 것을 확인한 네 사람은 반사적으로 자세를 낮췄다. 황석현이 자신의 저격소총의 스코프를 통해 주변 골목들 쪽을 훑어보고는 말했다.

"새끼들이, 두 대의 헬기로 본대 병력이 빠져나간 것을 지켜보다가 우리만 남아 있는 것을 알고 공격을 집중시키려나 봅니다. 우리도 어서 빠져나가지 않으면 여기에 뼈를 묻어야 할지도 모르겠습니다."

완곡한 그의 재촉에 오세웅은 손목시계를 살피며 초조해했다. 황석현의 경고대로 시내 도로 입구 근처와 광장 주변의 주택 지대 곳곳에서 그림자 여러 개가 움직이는 것이 모두의 눈에 들어왔다.

오세웅은 고개를 돌려 엔진 출력을 아이들(공회전) 상태로 거대한 로터들을 회전시키고 있는 헬기 쪽을 살폈다. 최정구 소령은 그가 주시하는 방향으로 시선을 고정한 채 헬기의 전방, 좌우에서 경계 중인 6명의 부대원들에게 교전이 임박했다는 메시지를 전파했다.

최정구 본인도 광장 안에 남아 있는 이들 10여 명의 특수부대원들에게 대규모 수리남군 병력이 공격해 온다면 헬기까지 위험해질 거라는 사실을 잘 알고 있었다. 그럼에도 불구하고 그는 김영천 일행을 기다리는 직속상관에게 퇴출을 재촉할 수는 없었다.

　　그러나 말 못 하고 조바심 내는 이들과 달리 오세웅에게 현실 감각에 대해 주의를 환기시켜 줄 수 있는 유일한 사람의 목소리가 이들의 등 뒤에서 들렸다.

　　"대령! 대령!"

　　마이크로 우지 기관단총을 휴대한 샌더스가 이들의 등 뒤에서 불쑥 나타났다. 그가 조종석을 떠나 이곳에 나타났다는 사실만으로 오세웅 일행의 긴장 상태는 최고조에 달했다. 샌더스는 최정구와 황석현, 김동욱을 슬쩍 본 뒤 그들의 주의를 얻기 위해, 검지 손가락을 자신의 눈앞에 쳐들며 말했다.

　　"대령, 액추얼 원이 이륙할 수 있는 때는 지금밖에 없습니다. 더 늦어지면 이륙할 수 있는 공간을 적들에게 뺏기거나 중화기에 얻어맞을 게 불을 보듯 뻔합니다. 어서 결정을 내리십시오."

　　샌더스의 경고를 증명이라도 하듯이 수리남군들이 산발적인 소총 사격을 개시했다. 오세웅 대령 일행의 주변에 총탄 비행음과 함께 광장 바닥과 은폐하고 있는 화단의 벽돌에 총탄이 박혔다.

　　오세웅은 샌더스와 최정구, 황석현과 김동욱의 얼굴을 차례로 응시한 후 화단 벽 너머로 시내 도로 쪽을 살폈다. 아직까지도 김영천을 구출하기 위해 들어간 이준호 상사 병력의 지프는 보이지 않았다. 결국 오세웅이 가슴팍에서 생살을 뜯어 내는 고통을 삼키며 지시를 내렸다.

"정구, 경계 인원들 모두 헬기에 탑승하라고 해! 지금 당장 이곳을 빠져나간다."

샌더스는 곧바로 헬기를 향해 달려갔고 황석현과 김동욱은 오세웅을 에워싸고 자리에서 일어나 사주경계 상태를 유지하며 이동하기 시작했다.

CH-47의 램프 도어에 오르기 직전, 오세웅은 다시 한 번 고개를 돌려 시내 도로 쪽을 살폈지만 아군의 지프는 보이지 않았다. RPD 기관총과 RPK 기관총 총성이 요란하게 메아리쳐 들려오고 그 총성에 다급해진 380부대원들이 신속하게 헬기에 탑승했다.

맨 마지막으로 램프 도어 위로 뛰어올라온 사람은 최정구 소령이었다. 그 또한 헬기에 탑승하자마자 몸을 빙 돌려 시내 도로 쪽을 응시했지만 여전히 김영천 일행은 나타나지 않았다. 최정구가 탑승한 직후, 거대한 기체가 움직이기 시작했고 이내 엔진 출력을 높이면서 수직 상승과정을 시작했다.

헬기가 이륙하는 시점부터 광장 주변, 어둠 속에서 숨죽이고 있는 수리남군들이 광장 한복판으로 뛰어나와 AK 소총 사격을 가해 왔고 일부는 RPD 기관총으로 사격을 하는지 예광탄들이 30여 미터 정도 떠 있는 기체 주변을 스치듯 날아올라 갔다. 기체의 하부에 총탄이 박히는 진동을 탑승 인원 모두가 느낄 수 있을 정도로 지상에서의 사격은 급격하게 위협적이 되었다.

"타타타타타~!"

"저쪽, 저쪽 벤치 쪽과 픽업트럭 쪽!"

최정구 소령은 황석현과 함께 아직도 수평 상태로 개방되어 있는 램프 도어 끝에 서서 광장 안에 M60 기관총 사격을 가했다. 헬기가 50~60미터 정도의 고도를 확보했을 때쯤에는 두 사람의 경기관총에서 끝도 없이 쏟아져 나오는 황금색 탄피들이 기내 안에 어지럽게 굴러다녔다. 그래도 김동욱과 다른 380부대원까지 두 사람을 거들기 위해 램프 도어 쪽으로 다가가고 있었다.

"아, 씨!"

일순간 액추얼 원의 기내 안으로 엄청난 백색 조명이 쏟아져 들어왔다. 최정구와 오세웅을 비롯한 모든 부대원들은 반사적으로 두 눈을 질끈 감을 정도의 강력한 빛을 보며, 그것이 헬기 후방에서 지대공 미사일 같은 것이 폭발할 때 생긴 것이라 짐작했다.

그렇지만 그 조명은 차츰 사그라졌고 기체 바깥은 여전히 환했다. 그것이 수타식 조명탄이라고 파악할 때까지는 이후로도 몇 초의 시간이 더 걸렸다. 오세웅이 우지 기관단총을 가슴팍에 안다시피 한 채, 램프 도어로 옮겨 오자, 최정구 소령이 소리쳤다.

"부대장님, 저기 저쪽! 저쪽을 보십시오!"

최정구가 등 뒤에 붙어선 오세웅에게 소리치며 지상을 향해 한 손을 쭉 뻗어 보였다. 그의 손끝이 가리키는 곳을 보기 위해 오세웅은 최정구 소령과 황석현 사이를 비집고 섰는데 잠시 후 그의 시야에 그토록 애타게 기다렸던 김영천 일행의 지프가 들어왔다.

헬기의 위치에서 광장까지의 거리가 100여 미터가 조금 넘는 상황이었다. 그러나 상공 곳곳에 떠 있는 조명탄 덕분에 지상 상황은 관측이 가능했다.

지프에 있는 380부대원들이 사방의 적군들에게 기관총 예광탄들을 거의 흩뿌리다시피 하고 있었다. 광장으로 막 진입한 지프는 액추얼 원이 착륙했던 위치를 향해 달리고 있었고 그 광경을 본 오세웅은 즉시 몸을 빙 돌려 조종석 쪽으로 달려갔다. 그의 부하들이 쏟아 낸 탄피들이 그의 전투화발에 밟혔고 그 느낌은 더욱 그의 마음을 급하게 만들었다. 조종석에 발을 들이기가 무섭게 그가 샌더스의 어깨를 잡고 소리쳤다.

"샌더스 요원, 광장 안에 우리 대원들의 지프가 진입했소!"

"안 됩니다! 다시 내려갔다가는 영영 이륙하지 못합니다!"

샌더스가 대꾸하기도 전에 부조종사인 벤틀리(Logan Bentley) 요원이 머리를 좌우로 크게 흔들며 소리쳤다. 그러자 오세웅이 그의 멱살을 잡고 다시 말했다.

"지상에 우리 대원들이 도착했습니다. 탑승한 우리 인원과 지상의 우리 대원들이 경기관총으로 엄호할 테니 헬기를 잠깐만 착륙시키잔 말이오!"

"대령님, 돌았군요. 그게 일어날 수 있는 일이라고 생각합니까? 지금도 우리 기체에 적 총탄들이 박히는 소리가 안 들립니까?"

"잠깐! 잠깐!"

갑자기 샌더스가 두 사람의 대화에 어울리지 않을 정도로 차분한 목소리로 끼어들었다. 그는 벤틀리의 한쪽 어깨를 움켜잡고 말했다.

"지상에 모든 화력을 쏟아붓고 지상에 접지하자마자 지프를 통째로 실어버리면 될 거야."

"탐, 돌았어?"

"아냐, 아냐. 내 말 들어 봐! 예전에 니카라과의 비포장 활주로에서도 이 방법으로 우리 요원들을 퇴출시킨 적이 있었잖아?"

"젠장, 그때는 넓은 활주로에서 C-123 수송기의 램프로 지프가 올라탄 거였지, 이런 느려 터진 헬기에 좁은 탑재 공간이 아니었잖아. 지프가 기내로 들어오다가 우리 기체를 들이받으면 우린 다 죽은 목숨이야."

"최소한 시도는 해 볼 수 있잖아? 네가 미 해군 조종사라도 되는 거야? 왜 그렇게 융통성이 없이 굴어?"

"안 돼! 탐, 자네도 돌았어. 그런 생각을 하는 것조차 난 믿겨지지 않는다."

벤틀리가 말을 마치기도 전에 오세웅 대령이 우지 기관단총의 총구를 그의 머리에 겨눴다. 오세웅의 단호한 메시지가 곧 뒤따랐다.

"벤틀리 요원, 나는 내 대원들을 절대 이곳에 버려두고 떠나지 않겠소. 이 시간 이후의 결과가 어떻게 나오든 다 내가 감수하겠소."

벤틀리는 오세웅의 두 눈을 응시하면서 그의 단호한 결의를 감지했다. 벤틀리의 시선이 이제 샌더스에 향했다. 그는 자신의 동료 요원의 머리에 한국군이 총구를 겨눠도 크게 동요하지 않는 모습을 보이고 있었다. 결국, 벤틀리는 머리를 가로저으며 두 사람을 저주했다.

"당신들은 완전히 돌았어! 만약 이놈의 헬기가 적 대공사격에 추락하게 되면 내가 당신들 둘부터 쏴 죽일 거야. 내 말 명심해! 헬기가 추락하면 당신들 둘은 죽은 목숨이야, 빌어먹을!"

벤틀리 요원은 헤드셋을 벗고 머리칼이 대부분 없는 자신의 이마와 윗머리 부분을 손수건으로 닦았다. 그런 뒤, 그 손수건을 샌더스에게 휙 던져 버리고는 조종석에서 일어났다. 그는 오세웅 대령과 함께 지상에서 기내로 돌진해 올 지프를 유도하기 위해서 자리를 옮기는 것이었고 그것을 알고 있는 샌더스는 오세웅 대령을 향해 고개를 끄덕여 보였다.

오세웅이 벤틀리를 앞세우고 탑승 공간으로 되돌아오자 최정구 소령이 소리쳤다.

"부대장님, 이준호 상사와 교신이 재개되었습니다."

"뭐?"

오세웅이 M60 기관총에 새 탄띠를 집어넣고 있는 최정구의 어깨를 채어 잡고 물었다. 최정구는 이준호 상사와 교신했던 휴대용 무전기를 오세웅에게 건네주고는 기관총 장전에 집중했다. 오세웅은 무전기의 키를 잡고 소리쳤다.

"이 상사! 이 상사!"

그의 호출에 이준호의 목소리가 곧바로 들려왔다.

"부대장님! 광장 안으로 놈들이 집결 중입니다. 우리를 위해 돌아올 생각 말고 어서 퇴출하십시오!"

"아냐, 아냐! 헬기를 한 바퀴 돌려서 광장 한가운데 착륙할 테니 니들이 타고 있는 지프를 타고 헬기의 적재 공간으로 그대로 들어와!"

"예?"

"답답한 사람아! 헬기를 광장 한가운데에 착륙시킬 테니 니들이 타고 있는 지프를 그대로 몰고 헬기 안으로 들어오라고! 단 한 번의 기회다! 살고 싶으면 정신 똑바로 차려!"

"부대장님, 미쳤소?"

"야, 미친놈들아! 알았냐고?"

"네, 알겠습니다! 알겠습니다, 부대장님!"

오세웅이 교신을 마무리할 때쯤에는 벤틀리 요원이 다른 부대원들과 함께 기내 양편의 좌석들을 모두 기내 벽 쪽으로 접어 올려놓고 지프가 들어올 공간을 확보하고 있었다.

오세웅은 기관총 장탄을 마친 최정구와 함께 다시 열려 있는 램프 도어 쪽으로 향했다. 샌더스는 기체 이동 시간을 최소화하는 고기동 기술을 이용하여 이미 액추얼 원이 다시 통일광장 쪽으로 기수를 낮추고 있는 상황이었다.

"저기! 저기! 부대장님, 물러서십시오."

최정구 소령이 한쪽 어깨로 오세웅을 밀어내며 지상 쪽을 향해 M60 총구를 향하고 방아쇠를 당겼다.

"타타타타타~!"

최정구를 화들짝 놀라게 한 것은 헬기의 좌측 허공 쪽으로 향하다가 갑자기 헬기 후미 쪽으로 가까워지던 노란 기관총 예광탄 줄기였고 최정구는 그 예광탄들이 올라오는 지점을 향해 M60 총탄을 쏟아 내고 있었다. 황석현도 경기관총 대신 M203으로 무장을 바꿔, 지상을 향해 40밀리 유탄을 발사했다. 그러자 두 사람이 서 있는 램프 도어에서 아래쪽으로 160~170미터 정도 거리에 있는 주택가 옥상에 설치된 기관총 거점이 무력화됐다.

"씨팔~!"

지상 전경을 내려다보던 최정구 소령이 한마디 하자 오세웅이 그의 곁에 붙어 서서 치누크 헬기의 아래쪽을 내려다봤다. 이준호 상사 일행이 탑승한 지프는 광장 구석에서 불타고 있는 T-62 전차 근처에서 지근거리에 있는 수리남군들에게 기관총 사격을 가하고 있었다.

지프 주변에서 수리남군들이 사격을 할 때마다 총구 섬광들이 번쩍거렸는데 그것만으로 파악된 규모가 상당했다. 헬기 안에 있는 부대원들은 물론, 지상의 대원들까지 지금 이 순간 액추얼 원이 후진 비행을 하면서, 동시에 고도를 낮추는 과정이 무모한 정도를 넘어서 미친 짓이라 생각하던 순간이었다.

최정구와 황석현 그리고 CH-47 기체 좌우의 도어건 쪽에 있는 380부대원들이 지상을 향해 M60 기관총 사격을 가했기 때문에 기내는 엄청난 총성이 울려 퍼지고 있었다.

헬기가 10여 미터 미만의 고도까지 내려오자 지상에서 엄청난 흙먼지가 솟아올랐고 램프 도어 쪽에 있는 최정구와 황석현은 잠시 사격을 멈췄다. 때맞춰 벤틀리 요원이 그들 사이로 달려와 지프가 램프 도어 위로 올라올 수 있게끔 램프 도어를 완전하게 개방시켰다. 그런 뒤, 수리남군들 쪽에서 날아오는 총탄들이 기내 벽에 박히자 깜짝 놀라서 안으로 다시 들어가 버렸다.

오세웅은 조명탄 불빛에 광장 바닥의 블록들이 보일 정도로 고도가 낮아지자 무전기 키를 잡고 소리쳤다.

"이 상사, 지금이다! 이 상사~! 지금이다!"

그가 두 번째로 이준호에게 접선 신호를 보낼 때, 치누크 헬리콥터의 거대한 기체가 지상에 접지하는 충격으로 흔들렸다. 최정구와 황석현이 먼저 램프 도어에서 광장 바닥으로 내려가 엄호사격 위치를 잡았고 오세웅도 무전기를 품 안에 넣고 램프 도어에서 내려갔다. 세 사람은 물론 기내에 있는 7명의 380부대원들도 그들이 가지고 있는 모든 화기를 챙겨 가지고 헬기를 보호하고자 위치를 잡았다.

"펑! 펑!"

"타타타타~! 타타타타~!"

지휘관을 포함한 모든 380부대원들이 액추얼 원의 전후좌우에서 나타나는 수리남군들을 향해 AK 소총과 M60 기관총, RPK 기관총 그리고 M72 대전차 로켓발사기와 M203 유탄발사기 사격을 가했다. 헬기가 착륙하기 무섭게 광장 일대는 다시 전쟁터가 되어 갔다. 액추얼 원은 그야말로 일대의 모든 기관총 예광탄들을 끌어당기는 거대한 자석이 되어 있었다.

오세웅은 헬기 후방 쪽으로 다가오는 수리남군들을 향해 우지 기관단총을 난사했고 최정구는 그의 바로 곁을 지키면서 M60 기관총 사격을 가하고 있었다. 그리고 조금 뒤, 마침내 이들이 기다렸던 윌리스 지프 한 대가 이들 쪽으로 달려오는 게 보였다.

지프에 탑승한 부대원들은 여전히 사방으로 기관총 사격을 가했고 그 광경을 지켜보던 벤틀리 요원이 기체 밖으로 달려 나와 플래시 라이트를 흔들면서 지프를 유도하기 시작했다. 오세웅은 지프가 자신의 곁을 지나쳐 갈 때, 지프 안에 탑승한 이준호와 이규식, 노시천, 전장형 그리고 김영천을 확인했다.

벤틀리의 유도로 지프는 완전히 아래쪽에 내려와 있는 램프 도어 위로 올라와, 기내 안으로 천천히 진입하기 시작했고 때맞춰 최정구 소령과 오세웅 대령이 주변에 전개된 부대원들을 불러들였다.

"전 대원, 탑승! 빨리빨리 탑승해!"

천둥소리 같은 로터 회전음과 흡사 비행기 엔진 소리처럼 들리는 강력한 2기의 터빈 엔진 소리 속에도 두 한국군 장교의 호출은 모든 380부대원들에게 정확히 전달되었다.

지프가 완전히 치누크 헬기의 기내로 들어오자마자 380부대원들이 일사불란하게 탑승했다. 최정구와 황석현은 처음 그랬던 것처럼 기내 안쪽으로 들어가지 않고 이륙 과정을 엄호하고자 각자의 경기관총을 들고 램프 도어의 좌우 끝에 자리를 잡았다.

그들이 사격 위치를 잡고 사격 준비를 하는 동안에도 오세웅 대령은 혼자서 수리남군들을 향해 우지 기관단총 사격을 가했다. 그리고 그는 모든 대원들이 탑승했다는 보고를 듣고 나서야 몸을 빙 돌려 헬기 안으로 달려 들어왔다.

그 순간 일대의 모든 수리남군들이 나타나서 AK 소총 사격을 가했고 오세웅은 위태롭게 헬기 쪽으로 다가왔다. 보다 못한 최정구가 램프 도어에서 다시 내려와 오세웅을 향해 달려갔다. 그는 기동을 하면서도 오세웅을 위협하는 적들을 향해 M60 사격을 가했다. 최정구는 좌에서 우로 횡사를 이어가며 수리남군들에게 위협사격을 가했고 그의 조치 덕분에 오세웅 대령이 헬기에 탑승했다. 최정구는 사격을 이어가면서 뒷걸음질 쳤고 다행스럽게 헬기에 탑승했다.

이준호 상사 일행의 지프가 기내 바닥에 고정되면서 탑승 공간 대부분을 차지해 버렸고 이로 인해, 최정구와 오세웅, 황석현은 헬기 안에 탑승하기 위해서는 차체 후방에 바짝 붙어 앉아야 했다. 다행히 그들 대신, 아직 지프 후방에 앉아 있던 전장형 중사와 노시천 상사가 자신들의 경기관총을 쳐들며 소리쳤다.

"빨리! 빨리!"

"저기, 저기 저놈들 제압해!"

"타타타타타~!"

두 사람은 지프 후방에 걸터앉아서 헬기 바깥으로 격렬한 기관총 사격을 가했다. 때맞춰 액추얼 원은 크고 육중한 기체에 어울리지 않게 신속하게 이륙했다. 샌더스는 기체 후미가 살짝 쳐든 상태로 전진비행을 하다가 양력을 확보하자마자 스로틀을 최대한 개방하여 최고 속도로 북쪽 상공으로 고도를 높였다. 지프의 무게 때문에 그가 원하는 만큼의 신속한 기동은 아니었지만 셀 수 없이 많은 총탄들이 날아오는 현장을 빠져나가기에는 충분했다.

헬기의 이륙 과정 내내 380부대원들은 헬기의 램프 도어 쪽과 기체 좌우의 도어건이 설치된 곳에서 지상을 향해 사격을 가했고 액추얼 원이 통일광장 근처의 민간인 거주지역 상공을 통과하자 그때가 돼서야 기체 안팎에서 들려왔던 총성이 멎었다.

개방되어 있는 램프 도어 쪽을 통해서 시끄러운 로터 회전음과 엔진음이 내부로 바람과 함께 쏟아져 들어왔지만 오세웅을 비롯한 모든 380부대원들은 고요 속에 있는 듯한 느낌을 받았다.

오세웅은 우지 기관단총을 몸통에 엇걸어 멘 뒤 지프 위로 올라가서 앞쪽으로 옮겨 갔다. 지프 조수석에는 김영천이 의식을 잃은 채 앉아 있었고 이준호 상사가 응급처치를 하고 있었다.

김영천의 뒤쪽에 앉아서 말없이 그를 지켜보던 오세웅은 응급처치를 끝낸 이준호에게 시선을 보냈다. 그러자 그는 모르겠다는 듯 고개를 좌우로 저어 보였고 오세웅은 김영천의 좌석에 등을 기대고 앉았다. 그의 시야에는 노시천과 전장형, 최정구가 붉은색 기내 작전등 빛에 의해 실루엣으로 보였다.

그는 고개를 빙 돌려서 지프 앞쪽, 좁아터진 공간에 모여 있는 나머지 380부대원들을 응시했다. 적어도 오세웅이 보기에는 그들은 방금 전까지 격렬한 총격전을 치르지 않은 사람들처럼 평화롭게 보였다. 그러나 그들이 안고 있거나 쳐들고 있는 모든 자동소총, 기관단총, 경기관총의 총열은 아직도 뜨거울 것임을 잘 알고 있었다.

오 대령이 다시 고개를 돌려 램프 도어 바깥의 까만 밤하늘을 응시했다. 그는 온몸이 아드레날린으로 떠는 것을 느꼈고 자신도 모르게 뜨거운 눈물을 흘렸다.

5장
귀향

1983년 3월 25일 10시 23분 워싱턴주 워싱턴 D.C 백악관 집무실

'매직 호크' 작전은 공식적이든, 비공식적이든 실패로 종료되었다. 380부대의 체포 대상이었던 독재자 부테르세 대통령은 작전 직전, 북괴군 군사고문단의 석연치 않은 귀띔을 듣고 궁을 빠져나간 것으로 확인되었다. 그러나 380부대는 가까스로 수리남에서 빠져나올 수 있었고 전투 중 6명의 사상자가 발생했지만 그들의 피해 외에 엘살바도르 공군의 AC-47기들이나 CIA의 동원한 프리랜서 CH-47 헬기들은 아무런 피해 없이 수리남에서 철수했기 때문에 미국의 입장에서는 아무것도 손해 본 것이 없는 셈이었다.

다만, 레이건 대통령과 그의 안보수석 제이슨 휘태커, 그리고 빌 케이시 국장은 국무장관 조지 슐츠의 항의와 협박에 곤욕스러워하는 상황에 빠지게 되었다.

대통령의 집무실 안에서 대통령과 비공식 단독 독대를 하는 슐츠 장관은 3시간 가까이 매직 호크 작전와 관련된 불법적인 국가공작 역량에 대해 비판하고 경고를 했다. 대통령은 그의 지적들과 의견이 모두 옳다는 것에 공감할 수 있었지만, 그럼에도 이번 작전에 대한 시도는 매우 가치 있었다고 속으로 생각했었다.

한참 동안 이어졌던 설교가 마무리되자, 슐츠 장관이 다소 격앙된 표정을 정리하고 그에게 물었다.

"한 가지만 묻겠습니다, 각하."

레이건이 대답 대신 턱을 슬쩍 쳐들자 그는 작심한 듯 말했다.

"이번 작전과 관련된 자들의 문책에 대해서 어떤 계획을 가지고 계신지 여쭤 보고 싶습니다."

레이건에 듣기에 그의 말은 질문이 아니라 재촉이었다. 그는 어차피, 워싱턴의 정계에서 오랜 세월, 산전수전을 다 겪은 노장이 원하는 대답이 무엇인지 알고 있었지만 시치미를 뚝 떼고 말했다.

"조지, 이번 작전은 공식적으로 우리 미합중국과는 아무런 관련이 없는 것 아니오. 있지도 않은 작전에 대해 내가 관련자들을 문책하는 것은 앞뒤가 맞지 않소. 그렇지 않은가요? 만약에라도 케이시 국장이나 제이슨과 같은 사람들이 이번 일로 업무상 불이익을 받는다면 하이에나 같은 기자 놈들이 냄새를 맡지 못할 것 같소?"

슐츠는 대통령의 말에 잠시 입을 다물었다. 그가 앉아 있는 자리 앞쪽 테이블에는 버번 잔과 커피 잔이 있었지만 그는 아무 것에도 손을 대지 않고 집무실 한쪽 구석에 있는 제퍼슨의 초상화를 응시했다.

대통령은 입이 타는 듯 쩝쩝거리다가 물 잔을 들었다. 그리고 그가 물을 들이켜기 직전, 슐츠가 목소리는 더 작아졌지만 굉장히 단호한 어조로 말했다.

"각하, 이렇게 엄청난 규모의 군사작전이 행정부가 천명한 정책들의 패러다임 밖에서 진행되고 실행되었다는 것만으로 우리 행정부가 의회 청문회에서 완전히 무력화될 수 있습니다. 공식적인 견책 따위가 문제가 아니잖습니까, 각하? 더 이상 CIA가 우리 미합중국의 공식적인 외교정책이나 아니면 최소한, 우리 국무부와 국방성이 추진하고 실행하는 일련의 정책들을 무시하고 앞서가는 것을 용납할 수 없습니다. 이 점에 대해서 반드시 손을 써주시는 것만으로 제가 요청하는 점이 어느 정도 해소될 듯싶습니다."

물 잔을 입가 가까이 든 채, 그의 말을 경청하던 레이건은 슐츠가 말을 마무리했음에도 꼼짝 않고 있다가 늦게서야 물을 마셨다.

두 사람 사이의 불편한 침묵이 다시 이어졌다. 대통령은 국무 장관의 말이 어떻게 들으면 자신을 위한 충언이지만 어떻게 들으면 자신이 이끄는 행정부의 재선 따위는 안중에도 없는, 미합중국 헌법과 국민들을 위한 고지식한 원리 원칙처럼 들린다고 생각했다.

곧 대통령의 입에서 마음에 없는 대답이 나왔다. 대답을 하면서 아이로니컬하게도 그는 전임 대통령이었던 지미 카터 행정부 때 형편없었던 CIA의 제3세계에서의 공작 역량을 현재까지 끌어올린 노력과 수고, 비용을 생각한다면 결코 슐츠 장관이 요구하는 일이 현실로 이루어지면 안 된다고 생각했다.

"좋소, 내 약속 하리다, 조지. 케이시 국장과 내 안보 스탭들과 논의하여 우리의 공식적인 정책 기조를 뒤흔드는 일이 없도록 그들의 공작 역량과 범위를 다시 손보겠소."

"또 한 가지를 약속해 주십시오."

국무장관의 또 다른 요구에 다시 두 사람 사이에서 보이지 않는 긴장감이 고조되기 시작했다. 슐츠 장관은 거침없이 말을 이어 갔다.

"각하께서 국가 안전 보장 회의에서 나온 결정 사안을 편법적으로 뒤집지 않는다고 약속해 주십시오."

그 말을 들은 대통령의 얼굴이 일그러졌다. 비록 그의 시선은 자신의 책상 위를 향하고 있었지만 분명히 그는 불쾌감을 감출 수가 없는 기분이었다. 레이건 대통령이 대답이 없자, 슐츠가 고개를 쳐들며 말을 보탰다.

"각하께서 알고 계실지 모르겠지만, 네덜란드 정부 쪽에서도 이번 작전에 대한 대략의 윤곽을 파악하고 국무부 채널을 통해 비공식적으로 항의해 왔습니다. 지난번에 우리 국가 안전 보장 회의의 논의 결과를 그쪽 정부에 통보해 주라 말씀하신 것이 각하인데, 왜 각하께서 등 뒤에서 불법적인 군사작전을 지원하셨는지 그 의도를 묻고 있습니다. 이번에는 운 좋게 그냥 넘어갈 수 있을지 모르겠지만, 저와 제 국무부 직원들은 각하의 불법적인 스캔들이나 소련 놈들에 대한 편집증을 세상에서 존재하지 않는 것처럼 투명 망토를 둘러 줄 여력이 되지 않습니다. 제 표현이 심했다면 죄송합니다. 그러나, 이 요청에 대한 각하의 대답 또한 중요합니다."

"조지~!"

불쾌한 기분을 못 이긴 레이건이 그를 쏘아보며 검지 손가락으로 쳐들었다. 하지만 국무장관은 한 치도 물러서지 않았다.

"각하, 국가 안보 보장 회의의 구성원들이 이 사실을 알게 된다면, 그들이 앞으로도 회의에 참석하여 자신들의 가치 있는 의견과 정보를 우리와 공유하려 하겠습니까? 더구나, 이들 구성원들의 의견에 귀를 기울이며, 합법적이고 일관성 있는 정책을 생산하는 것이 우리 정부와 저기, 크렘린궁에 있는 공산당 놈들과의 차이점입니다. 그 점을 잊으신 것은 아니시겠죠?"

레이건은 그의 어투에서, 마치 노 교수의 강의를 듣는 듯한 느낌을 받았다. 결국 대통령은 그를 향해 고개를 끄덕였다. 비록 말로 표현하지는 않았지만 슐츠 장관은 자신의 요청들이 관철되었음을 확신했다. 그는 자신이 들고 온 '매직 호크'와 관련된 사실문서들을 차곡차곡 챙겨서 문서 폴더 안에 넣었다.

그런 뒤, 자신의 옷매무새를 주의 깊게 살피면서 중요하지 않은 내용이라는 듯 건성인 말투로 말했다. 그러나 그 부분은 적어도 두 사람의 관계의 중요성에 대한 주의를 환기시키는 것이었다.

"각하와 제가 오랜 친구이자 정치적 동반자임을 잊으신 것은 아니시겠죠? 제가 지금 각하께 국가 지도자로서의 윤리적인 의무를 가르치려 하는 것이 아닙니다. 저 또한 우리 행정부의 중간선거 결과에 대한 고뇌를 공유하는 사람입니다."

말을 마치며, 그는 레이건에게 시선을 보냈다. 그리고 심기가 불편해진 대통령을 달래는 듯 말을 보탰다.

"저는 각하 편입니다. 각하가 올바른 결정을 하도록 보좌하고 각하의 정책을 실행하는 데 고심하는 관료일 뿐입니다. 케이시 국장이나 와인버거(국방부장관) 장관처럼 자기들이 이끄는 조직의 일신이나 세력 확장과 같은 헤게모니 게임에는 관심을 두고 있지 않습니다."

그 말을 듣고 레이건은 다소 누그러진 표정을 지어 보였다. 그리고 책상 쪽에서 일어나 슐츠 장관 쪽으로 다가갔고 슐츠는 자리에서 일어났다. 레이건은 그에게 손을 내밀며 말했다.

"좋소, 조지. 내, 당신의 의견을 따르겠소. 내가 중대한 실책을 하지 않도록 지금처럼 내 곁에서 잘 보좌해 주시오."

3시간 넘게 진행된 두 사람의 은밀한 담판은 두 사람의 악수로 마무리 되었다. 슐츠 장관이 인사를 나누고 집무실 출입문을 통해 나가고 나서 대통령은 자신의 책상에 몸을 기대고 섰다. 그가 팔짱을 끼고 긴 한숨을 내쉬자, 집무실의 옆방과 연결되어 있는 다른 출입문이 조심스럽게 열렸다. 그리고 그 출입문을 통해서 빌 케이시 국장과 제이슨 휘태커가 집무실 안으로 들어왔다. 마지막으로 들어오며 출입문을 닫은 사람은 클래러지였다.

세 사람은 슐츠 장관처럼 책상 앞 소파에 각자 자리를 잡고 앉았다. 마치, 대통령과 국무장관의 대화를 옆방에서 내내 엿듣고 있었다는 듯 각자 의미심장한 표정들을 짓고 있었고 레이건은 그런 그들의 표정을 읽는 것에 흥미로워했다.

클래러지가 자리에 앉아, 대통령의 시선이 그에게 향하며 턱을 치켜들었다. 클래러지는 대통령이 원하는 말을 해 줬다.

"작전 직후, 수리남의 주변국들과 충분히 논의를 했습니다. 브라질과 베네수엘라는 우리가 제시한 수리남 해결책에 직간접적으로 지원해 주겠다 동의했고 브라질은 이미 일련의 조치들을 취하기 시작했습니다."

"이번 방법은 성공할 것 같나?"

클래러지는 케이시 국장과 휘태커를 힐끗 본 후 대꾸했다.

"아직은 대답하기기 이르지만 어느 정도 낙관적인 기류가 브라질과 수리남 사이에서 흐르는 것은 분명한 것 같습니다."

그의 대답에 레이건이 조심스럽게 미소를 지으며 고개를 끄덕였다. 380부대의 작전 직후, 클래러지는 레이건 대통령의 전용기 '에어포스 원'을 타고 브라질과 같은 수리남의 주변국을 은밀하게 방문했었다. 그가 해당국 고위실무자들과 은밀하게 나눈 대화의 주제는 수리남이 소련, 쿠바 쪽과 거리를 두게 만들 수밖에 없는 주변 국가들의 '당근과 채찍' 정책이었다.

몇 개 국가들과의 밀약이 합의된 며칠 후, 레이건과 클래러지가 원하는 기류가 감지되기 시작했었던 것이다. 특히, 수리남의 독재자는 자신의 궁 앞마당에서 미국의 사주를 받은 정체불명의 특수부대가 자신을 끝장낼 수 있었다는 사실에 큰 충격을 받고 주변국들의 우려와 조언에 귀를 기울이기 시작했다는 것이 가장 큰 변화였다.

클래러지가 때맞춰 움직인 결과가 의외로 큰 수확을 거두고 있었던 것이었다. 조지 슐츠 장관이 몰랐던 사실 하나가 바로 이것이었다. 레이건과 클래러지, 그리고 제이슨 휘태커는 수리남 문제에 대한 강경파, 케이시 국장과 몇몇 안보 회의 구성원들이 모르게 이 외교적 해결책을 '매직 호크' 작전이 진행 중일 때에도 진행시켜 왔다는 사실이었다.

두 사람이 '왼손이 하는 일을 오른손이 모르게 하라'는 말을 CIA와 펜타곤에게도 학습시키는 순간이었다.

곧 휘태커의 보고가 뒤따랐다.

"네덜란드 정보부가 아마도 수리남군의 교신을 감청한 끝에, 그곳에서 군사작전이 감행된 사실을 파악한 듯합니다. 자신들과 합의하지 않고 일이 벌어진 것에 대해서 유감 표명을 비공식 채널로 보내왔지만, 이후로 큰 문제를 삼지는 않을 겁니다."

"확실합니까?"

"우리가 단독으로 조치를 취한 것이 자신들의 체면 때문에 섭섭하다는 거지, 결국에는 네덜란드 정부도 부테르세 정권을 눈엣가시로 여겨 오지 않습니까? 그런 맥락에서 이번에 유감 표명조차도 형식적인 게 틀림없습니다. 걱정 마십시오, 각하."

레이건의 질문에 제이슨이 차분하게 답변했다. 대통령은 흡족한 표정을 짓고 그들에게 말했다.

"당분간은 국무부의 기분을 좀 맞춰 줄 필요가 있겠소. 그리고 웬만하면 제3세계에서의 공작 방향이 국무부와 정면으로 충돌한다든지, 너무 대놓고 엉뚱하게 가는 것도 좀 삼가야 할 듯싶소. 유감스럽게도, 조지(슐츠 장관)가 성토하는 내용들이 우리 국민들의 일반적인 정서와 동떨어져 있지 않다는 것 또한 사실 아니겠소? 우리가 알고 있는 것을 국민들에게 납득시키고 이해시키는 게 쉽지 않기 때문에 우리가 먼저 손을 쓰는 것이지만 그렇다고 그들의 정서와 판단력을 노골적으로 무시하는 모습을 보일 수는 없소. 다들 중간선거 결과를 기억하고 있겠지요?"

말을 마치며, 대통령의 시선이 케이시 국장에게 향했다.

"여부가 있겠습니까, 각하."

케이시는 버번 잔을 든 채 대답을 하고서 버번을 쭉 들이켰다. 그러자 레이건 대통령이 몸을 빙 돌려 책상 위에 있던 문서들을 집어 들었다. 그리고 그의 앞에 앉아 있는 강력한 권력의 실행자들에게 물었다.

"자, 그럼 어제 이야기 나눴던 리비아의 테러리스트 캠프들에 대해 오늘 논의할 것은 무엇이오?"

그가 질문을 하자 케이시 국장이 들고 온 서류 가방을 열어 위성 사진들을 꺼냈다. 수리남 사안에 이어 이번에는 리비아가 새로운 안보 위협으로 합의되는 또 다른 레이건 행정부의 하루가 시작되는 순간이었다.

* * *

1983년 3월 26일 22시 34분 미국 버지니아 주 랭글리 CIA 본부

오스본은 싱글턴 장군의 지휘부와 함께 본토에 도착하자마자 랭글리(CIA 본부)로 호출되었다. 그리고 이틀간의 디브리핑과 자신의 돌발 행동에 대해 조사를 받았다. 그는 내부 감찰요원들의 집요한 조사를 받고 직속상관들의 힐책을 받으면서도 자신이 법적인 처벌을 받지 않을 것을 알고 있었기 때문에 두려워하지 않았다.

그의 입장에서 어차피 공작원 생활을 청산할 것을 계획하고 있었기 때문에, 일체의 연금 없이 자신이 CIA에서 축출될 거라는 말에도 그는 콧방귀를 꼈다.

직속상관인 브랫 헨드릭스와 한 시간 정도 이야기를 나누면서 그는 의외의 사실을 알게 되었다. 비록 명령 체계를 통한 상하관계가 아니어도, 그래도 작전의 전체 책임자로서 자신을 좌지우지 할 수 있었던 싱글턴 장군이 감찰 조사에서 자신을 보호하려 했다는 사실을 헨드릭스에게서 듣게 되었던 것이다. 그 말을 들으며 오스본의 입가에 엷은 미소가 생겼다가 지워졌다. 싱글턴이 퇴역한 그린베레 장교들 간의 호의로 오스본을 배려했었던 사실이 그래도 오스본의 입장에서는 고마웠다.

"오늘 다 정리하는 거야?"

중남미 담당 요원들의 사무실에서 책상을 정리하는 오스본에게 크로포드가 다가오며 물었다. 오스본은 책상 서랍 속에 있는 것들을 박스 안에 비워 넣다가 그를 힐끗 보고는 고개를 끄덕였다.

크로포드는 커피 머그잔을 든 채, 오스본의 등 뒤에서 그의 일거수일투족을 말없이 지켜봤다. 오스본이 서랍에 있는 것을 정리하다가 시가 한 박스를 빼내, 크로포드에게 건네줬다. 크로포드는 그것을 받으며 물었다.

"쿠바산이야?"

오스본은 대꾸 없이 잠깐 미소를 지었다가 금세 지워 버렸다. 서랍들을 정리하고 책상 위에서 물건들을 정리하던 중 오스본이 작은 사진 액자 하나를 들고 쳐다봤다. 크로포드는 그의 곁으로 걸음을 옮겨 함께 사진을 응시했다.

사진 안에는 오스본과 콘트라군(Contras: 니카라과 반군)의 부사관들 몇 명의 모습이 있었다. 크로포드는 자신이 직접 그 사진을 찍어 줬었기 때문에 오스본이 무슨 생각을 하고 있는지 짐작할 수 있었다.

"댄!"

오스본이 사진을 뚫어져라 응시하며 그를 부르자 크로포드가 시선을 보냈다. 오스본은 그의 시선을 감지하고 말을 이어 갔다.

"자네, 그린베레의 모토가 무언지 아나?"

크로포드는 대답 대신 커피를 한 모금 마셨고 그러한 반응을 대답으로 여긴 오스본이 설명을 해 줬다.

"압제로부터의 해방! 그게 모토다."

"자네가 이상주의자라는 것과 관계가 있는 건가?"

크로포드가 놀리는 듯한 말투로 묻자 오스본을 사진에서 시선을 떼지 않으며 한참 뒤에 대답했다.

"어쩌면, 나도 한때 그랬는지도 모르지. 여기 사진 안에 있는 니카라과인들에게도 그런 철학으로 모든 열정을 쏟아 도와줬지만 현실은 늘 정반대로 돌아가지 않았나?"

그가 지적한 것은 자신과 같은 그린베레 대원들이 훈련시킨 콘트라반군을 포함한, 제3세계 국가 군인들이 약자를 보호하기 보다는 부패한 정권의 전위대이자 암살자들 역할을 수행하고 있다는 아이로니컬한 현실이었다.

오스본은 쓴웃음을 짓고 사진 액자를 박스가 아닌 휴지통 안에 던져 넣었다. 그러고 나서 책상 위를 한 번 둘러본 뒤 크로포드에게 시선을 보내며 물었다.

"나에 대한 마지막 보고서에는 뭐라 쓸 거야?"

크로포드는 오스본의 질문에 당황하지는 않았지만 마음 한구석이 쓰렸다. 수년 동안 겉으로는 동료였지만 속으로는 감시자의 역할을 수행했던 자신의 이중성을 오스본이 감지해 왔다는 것을 확인하는 순간이었기 때문이었다. 물론, 크로포드 또한 오스본이 직감과 육감이 뛰어난 공작원이었으므로 자신의 이중 임무를 아예 감도 잡지 못할 거라 생각하지는 않았다. 다만 그러한 점이 두 사람이 작별 인사를 나누는 자리에서 부각되자 마음이 편치 못했다.

"자네는 얼마나 높이 올라가고 싶나?"

대답을 못 하는 크로포드에게 오스본이 물었다. 질문을 던져주고 그는 의자의 등받이에 몸을 기대고 책상 위에 두 다리를 올려놓았다. 그렇게 최대한 편한 자세를 만들고서 오스본은 크로포드를 응시했다.

"우리들이 일체의 윤리적인 고찰이나 판단이 허락되지 않는 영혼 없는 병정들이라는……. 그런 비난을 하고 싶은 거지?"

크로포드는 책상 위에 앉아 오스본을 마주하며 대답했다. 오스본은 의자를 뒤쪽으로 더 기울이게 하면서 깍지 낀 두 손을 뒤통

수 쪽에 대며 말했다.

"아니, 그렇지 않아."

크로포드는 커피 잔을 입가로 가져갔다가 의외의 대답에 고개를 갸우뚱했다. 오스본은 보일 듯 말 듯한 미소를 지으면서 말을 이어 갔다.

"비난하기보다는 내가 고맙다는 말을 하고 싶어서."

크로포드는 커피를 한 모금 마시고 물었다.

"대체 무슨 말이 하고 싶은 거야?"

"누군가가 이러한 임무들을 해야 한다면, 이제부터 그게 내가 아니어서 다행이라는 생각이 들어. 더 이상은 누군가를 일거에 쓸어버리기 위해서 포병이나 공군에게 지도 좌표를 불러 줄 필요가 없다니. 그런 앞으로의 삶이 기대된다, 댄."

크로포드는 커피 잔을 내려놓고 오스본을 빤히 쳐다봤다. 오스본은 책상 위에 올려 둔 자신의 발끝에 시선을 고정한 채 말을 보탰다.

"자네나 다른 요원들을 비난하는 게 아냐. 오히려 고맙다는 거지. 자네는 야망이 있으니까 저 조직의 꼭대기까지 올라갈 수 있을 거야. 그런 자네에게 내가 딱 한 가지 부탁을 하고 싶다."

하던 말을 계속하라는 의미로 크로포드가 턱을 치켜들었다. 오스본은 그때서야 크로포드에게 시선을 보내며 말을 마무리 지었다.

"아무리 우리 요원들이 윤리적인 족쇄에 얽매일 필요가 없다지만 그래도 절대로 잊지 마, 댄. 우리가 그 윤리를 무시하는 게 아니라 그 알량한 윤리가 우리와 같은 공작원들을 거들떠도 보지 않는다는 진실을 말이야. 그 점을 늘 명심하고 저 높은 자리까지 올라가라구. 다른 젊은 요원들에게도 이러한 사실을 학습시키고 이해시키면 좋겠다."

두 사람은 이후로 말없이 서로를 응시했다. 그리고 잠시 뒤, 오스본이 일어나서 자신의 박스를 챙겨 들고 크로포드에게 손을 내밀었다. 크로포드는 책상에 앉은 채로 그의 손을 맞잡았고 오스본은 사무실 출입문으로 향했다. 그는 뒤도 돌아보지 않았고, 가던 길에 들고 있던 박스를 통째로 큰 휴지통에 쑤셔 넣었다. 사무실 안에 있는 대여섯 명의 요원들이 그를 쳐다보고 있었지만 오스본은 그 누구에게도 인사를 건네지 않고 그 길로 사무실을 나섰다.

베트남전에서 5개의 훈장을 받고 이후 이란, 니카라과, 온두라스, 엘살바도르, 수리남에서 200번이 넘는 군사작전을 실행한 베테랑 공작원이 은퇴하는 순간이었다.

*   *   *

1983년 3월 28일 14시 07분 대한민국 특전사령부 사령관실

"대령 오세웅!"

특전사령관인 권혁남 중장이 가슴팍에 훈장을 달아 주고 악수를 청하자, 오세웅이 그의 손을 맞잡으며 관등성명을 복창했다. 악수를 하는 특전사령관의 뒤쪽에는 청와대의 안보수석 정일규 예비역 소장과 국방부, 안기부 요인 몇 명이 서 있었다.

"오 대령, 정말 고생했다. 국가를 위해서 정말 큰일 한 거야."

"감사합니다, 사령관님."

특전사령관의 치하에 오세웅이 대꾸하면서 그는 수리남 작전에서 잃어버린 부하들을 떠올렸다. 오세웅은 비록 작전에 실패했지만 그래도 대부분의 병력을 무사히 데려올 수 있었다는 사실로 스스로를 위로했지만 마음 한구석이 지독하게 씁쓸한 것은 무시할 수 없었다.

안보수석 정일규도 오세웅에게 다가와 악수를 청했다. 오 대령이 그의 손을 맞잡자 그는 나머지 한 손으로 오세웅의 오른손을 포개 잡으며 무거운 표정으로 위로했다.

"정말 고생 많았소, 오 대령. 이 말 한마디로 오 대령과 오 대령의 애들의 헌신과 희생을 달래 줄 수 없는 것이 미안할 뿐이오."

작전과 관련된 모든 것이 비공식이자 극비 사항이었기 때문에 오세웅의 훈장 수여식을 촬영하는 사진병조차도 동석하지 않은 상태였다. 오세웅이 다른 몇 명의 국방부 요인들과 인사를 나누고 나서야 모두가 각자 자리를 잡고 앉았다. 특전사령관은 방 한쪽 구석에 있는 수리남 지도 앞에 서서 아직도 아쉬운 표정을 짓고 있었지만 정일규 수석은 차분한 표정으로 오세웅에게 입을 열었다.

"CIA와 NSA가 수집한 첩보에 따르면 부테르세 대통령은 아군의 작전이 개시된 직후, 가이아나에서 넘어온 북괴군 새끼들의 경고를 듣고 냅다 뛴 것이 분명한 것 같다 합니다."

오세웅은 미간을 찡그리며 물었다.

"특수8군단 소속의 군사고문단 놈들입니까?"

정일규는 테이블 위에 있던 재떨이를 자기 앞으로 끌어당기며 고개를 끄덕였다. 나머지 설명은 이들의 뒤쪽에 서 있던 특전사령관의 입에서 나왔다.

"대체 그 빨갱이 새끼들이 어떻게 이번 작전에 관련되었는지는 확실치 않지만, 아마도 수리남에서 얼쩡거리는 쿠바 정보부 놈들이나 아니면 현지에 있는 북한영사관의 끄나풀들이 냄새를 맡지 않았나 싶어. 제기, 380부대가 재수가 억세게 없었던 거지. 온갖 쌩빼이를 다 쳐서 그곳까지 갔는데 결국에는 생각지도 못한 곳에서 똥물이 튀네."

오세웅은 말없이 고개를 숙인 채 테이블 위에 놓여 있는 커피잔을 내려다보기만 했다. 그를 향해 정일규가 담배 연기를 내뿜고 조심스럽게 말을 건넸다.

"그래도 오 대령의 부대원들이 무사히 돌아온 것에 대해 감사합시다. 수리남군 놈들이 파상 공세를 퍼부어 오는 가운데 퇴출 헬기들이 제때 도착해서 무사히 현장을 빠져나온 것도 기적이오.

아마 오 대령이 평생 가질 수 있는 모든 행운을 그날 새벽에 써 버렸을 것이오. 또, 북괴군까지 수리남군과 함께 매복하고 있던 적진에 제 발로 걸어 들어가서 제 발로 빠져나온 것 자체가 우리 장병들의 뛰어난 능력을 보여 주는 것이 아니고 무엇이겠소. 당신의 아쉽고 아픈 마음, 내 헤아릴 수 있지만 이쯤해서 넘어갑시다."

위로를 하겠다는 의도이지만 정일규의 말은 오세웅의 마음을 더욱 무겁게 했다. 그런 그의 심정이 느껴지는지, 오세웅 등 뒤에서 있던 권혁남 중장이 그의 한쪽 어깨에 손을 올려 두며 말했다.

"오 대령, 정말 애썼어. 오 대령 애들(380부대원들)도 목숨을 건 노고에 대해 내, 반드시 챙겨 줄 거야. 국가가 원하는 일을 다른 사람들이 모르게 실행하고 그 무훈에 대해서 인정받지 못하는 마음, 내 모두 이해한다. 그래도 380부대 덕분에 10.26사태 이후로 우리 정부에 뻑뻑하게 굴던 양키 놈들도 고분고분해졌어. 양국 간의 관계가 전과 같이 돌아가는 분위기이니, 이제 우리나 모든 국민들도 안심하고 원래의 생업에 집중해도 될 시대가 온 거야. 지난 일들을 다 잊고 새로운 마음가짐으로 앞으로 전진하자구."

권 중장의 위로도 오세웅의 심정을 추슬러 주지는 못했다. 이후로도, 오세웅 대령의 입장에서는 무의미할 칭찬과 위로가 방 안에 있는 사람들 사이에서 오고 갔다. 어색한 대화가 더 이상 이어지지 않을 시점에 오세웅이 권혁남 장군에게 시선을 보냈다. 그의 의중을 읽은 권 장군은 고개를 끄덕였고 오세웅은 자리에서 일어났다.

출입 문가로 향하기 전에 오세웅은 권혁남 앞에 섰다. 그리고 그에게 거수경례를 했지만 권 중장은 거수경례 대신 악수를 청했다. 오세웅은 그의 손을 맞잡았고 두 사람이 악수를 나눴다. 그런 뒤, 오세웅이 물러서자 권혁남은 자신의 손안에 남겨진 작은 메모지 하나를 발견했다.

권혁남이 오세웅을 향해 메모지를 들어 보이자 오세웅이 다른 사람들을 슬쩍 본 후 말했다.

"예비역 중사 김영천입니다. 지금 파나마의 미군기지 병원에서 치료 중인데 그 친구의 아이가 아직 월남 땅에 있습니다. 그 친구의 무사 귀국과 월남에 있는 그 친구의 혈육을 우리나라로 데려 오겠다는 약속을 안기부에서 꼭 지키도록 사령관님께서 챙겨 주신다면 저로서도 더 이상 바랄 게 없을 것 같습니다."

권혁남은 메모지 안에 적혀진 김영천의 인적 사항과 그의 아들 로안의 소재가 파악된 장소를 대충 읽어 봤다. 그런 뒤, 출입문 앞에서 그의 대답을 기다리는 노병을 향해 고개를 크게 끄덕여 보이며 답했다.

"내 24년의 군 생활을 걸고 꼭 이 약속을 지키겠다, 오 대령. 걱정 마."

"감사합니다."

오세웅은 감사 인사를 한 뒤, 출입문을 열고 방 바깥으로 나갔다. 그가 나간 직후 약속이라도 한 듯 모든 사람들의 출입문을 응시했다. 그리고 오세웅이 다시 들어오지 않는다는 사실을 확인하고 나서야 정일규 수석이 입을 열었다.

"염병할, 나중에라도 또다시 이런 요구를 레이건이나 윌리엄 케이시가 들이밀까 걱정이네. 개새끼들이, 월남에서 피를 흘린 우리 병사들이 얼마나 많은데, 감히 이런 시시껄렁한 촌구석에 가서 라틴아메리카 촌놈을 잡아 오라 마라 하는 거야."

권혁남은 자신의 책상에 앉자마자 긴 한숨을 내쉬었다. 그런 뒤, 정일규를 비롯한 다른 요인들에게 툭 던지는 말처럼 자신의 솔직한 심정을 피력했다.

"다음에 행여, 이런 자살 임무를 맡기려면 우리 특전사는 빼 줬으면 좋겠습니다. 전쟁통도 아닌데, 대체 얼마나 많은 우리 특전요원들이 희생되어야 합니까? 제주도 한라산에서 생떼 같은 목숨을 잃어버린 27부대(대통령 경호부대) 병력은 아직도 시신조차 수습 못 한 것을 다들 알고 계시죠? 이번에 수리남에서 그에 못지않은 비극이 일어날 뻔했습니다. 우리 인원들의 생환에 결정적 기여를 한 건쉽들과 퇴출 헬기들의 투입을 미국 놈들이 허락하지 않았다는 것은 대체 무슨 말입니까?"

권 중장이 말을 마칠 때쯤, 정일규가 다소 놀란 표정을 지어 보였다. 윌리엄 케이시 국장 쪽에서 작전의 취소 지시를 일방적으로 내린 덕에, 380부대가 꼼짝없이 파리마리보 한복판에 내버려질 뻔한 사실은 관련자들 사이에 기밀이었기 때문이었다.

권혁남은 비록 권력의 피라미드에서 자신보다 높은 곳에 앉아 있지만 육사 후배인 정일규를 쏘아보며 성토했다.

"왜요? 우리가 그 사실을 모를 거라고 생각했습니까? 380부대 애들의 머리 위에서 엘살바도르 촌놈들이 모는 AC-47기들이 이미 선회 중이었는데도 불구하고, 최초 AC-47기의 화력지원을 요청하고 한참 뒤에나 발칸 사격이 시작되었다 합디다. 내 그래서, 미군 애들 전진기지에 남아 있었던 우리 인원들에게 물어봤더니 그 대답이 나왔습니다. 오 대령이 있어서 아무 말 안 했는데 그 부분에서 대해서는 우리 정부가 공식이든, 비공식이든 CIA 윗대가리 새끼들 멱살을 잡아서 귓방망이를 한 대 날려 줘야 하지 않겠냐 이 말입니다. 염병할, 그딴 식으로 하면서 우리 대한민국과 미국이 안보 동맹국이니 혈맹이니 떠드는 것은 다 쌩쇼 아닌가요?"

정일규는 말없이 담배를 태웠고 안기부와 국방부 요인들도 입을 다문 채 한숨을 쉬었다. 권혁남은 그들에게서 원하는 대답을 듣지 못하자 창밖으로 시선을 돌렸다. 그리고는 모두가 공감하는 말을 푸념처럼 쏟아 냈다.

"니미, 나라가 힘이 없으니까 미국 놈들의 별 뭣 같은 뒤치다꺼리까지 다 하게 되네. 그런 심부름은 조용하고 후미진 방 안에서 이런 작전을 대신 해 주겠다고 합의 본 사람들이 직접 해야 하는 거 아닌가? 왜 뜨겁고 깨끗한 피를 가진 젊은, 우리 애들이 가서 그딴 합의를 한 자들 대신 죽고 다쳐야 하냐고. 정말, 엿 같네."

3성 장군이 말을 마치자, 사령관실 안에는 무거운 침묵이 찾아
왔다.

*   *   *

1983년 10월 2일 08시 12분 강원도 설악산 중간대피소

김영천은 중간대피소까지 오는 길에 여섯 번이나 걸음을 멈추
고 쉬어야 했다. 그럼에도 걸음을 이을 때마다 가뿐 호흡은 달래
지지 않았다. 이미 그의 몸 전체가 땀으로 흠뻑 젖었지만, 그는
이 정도라도 거동을 할 수 있음에 감사했다.

김영천은 복부와 우측 어깨에 관통상을 입고 파리마리보에서
파나마의 미군기지 병원으로 후송된 결과, 꼬박 6개월을 치료 받
고 요양해야만 했었다. 치료 중간에 대한민국 국적기를 통해 귀
국할 수 있었지만 다시 군병원에서 어깨 재활 치료를 받았다. 고
통스럽고 지루한 그 기간 동안, 그래도 그에게 희망을 가져다줬
던 것은 그의 아들 '로안'이 태국을 통해 본국으로 데려와졌다는
소식이었다.

오세웅 대령은 5월부터 수시로 군병원에 들러 그에게 로안과 5
명의 라이따이한들의 귀국 과정을 알려줬고, 7월 초 마침내, 로
안이 김영천의 연고가 있는 설악산 중간대피소의 노인과 처자에
게 인계되었다는 소식을 전달해 줬다. 그때가 돼서야, 김영천은

비로소 총탄들에게 찢겨졌던 자신의 상처에서 새살이 돋아나 자리 잡았음을 실감할 수 있었다.

그는 작전에서 살아 돌아온 노시천, 이준호, 김창수, 이규식의 배웅을 받으며 군병원에서 퇴원, 그 직후 이곳 설악산으로 향했다. 김영천은 서울에서 이곳까지 직접 운전을 해 준 최정구 소령에게서 매직 호크 작전과 관련, 오스본과 싱글턴 장군의 지휘부 사이에 있었던 일을 처음으로 듣게 되었다. 오스본이 CIA에서 퇴출되고 반역자로 낙인찍힐 수 있는 위험 부담을 안고 380부대원들 모두를 구해 줬다는 사실에 그는 뒤늦게 감사했고 한편으로는 씁쓸해했다.

파나마의 미군병원에 있었을 때, 김영천은 자신을 찾아온 오스본에게서 그가 곧 공작원 생활을 청산하고 몬타나에서 목장을 꾸려 나가겠다는 말을 아무런 생각 없이 들었다. 그런데 최정구 소령의 말을 듣고 나서, 그는 오스본이 380부대원들의 목숨을 위해서 자신의 인생을 기꺼이 포기했다는 것을 뒤늦게 깨달았다.

오스본이 김영천에게 "이제 서로 신세진 것이 없다."라는 말을 마지막 인사로 건넸던 이유를 늦게서 알게 된 김영천은 자신이 월남에서 오스본의 목숨을 구해 준 행동이 결국에는 그로 하여금 380부대를 사지에서 빠져나오도록 도와줌으로써 보답 받은 것이 틀림없다 생각했다.

그 생각을 하면 김영천은 지금도 목구멍에서 뜨거운 무언가가 넘어오려는 것을 느꼈다. 그는 앞으로 살아가며 웨스트포인트 사관학교 출신의, 고지식한 그린베레 대위의 전우애를 꼭 잊지 않고 살 것이라 다짐했다.

"저기, 저기인 것 같네. 그렇죠, 형님?"

김영천의 배낭을 메고 옆에서 거동을 챙겨 주던 최정구 소령이 손짓과 함께 말했다. 그가 가리키는 곳으로 김영천의 시선이 향하고 곧 그의 눈가가 뜨거워졌다. 어쩌면 다시는 볼 수 없을 거라 생각했던 최연홍과 노인의 거처가 보였기 때문이었다.

김영천은 목이 메 대답도 못 하고 고개만 연신 끄덕여 보였다. 최정구는 미소를 지으며 김영천의 손을 잡아 앞쪽으로 이끌었다. 두 사람이 긴 계단 사면이 끝나고 다시 평탄한 암반 바닥이 펼쳐진 곳에 도착할 즈음 김영천은 누군가의 익숙한 뒷모습을 보게 되었다.

암반 바닥에서 대피소 건물들 쪽으로 이어져 있는 완경사의 계단 사면 쪽에서 최연홍이 일하고 있는 모습이 그의 눈에 들어왔다. 최연홍은 계단과 계단 사이에 앉아서 계단 통로 좌우에 있던 로프를 보수하고 있었는데 그녀는 곧 김영천과 최정구의 존재를 알아차렸다.

김영천과 최연홍의 거리가 10여 미터쯤 되었을 때, 그녀는 그를 알아보고 자리에서 벌떡 일어섰다. 김영천은 자신이 가끔 대피소 일을 해 줄 때, 입었던 캔버스천으로 된 작업복에 점퍼 하나를 걸치고 있는 최연홍의 모습을 보면서 겨우 눈물을 삼켰다. 그리고 그녀를 향해 천천히 걸어 나갔고 최정구는 자리를 지킨 채

따라 나가지 않았다.

　김영천의 대피소 계단 사면 즈음에 도착할 때, 최연홍도 계단들을 내려와 그와 마주섰다. 김영천은 그때서야 그녀의 눈가가 젖어 있는 것을 알게 되었다.

　두 사람이 서로의 숨결을 느낄 만큼 가까이에 서자 김영천은 두 눈을 감아 보았다. 그리고 최연홍의 얼굴과 목에서 나는 화장품 향을 맡아 보려 애썼다. 그를 향해 최연홍이 겨우 감정을 추스르며 물었다.

　"뭐하시는 거예요?"

　김영천은 두 눈을 감은 채 그녀의 향기를 맡으며 미소 지었다. 그는 대답 대신 최연홍을 자신의 품 안으로 끌어 들였고 그녀는 그대로 김영천에게 안겨서 소리 없이 눈물을 흘렸다. 김영천도 최연홍의 목과 어깨에 자신의 얼굴을 파묻고 참았던 눈물을 쏟아냈다. 그리고 곧 그가 십수 년 만에 다시 겪었던 끔찍한 공포와 고통이 그의 뇌리에서 천천히 씻겨 내려가기 시작했다.

　김영천은 최연홍을 품 안에 두고 자신이 살아 있음을 지각했고 다시 삶에 대한 열정을 충전할 수 있었다.

　잠시 뒤, 최연홍의 등 뒤쪽에 두 사람이 나타났다. 계단 사면의 꼭대기에 서 있는 그들은 대피소의 노인과 아이였다. 아이의 모습을 보면서 최연홍을 안고 있던 김영천의 두 팔에서 힘이 빠져나갔다.

　최연홍 또한 그것을 감지하고 고개를 돌려 김영천이 올려다보는 곳을 살폈다. 그녀는 두 눈가의 눈물을 훔치고 김영천과 나란히 섰다. 김영천은 입을 살짝 벌린 채, 뭐라 말을 하려 했지만 말을 잊은 듯 꼼짝하지 못했다. 그런 그를 향해 최연홍이 따뜻하게 말했다.

"로안은 우리말을 잘해요. 어릴 때부터 한국말을 배웠고 당신 이름도 알고 있었어요."

김영천은 너무도 목이 메어 잠시 입을 다물고 침을 삼켰다. 그러고 나서야 최연홍의 말에 반응했다.

"내 이름을 안다구요?"

"예. 이곳에 처음 왔었을 때, 당신이 자기의 아버지라고 했어요."

최연홍은 김영천을 쳐다보며 대답했다. 그리고는 어찌할지 모르는 그의 손을 이끌고 계단 쪽으로 향했다. 계단 몇 개를 올라선 그녀가 김영천에게 시선을 보내 따라올 수 있는지 눈치를 봤다. 김영천은 고개를 끄덕이며 최연홍의 손길에 몸을 맡겼고 두 사람은 천천히 계단 사면을 오르기 시작했다.

마침내, 두 사람이 계단들을 모두 오르고 김영천은 앞에 있는 노인하게 머리 숙여 인사를 건넸다. 노인은 답례 대신 로안의 등을 조심스럽게 김영천 쪽으로 떠밀었다.

소년은 다소 어리둥절한 표정을 짓고 있었지만 김영천이 두 무릎을 꿇고 자신과 눈을 마주치자 스스로를 추슬렀다. 그런 뒤, 김영천에게 꾸벅 인사를 한 다음 목에 걸고 있던 사진 목걸이를 빼내 그에게 건넸다. 김영천은 그 목걸이를 받아들었고 로안이 내심 원하는 대로 사진 목걸이를 열어 보았다. 그 다음 순간 김영천은 목구멍에서 불덩어리가 넘어오는 듯한 느낌에 압도되었다.

목걸이 안, 작은 빛바랜 사진 속에 그의 베트남인 아내 비엔의 얼굴이 있었기 때문이었다. 월남에서 귀향할 당시, 비엔의 사진들이 포함된 자신의 모든 물품을 잃어버렸기 때문에 그는 실로 12년 만에 머릿속으로만 그려 봤던 아내의 얼굴을 보게 된 것이었다.

결국 김영천은 로안을 품 안으로 끌어 들이며 울음을 터뜨렸다. 엉엉 소리를 내며 우는 그의 모습을 최연홍은 눈물을 훔치며 지켜봤다. 그렇지만 대피소 노인은 뜨거워지는 두 눈을 연신 깜박이면서 애써 미소를 지어 보였다. 그 따뜻한 미소를 입가에 그린 채, 김영천과 로안을 지켜보며 그들이 이 순간부터 누릴 평화로운 삶을 가늠하면서 고개를 끄덕였다.

김영천은 낯선 향기를 내는 아들을 품 안에 안은 채 너무도 오래간만에 자신이 비로소 살아 숨 쉬고 있다는 느낌을 인지할 수 있었다.

그는 자신이 안고 있는 작은 우주에 낯설어하면서도 한편으로는 자신도 모르게 가져왔던 혈육에 대한 사랑이 분명히 내면에 자리 잡고 있음 또한 확인했다.

김영천이 앞도 잘 보이지 않을 정도로 눈물로 범벅이 된 얼굴을 슬쩍 들어 보자 최연홍이 자세를 낮춰 그의 눈물을 자신의 손

바닥으로 훔쳐 줬다. 김영천은 그녀의 손을 잡아끌어 로안을 사이에 두고 그녀를 안았다. 가슴팍에서 느껴지는 아들의 숨결과 자신의 양손에 느껴지는 최연홍의 체온이 지금 이 순간 자신의 영혼을 구제해 주고 있다고 생각했다.

〈끝〉

부록 차례

1. 등장인물

1. 김영천

베트남전에 참전한 제1유격단(현 제3공수특전여단) 소속의 특전부대원, 유년 시절 마을에 있던 미국인 선교사들의 교회에서 배웠던 영어 실력 덕분에 베트남전에서 태동했던 한미 연합 특전대의 극비 임무들에 투입되었다.

그는 과묵하고 유순한 성격이지만 전투 상황에서는 비범한 행동과 생존 능력을 발휘했고 그 때문에 많은 동료 특수부대원들에게서 신망과 믿음을 얻었다.

김영천은 베트남 파병 전부터 일본의 오키나와에 주둔하는 미군 제1특수전 그룹에 파견되어 '고공강하'와 같은 고등 특수전 교육을 받았고 베트남전에 파견된 뒤에는 당시의 한국군 특전대원들 중 극소수가 선발되었던 '리콘도 스쿨'에서 특수 정찰 프로그램을 이수했다.

그러한 과정 내내 김영천은 그의 그린베레 군사고문단 팀장인 빌 오스본 대위와 가까워졌고, 베트남에서는 그의 특수 정찰팀에 합류하여 함께 임무를 수행하기에 이른다.

그러나 미군 정찰팀과 위험천만한 임무들을 수행하면서 수많은 죽음을 목격하고 자신도 죽음의 위기에 처하면서 심신이 지쳐 가던 중, 어느 날 김영천과 오스본의 정찰팀이 북베트남군의 매복에 걸려들기 직전, 매복 상황을 경고해 주고 자신과 동료들의 목숨을 구해 준 베트남 여인 '비엔'을 만나 사랑에 빠진다.

하지만 김영천은 베트남에서의 근무가 끝나 갈 즈음 빌 오스본과 호치민 루트에서 북한군 군사고문단을 생포하는 작전을 수행하던 도중 중상을 입고 후송되었다. 그 때문에 베트남에 비엔과 당시에는 존재도 몰랐던 아들 '로안'을 데려오지 못한 채 베트남은 패망을 맞이하고, 이것에서 비롯된 엄청난 상실감과 전쟁터에서 겪었던 깊은 고통들로 인해 속세를 등지고 설악산에 은둔한다.

그런 그에게 어느 날 과거의 상관 오세웅 대령이 아들을 데려올 수 있는 방법을 가지고 나타난다.

2. 윌리엄(빌) 오스본(William Osborne) 대위

미 육군 웨스트포인트 사관학교 출신의 직업군인, 101공수부대에서 근무 중 제1특수전 그룹으로 옮겨, 동남아에서 그린베레 MTT 일원으로 활동했다. 그는 한국군 특수부대원들을 선호하여 일본과 한국을 오가며 주로 한국군 유격단 병력의 특수전 교육에 몰두했었는데 그 과정에서 김영천을 비범한 군인으로 알아보고 가까워진다.

베트남전이 발발하고 제5특수전 그룹의 일원으로 전쟁에 참가한 오스본은 MACV-SOG의 특수정찰 프로그램에 투입되고 우연하게도 공수지구대의 일원으로 파견된 김영천과 조우했다. 그는 김영천을 특정하여 지목, 자신의 정찰팀 RT 시카고로 데려왔고 그와 함께 수십 번의 극비 임무를 수행했지만 김영천의 마지막 임무였던 북한군 군사고문 생포 작전에서 부상당한 뒤 미 본토로 후송된다.

그러나 오스본은 자신이 부상당했던 직후, 교전 현장에 남아있던 RT 시카고 팀원들 대부분이 작전 지휘부의 뒤늦은 대응에 대부분 살아 돌아오지 못했다는 사실을 알고 군복을 벗었다.

이후, 그는 CIA 공작원이 되어 전 세계에서 가장 위험한 분쟁, 위험지역을 자원하여 찾아다녔고, 그러던 중 비밀공작 및 준군사작전 임무를 수행하다가 다시 한 번 김영천, 그리고 그의 동료들과 조우한다.

오스본이 미합중국의 국익을 위해서는 그 어떤 비윤리적 판단과 행동도 마다하지 않는 CIA 요원, 본연의 임무를 수행할지 아니면 고립무원의 땅에 투입된 김영천과 한국군 특수부대를 지킬지 두고 볼 일이다.

3. 오세웅 대령

무인 가문의 혈통을 지닌, 육군사관학교 출신의 특전부대 장교, 제1유격단(현 제3공수특전여단)에서 군 경력을 시작하여 김영천 그리고 일부 특전부대원들과 함께 그린베레의 MTT 활동에 한국군 측 인원으로 참가해 왔다.

오세웅과 김영천의 각별한 전우애는 두 사람의 베트남전 참전 이전, 국내에서 북괴군 무장 공비 토벌 작전에서 죽을 고비를 함께 넘겼던 시기부터 시작되었다.

이후 두 사람이 함께 베트남전에 투입되어 미군 특수부대와의 연합 작전들을 수행하는 동안 더욱 돈독해졌다. 그는 베트남 패망 직전까지 부상으로 인해 한국으로 후송된 김영천의 아내와 아들을 태국으로 빼내 오고자 애썼지만 결국에는 실패하고 이를 김영천에 대한 마음의 빚으로 안고 살아온다.

오세웅은 전후(戰後) 1979~1980년 격동과 고통의 시기에도 정치군인이 되기보다는 우직한 야전군인으로 군 경력을 이어 가던 중 절체절명의 작전을 부여 받고 다시 김영천을 찾게 된다.

4. 댄 크로포드(Dan Crawford)

CIA의 제3세계 반혁명 전담 공작원, 전투 현장에서 전세를 결정하고자 분투하는 빌 오스본과 달리 댄 크로포드는 공작 대상에 대해 회유, 포섭, 협박을 동원해 직접적인 공작 활동(군사작전 혹은 준군사작전)이 있기 전의 사전 포석 단계를 완성하는 데 유능하다.

크로포드는 베트남전에는 직접적으로 참전하지 않았지만 1970년대 중반부터 극동 아시아에서 다양한 공작 임무를 수행했다. 그리고 1970년대 말부터 중남미를 무대로 임무를 수행하던 중 빌 오스본과 함께 호흡을 맞추게 되지만 그는 철저하게 미합중국의 국익을 위해서 영혼 없는 공작원이 되어 주어진 임무를 수행해 온다.

특히, 오스본의 일거수일투족을 감시, 상부에 보고하는 임무를 가지고 있지만 마음 한편에서는 오스본의 신념과 철학에 공감하며 그를 연민 어린 눈빛으로 지켜보기도 한다.

5. 잭 싱글턴(Jack Singleton) 장군

17세 때 군에 입대, 평생을 전쟁터에서 보낸 직업군인, 제2차 대전 당시 OSS 요원으로 동남아 곳곳의 대일본 공작 분야에서 활동했으며 한국전쟁에서는 북한군의 주력 전력인 T-34 전차의 파괴 작전에 큰 공을 세운 바 있었다.

그는 베트남전 당시 MACV-SOG에 배속된 그린베레 중령이었는데, 주로 호치민 루트 내의 미군 특수부대 정찰팀의 작전에 관여했었고 남베트남의 패색이 짙어질 즈음, 대대적인 미군 포로 구출작전인 '브라이트 스타' 작전에 깊이 관여했었다.

그러나 베트남전 후, 특수전 병과의 장교라는 족쇄 때문에 가까스로 소장으로 진급 후 한직을 떠돌다가 결국에는 쓸쓸하게 자진 전역했다.

그는 은퇴 후, 워싱턴 외곽의 산장에서 송어 낚시와 사냥을 하며 소일하다 레이건 정권이 출범한 후 시작된 특수전 전력의 재건과 제3세계에서의 특수작전에 대한 비공식 자문위원회의 수장으로 발탁된다.

싱글턴 장군은 레이건 대통령과 마찬가지로 도미노 이론의 추종자이지만 그는 한편으로는 전투 현장에서의 생존에 더 큰 가치를 두고 있는 현실주의자이기도 하다. '매직 호크' 작전을 진행하며 그는 자신의 원칙에 대한 시험을 받게 된다.

6. 이준호 상사

김영천과 함께 제1유격단에서 군 생활을 하면서 그린베레의 MTT 활동에 참여했던 예비역 특전부대원. 큰 체구에 걸맞게 M60, RPD, RPK와 같은 경기관총과 M2 중기관총까지 모든 종류의 공용화기를 뛰어나게 다루는 능력을 가졌다.

그는 술을 좋아하고 호탕한 성격을 가졌기 때문에 많은 동료들에게서 신뢰를 받는 고참 대원이지만 월남에서 귀국 후, 강력계 형사가 되면서 그의 많은 부분이 어둡게 바뀌었다. 정의감에 불타는 성격 때문에 현실과 이상 사이에서 괴로워했고, 자신들의 이익을 위해 자신을 이용하는 권력자, 상급자들에 대한 적개심을 가지고 있다.

7. 김창수 준위

제2유격단(현 제5공수특전여단) 출신의 특전부대원, 그는 유격단 시절부터 폭파 임무에 대해서는, 최고의 능력을 가지고 있었던 유능한 군인이었지만 한국전쟁 당시, 경찰관이었던 부친, 숙부를 비롯한 대부분의 가족이 빨치산에 의해 희생당했던 비극을 경험했다.

그 뿌리 깊은 상처와 적개심으로 인해, 그는 베트남에 파견되기 전 투입된 대부분의 북괴군 무장 공비 토벌 작전에서 무모할 정도로 몸을 아끼지 않고 활동했고, 특히 부상당한 공비들조차도 동료들이 도착하기 전에 숨을 끊어 놓곤 했다. 그러한 습관은 김창수가 제1유격단 소속의 공수지구대에 합류, 베트남의 투입된 뒤에도 이어졌는데, 적지 종심 작전을 펼치던 중 김창수의 무모한 판단과 행동에 동료들이 부상을 당하는 일이 생기면서 김영천과 대립하게 됐다.

그러나 그 또한 전후에 전투 현장에서의 충격과 고통을 잊고자 애쓰면서, 힘겹게 직업군인 생활을 유지한다. 그러던 중 '매직 호크' 작전이 김창수에게 어떤 새로운 계기를 제공한다.

8. 최정구 소령

1970년대 말에 창설된 국군 최초의 대테러부대 606부대 출신의 정예 특전부대 장교, 수차례의 북괴군 무장 공비 토벌 작전에 참가해 뛰어난 야전 작전 능력을 인정받았던 것을 계기로 606부대에 차출되었다.

그는 606부대에서 델타포스의 대테러 전술을 이수했던 몇 안 되는 엘리트였었고 그를 눈여겨봤던 오세웅 대령은 606부대 부대장에서 특전사령부로 자리를 옮길 때 그를 데려갔다.

사관학교 출신의 직업군인답게, 그는 임무와 작전 위주로 모든 것을 이해했지만 380부대에서 월남전에 참전했던 선배 대원들과 수리남 침공 준비를 하면서 그의 원칙에서 한 걸음 물러나게 된다.

9. 채강호 소령

국군 정부사령부의 해외 공작부대 524전대의 공작조장, 그는 일찍이 뛰어난 어학 실력을 지닌 한미연합 특전대의 통역장교였지만 정보사 공작 책임자의 눈에 띄어 해외 공작 분야에 몸담게 되었다.

1970년대 초부터 유럽과 아프리카, 중남미에서 북괴군 군사고문단 활동과 북한제 무기 수출을 감지, 추적, 견제하는 임무를 수행해 왔다.

그 과정에서 북한 공작원들과 쿠바정보부 쪽에 그의 존재가 알려지고 그는 북괴군 해외 공작조의 제거 대상 1순위가 되었다.

채강호는 해외에서 북괴군이 세력을 확장시키는 것이 결국에는 대한민국의 안보까지 위협할 거라는 강박증을 가질 정도로 투철한 소명의식을 가지고 있다. 그러나 사지에서 자신의 부하들이 죽고 다치는 것을 볼 때에는 더없이 고통스러워하는 인간적인 공작팀 지휘관이기도 하다.

1970년대 말, 채강호는 앙골라에서 북괴군 특수부대와 그들이 훈련시킨 현지 군 병력에 대부분의 팀원들을 잃고 해외 공작능력과 지원이 제한되어 있는 상황에 좌절한다.

그러던 중, 국군의 수리남 침공 작전에 자원하게 되면서 그와 몇 명 남아 있지 않은, 그의 공작조원들은 생애 최악의 임무를 맞닥뜨리게 된다.

10. 최태관 중좌

북한군의 최정예 정찰병 부대인 124군부대 출신의 군관, 그는 베트남전에 파견되기 이전에 이미 대남 침투 임무를 수차례 성공적으로 수행했고, 그 명성 덕분에 일본을 침공하기 위해 창설된 157특별부대의 창설 요원이 되었다.

이후, 124군부대 소속으로 베트남에 파견 뒤, 호치민 루트를 담당한 북베트남군에게 미군 특수부대 추적 능력을 구축하고 국군 포로를 심문, 북한으로 호송하는 데 깊이 관여했다.

그러나 1971년 1월 호치민 루트 내의 은거지에서 김영천과 빌 오스본의 정찰팀에게 자신의 거점을 피습, 부하들까지 모두 잃고 생포당했다. 그는 이후에, 심문 장소에서 베트콩 대부대의 기습 덕분에 천신만고 끝에 탈출했지만 그 이후부터 그의 군 생활은 내리막길을 걷게 됐다.

그렇지만 그는 결국 북괴군의 해외 혁명 수출 사업(특수부대 군사고문단 활동)에서 자신의 장기를 발휘하여 다시 승승장구하고 쿠바, 니카라과를 거쳐 가이아나까지 특수부대 고문단 파견대를 이끌고 갔다가 다시 한 번 자신도 모르게 김영천, 오세웅과 대적하게 된다.

11. 로널드 레이건(Ronald Reagan) 대통령

미국의 제40대 대통령. 한때 여러 편의 영화를 찍었던 영화배우였으며 영화배우 협회의 협회장으로 활동하기도 했다. 그는 처음에는 민주당을 지지하다가 훗날 공화당을 지지하게 되면서 정계에 진출, 캘리포니아 주지사를 거쳐 공화당 대통령 후보까지 오르게 되었다.

1981년 1월 미합중국 대통령으로 취임한 그는 대내적으로는 조세 감면과 사회복지 지출을 억제하는 '레이거노믹스'를, 대외적으로는 '팍스 아메리카나'를 추진했다.

정치적, 외교적으로 강력한 미국의 재건을 위해서 그의 정권은 군대, 정보기관, 핵무기 체계를 재건 및 증강했고, 유럽, 아시아, 아프리카, 중남미 등 전 세계에서 소련을 비롯한 친소 국가들과 빈번하게 대립했다.

레이건 정권은 소련을 비롯한 바르샤바 조약군과의 충돌을 대비하여 유럽에서는 핵무기를 비롯한 최첨단 무기 체계와 재래식 전쟁을 치를 수 있는 병력 구축에 힘썼지만 중남미, 아시아, 중동, 아프리카와 같은 제3세계에서는 '저강도 전쟁' 전략을 통해서 사회주의의 확산을 강력하게 견제했다. 저강도 전쟁 전략은 레이건 행정부 시절 '실험 개념'에서 '실행 전략'으로 전환되는 시기를 거쳐 냉전 체계가 붕괴된 1990년대에도 '수정된 실행 전략'으로 명맥을 이어져 왔다. 심지어 탈이데올로기의 수준을 떠나 아예 각국의 이해관계가 얽혀 있는 혼란의 시기인 오늘날에도 미합중국의 제3세계 대처 전략의 본질로 이어져 오고 있다.

이렇게 레이건은 집권 초기, 중반 내내 '반공의 투사' 이자 '반공의 화신' 이라는 평가를 받았을 만큼 군비 증강 가속화와 제3세계 내 공산주의의 확산 저지에 사활을 걸었지만 이후에 그는 1986년 미하일 고르바초프 소련 당 서기장과 핵 군축 협상을 타결함으로써 동서 냉전의 전환기를 만들어 내는 데 공헌하기도 했다.

그렇지만 결국, 그의 정권에 심각한 타격을 입힌 것은 그가 그렇게 집요하게 지키려 했던 중남미의 최전선, 니카라과와 관련된 '이란 콘트라 스캔들' 이었다. 이 스캔들은 당시 미국의 적성국이었던 이란에 불법적으로 미제 무기를 수출, 이 수출 대금으로 니카라과 공산 정권과 무장 투쟁 중이던 '콘트라' 반군을 지원하는 것과 관련되어 있었다. 이 스캔들의 모든 사항은 불법적으로 이루어졌던 것이다.

어쨌든, 레이건 대통령은 냉전의 절정기에 가장 '강력한 미국'을 건설하고자 했고 그러한 그의 업적과 노력은 오늘날에도 직간접적으로 미합중국의 대외적인 위상에 영향을 끼치고 있음은 분명하다.

12. 조지 슐츠(George Pratt Shultz) 국무장관

학자, 기업가 출신의 미 행정부의 관료인 조지 슐츠는 1968년 미 행정부의 노동부장관, 이후에 재무장관을 지닌 바 있었다. 1982년 레이건 행정부의 국무장관이 되기 이전에 이미 그의 전임 국무장관 알렉산더 M. 헤이그가 권력욕이 있고 호전적이었던 것과 달리 조지 슐츠는 '스핑크스' 라는 별명을 가질 정도로 감정을 드러내지 않는 인물이었다.

이러한 성향은 국무장관으로서의 그의 업무 실행에서도 이어졌고,

이 때문에 레이건 대통령의 강경 기조에 함께 호흡을 맞춰 갔던 미 국방부장관 캐스퍼 와인버거와 CIA 국장 빌 케이시와의 대립 관계를 야기하기도 했다.

슐츠 장관은 그의 재임 기간 동안에 이스라엘과 레바논 사이의 평화 협상, 니카라과의 내전 해결을 위한 중재에도 큰 기여를 했으며, 미소 간의 군축 협의안의 기안을 쓰고 서명을 하기도 하는 등 레이건 행정부 내에서 그의 역할은 매우 중요했다.

슐츠 장관은 중남미에서, 특히 수리남과 니카라과의 상황에 대해서는 레이건 대통령과 빌 케이시 국장, 와인버거 국방장관의 입장에 공식적으로 반대했었고, 그러한 점이 향후 사태 해결에 균형추 역할을 했다고 볼 수도 있었다.

13. 윌리엄 케이시(William Casey) 국장

레이건 대통령의 총애를 받았던 CIA 국장인 윌리엄 케이시는 일찍이 2차 세계대전 당시 OSS(전략사무국, 비밀공작 및 특수작전을 전담했던 CIA의 전신) 소속으로 활동하였고 이후, 정계에 몸담았다.

케이시는 1980년 당시 레이건 대통령 후보의 선거 참모장을 거쳐, 대통령 당선 이후 CIA 국장으로 임명되었다. 그는 레이건 행정부가 냉전을 치를 때, 가장 날카로운 창끝 역할을 한 인물로서 대소련 붕괴 전략, 중동 분쟁 지역 중재, 아시아와 중남미 내 사회주의 확산 거부 등 그 외에도 재건된 CIA의 공작 역량을 이용하여 전 세계에서 반소, 친미 이념의 전파에 힘썼다.

1987년 이란 콘트라 스캔들에 대한 의회 조사위원회 활동으로 사건과 관련된 레이건 대통령의 충복들이 혼쭐이 났던 시점에도 케이시 국장은 레이건 대통령을 보호하기 위해서 끝까지 입을 다물었고, 결국 윌리엄 웹스터(William Webster) 당시 FBI 국장에게 CIA 국장 자리를 물려줬다.

수리남 사태에 대한 그의 제안은 수단, 방법을 가리지 않고 미국의 국익에 위협이 되는 대상을 제거하고자 했던 케이시 국장과 레이건 대통령의 강박증이 반영된 결과가 아닌가 싶다.

2. 작품의 실제 정치적, 군사적 배경

2-1. 수리남 사태의 전말

라틴아메리카 대륙의 북동쪽, 카리브해 연안의 작은 국가 수리남은 1975년 네덜란드로부터의 오랜 식민 통치를 청산하고 '네덜란드령 가이아나'에서 '수리남'으로 국명을 바꾸며 독립했다.

수리남은 보크사이트와 금, 철광석과 같은 광물이 풍부했고 나라 자체의 지리적 여건 덕분에 우리나라를 비롯한 많은 국가들의 원양어업 전진기지들이 구축되어 있었다.

하지만 그러한 조건들을 제외하고 전 국토의 80%가 정글과 울창한 삼림지대로 구성되어 있었기 때문에 인도계(37%), 크레올(31%), 인도네시아계(15%), 아프리카계(10%), 그리고 소수의 네덜란드인과 화교 등의 인종으로 구성된 국민들은 경제적으로 그리 풍족한 삶을 누리지는 못했다.

무엇보다도 1980년 수리남군 육군 상사 데시 부테르세 세력이 쿠데타를 통해 정권을 잡은 뒤, 이후 불안한 정국을 통제하고자 정적들과 반정부 시민들을 무자비하게 탄압하면서 수리남의 상황은 대내외적으로 불안감을 가중시켰다.

특히 오랜 식민 지배 이후에도 수리남과 다양한 이해관계로 얽혀 있던 네덜란드가 수리남에 남아 있는 자국민들과 자산 때문에 부테르세 정부를 경계했다. 이에 대해 미국에게 손을 써 줄 수 있는지 요청했지만, 미 레이건 행정부로 하여금 부테르세 정권을 잠재적인 위협 요소로 인식하게 만든 것은 사실 수리남과 소련, 쿠바의 접촉이었다.

1982년 11월 부테르세는 소련, 쿠바와 접촉한 뒤 소련에 군사, 경제원조가 가능한지 요청했었고 이는 수리남이 레이건 행정부의 집권 직전에 사회주의화된 이란과 니카라과의 뒤를 이어 새로운 친소 국가가 될지도 모른다는 우려를 만들어 냈다.

결국 소련과 쿠바는 대규모 경제, 군사원조 프로그램에 대해 수리남과 함께 협상을 시작하기에 이르게 되면서 레이건 행정부는 촉각을 더욱더 곤두세우게 되었다.

사실, 미 행정부는 미국의 코앞에서 또 다른 사회주의 국가가 만들어진다는 단순한 우려 때문에 수리남을 주시한 것이 아니었다. 수리남이 쿠바, 니카라과와 같이 친소 사회주의 국가가 되어 소련과 쿠바에게 대서양 전역을 무대로 활동할, 군사 거점을 제공하게 된다면 소련 해군은 대서양 전체에서 미 해군의 잠수함 전력(핵미사일 발사 임무를 수행하는 전략잠수함)을 탐지, 견제할 수 있게 되고, 미국 경제에 밀접한 영향을 끼치는 베네수엘라 원유 수입선을 위협당할 수 있다는 분석이 대두되면서 수리남 사태가 중요한 국면을 맞게 되었던 것이었다. 심지어, 당시 미국과 최악의 관계를 유지하던 리비아의 카다피 정권과 수리남의 부테르세 정권이 어떠한 형태로는 서방권에 심각한 위협이 되는 테러리즘을 지원하는 데 연루되어 있다는 분석 그리고 수리남 내, 미국 기업의 공장(ALCOA)에서 일하는 많은 미국인들이 자칫 잘못하면 부테르세 정권의 인질이 될 수 있다는 분석이 나오면서 수리남 사태는 최절정을 맞이했다.

물론 레이건 대통령은 이러한 구체적인 위협들의 인식 이전에 미국의 앞마당인 수리남이 니카라과에 이어서 공산화될 수 있다는 가능성에 이미 강박증을 가지고 있었다.

외교적인 해결책이 진행되는 동안, 다소 호전적인 해결 방안으로 네덜란드 군대가 자국민 및 자국의 자신을 보호하고자 수리남으로 향했다. 미국은 이들을 쿠바와 같은 친소 국가들의 대응으로부터 보호하는 방안을 만들기도 했지만 네덜란드가 한발 물러서는 바람에 무산되었다.

결국 이러한 문제 해결을 위해서 국무부조차 난감하고 무력한 모습을 보이자, 레이건의 정치적 조력자들은 델타포스와 씰 6팀과 같은 특수전 병력을 파리마리보에 투입하는, 일련의 군사작전 실행안을 조심스럽게 내놓았다. 하지만 미 국방부는 소극적인 태도를 보였고, 의회에서는 그 의도 자체부터 위험한 발상이라며 펄쩍 뛰었다.

그런 상황에서 윌리엄 케이시, 당시 CIA 국장은 CIA만의 방식으로 해결할 수 있는 방안 하나를 내놓았는데, 그의 제안은 모두를 깜짝 놀라게 했었다.

수리남 사태를 해결할 그의 계획은 다른 부처들이 난감해했던 군사적인 해결책이라서 레이건 대통령과 그의 핵심 참모진들을 놀라게 한 것이 아니었다. 그들이 놀란 이유는 수리남 정부를 전복시킬 군사작전의 실행 주체가 미군이나 CIA 혹은 이들의 훈련을 받은 수리남 현지인 전력이 아닌 한국군 특수부대였기 때문이었다.

1993년 조지 슐츠 당시 미 국무장관의 자서전 '혼돈과 승리(Turmoil And Triumph)'에서 그리고 2012년 CIA의 역사를 다룬 팀 와이너(Tim Weiner)의 저서 '잿더미의 유산(Legacy of ashes)'에서 언급된 내용에 따르면, 윌리엄 케이시 국장은 55~175명 정도의 한국군 특수부대 병력을 베네수엘라의 발진기지에서 수리남의 수도 파리마리보에 투입, 무력으로 부테르세 정권을 전복시키자는 계획을 레이건 대통령에 건넸다.

그러나 CIA를 포함한 국무부 관계자들 간의 이후의 접촉들을 통해서, 조지 슐츠 국무장관은 케이시 국장의 이러한 계획에 현지인처럼 보이지 않는 한국인들을 현지에 보내, 현지인들이 부테르세의 폭정에 못 이겨 봉기한 것처럼 상황을 만드는 것이 불가능하다고 반론하였고, 그 결과 케이시 국장의 계획은 얼마간 표류하다가 폐기되고 말았다. (그러나 조지 슐츠 장관의 반대 이유들 중 하나인 '인종' 문제에 있어서 한국군 특수부대원들이 동양인이라서 수리남 현지에서 군사작전을 실행할 수 없는 상황은 아니었으리라 유추된다. 1980년대 초 당시에 이미 수리남에는 대한민국과 일본의 어업 전진기지가 있었고 다수의 화교들이 거주하고 있었기 때문에 동양인의 얼굴이 그리 새롭지도 않은 상황이었다. 최소한 일련의 동양인들이 파리마리보에 은밀하게 잠입하는 것은 당시의 여건에서 충분히 가능했으리라 짐작된다.)

하지만 미군이나 한국군 특수전부대 전력을 수리남에 투입, 부테르세 정권을 무너뜨리는 방안에 대해서는 이후로도 많은 풍문들이 돌았었다.

온라인과 오프라인의 정치, 외교, 군사 분야에 대한 많은 전문가들과 조직들의 보고서에 미국의 마이애미를 발진기지로 하는 일련의 미국인 용병들이 수리남의 침공 준비를 했다는 설부터 아예, 최초 군사 계획안처럼 (그러나 이 풍문에서는 이 계획이 실행 직전 단계까지 간 것으로 보고 있다) 미 펜타곤이 직접 개입하여 '델타포스'와 '씰 6팀'과 같은 미군 특수부대 병력이 파리마리보에서 군사작전을 수행할 최종 단계까지 진행했었다는 설까지 다양한 풍문들이 돌았다.

물론, 우리나라에서도 수리남 작전과 관련된 국군 특수부대에 대한 부분은 확인할 수 없는 사실들만 있을 뿐이다.

1982~1983년 당시의 국내외 정세를 감안한다면 수리남에서 임무를 수행할 수 있는 군 전력은 특전사가 가장 유력했는데, 이는 이미 베트남전 당시 미군과 다양한 특수작전을 수행했던 특전부대의 역량과 이후로도 일본의 오키나와에 주둔한 미 육군 제1특수전그룹 소속의 그린베레와 꾸준한 교류가 있었다는 점에서 많은 설득력이 있는 편이었다.

그렇지만 설령 이들 특전부대가 수리남 침공 작전에 투입될 병력으로 결정되었을지라도 어느 정도 규모의 병력이, 어느 정도까지 작전과 관련된 준비를 했는지에 대해서는 알려진 바가 없다.

그러나 케이시 국장이 한국군 특수부대 55~175명으로 특정하여 침공 계획을 백악관의 대통령 집무실에서 언급했다는 사실은 이미 CIA와 한국 정부 사이에서 상당한 수준의 접촉이 있었을 거라 짐작할 수 있다.

게다가 CIA가 원했던 수리남 침공 작전은 대통령과 중요 요인들을 위해 타이핑된 보고서나 메모 안에만 존재했던 것이 아니었다. 수리남 침공 준비의 일환으로 일련의 미군 특수전 부대가 수리남에 잠입, 은밀하게 정찰 임무를 수행한 것은 실제 사건이었다.

그 극비 임무는 델타포스의 의해 실행되었고, 정찰 임무 자체가 수리남의 침공 작전을 위한 것이었다고 델타포스의 예비역 상사 에릭 해니(Eric Haney: '델타포스'의 활약상을 그린 미드 '유닛'의 자문 및 제작자로 잘 알려져 있다)가 2004년 '맥심(Maxim)' 지와의 인터뷰에서 밝힌 바 있었다.

이와 관련하여 우리 국군의 특전대 병력 또한 델타포스와 마찬가지로, 어느 정도의 침공 작전 준비를 했을지도 모를 일이라 미루어 짐작할 수 있다.

어쨌든, 수리남의 수도 한복판에서 특수부대를 이용한 제3세계 정부 전복 계획은 결국 미 국무부와 대통령의 실무진들의 반대에 부딪쳐 한동안 표류했었다.

그러던 중 수리남 사태는 1983년 4월 말 레이건 대통령의 측근들 중 한 명이자 중남미 외교 문제들을 스포트라이트 밖에서 조율, 해결하던 인물 빌 클락(William P. Clark)에 의해 극적으로 해결되기에 이르렀다.

빌 클락은 다방면으로 부테르세 정권에 압력을 행사하고자, 레이건 대통령의 전용기 '에이포스 원'을 타고 브라질, 베네수엘라와 같은 수리남 인접국들을 돌면서 수리남을 회유하고 압박을 가하도록 애썼고, 결국 브라질의 중재로 부테르세 정권에게 소련과 쿠바가 제공하는 것보다 더 나은 원조 패키지를 약속하면서 합의를 봤던 것이다. 당연히 그 이후에, 수리남은 소련과 쿠바의 경제, 군사 지원을 거부하고 미국과의 대립각을 세우지 않도록 정책 기조를 바꾸게 되었다.

그렇지만 그 당시, 클락과 클래러지가 브라질, 베네수엘라와 어떠한 협의를 했었고 또 수리남에게 '채찍' 대신에 어떤 '당근'을 제공했는지는 실무자 당사자들이 오늘날까지 함구하고 있기 때문에 알려진 바가 없다.

어쨌든, 부테르세 정권은 이후로도 1987년까지 수리남을 통치했다가 권력을 선거를 통해 선출된 민간 정부에 이양했다. 그러나 1990년에 또다시 쿠데타를 통해 정권을 잡았다가 1992년에 물러난 뒤, 2010년 수리남 의원들에 의해 세 번째로 대통령으로 선출되기도 하는 등 21세기인 오늘날까지도 수리남 통치에 영향력을 행사하고 있다 한다.

2-2. 레이건 행정부와 저강도 전쟁

베트남전에서의 패배 이후, 1970년대에서 1980년까지 미국은 제3세계에서의 분쟁과 내전에 직접적으로 개입하는 것을 거의 불문율로 삼아 왔고 자연스럽게 미합중국 군대의 규모와 군비 축소 그리고 CIA와 같은 정보기관들의 해외 공작 역량의 축소가 뒤따랐다.

그러나 이러한 상황은 우연찮게도 1979년 이란의 회교 혁명 세력이 이란의 미 대사관 직원 60여 명을 인질로 삼고 부패한 과거 통치 세력 '샤 팔레비' 왕족의 소환을 요구하는 초유의 인질극 사태와 맞물리면서 일대 전환을 맞이하게 됐다.

당시 미국은 이란 혁명 세력에 억류된 미국인 인질들을 구출할 수 있는 정보력과 군사작전 능력도 부족했고 심지어 교섭 능력조차도 형편없을 정도로 무력했다. 카터 행정부는 부랴부랴 한시적으로 인질 사태를 담당할 군부, CIA, 국무부 씽크탱크를 조직, 가동했고 펜타곤에서는 창설된 지 얼마 되지 않았던 대테러부대 델타포스, 미 육군의 특수전부대 그린베레와 레인저 그리고 해군, 공군의 항공 전력으로 태스크포스를 급조하여 운영했다. 그러나 델타포스를 중심으로 하는 이들 구출부대는 구출 작전을 실행하지도 못하고 작전 헬기와 급유기의 충돌사고 직후, 현장에서 빠져나옴으로써 카터 행정부는 위기 대처 능력에 치명타를 맞게 되었다.

이러한 사건 직후, 드라마틱하게 1981년 출범한 레이건 행정부는 그 태생부터 전임 대통령들이 고사시켜 놓다시피 한 군과 CIA를 재건하고 그것들을 배경으로 '팍스 아메리카나(Pax Americana)'를 실현시킬 담대한 밑그림을 가지고 있었다.

물론 새로운 정부가 아무리 핵탄두 미사일과 같은 최첨단 무기 체계를 포함한 군 전력을 증강시키더라도 미합중국 군대가 제3세계의 전쟁에 대규모로 직접 개입하는 것은 레이건 행정부에게조차도 여전히 부담스러운 문제였다. 설상가상으로 레이건 대통령의 집권 시기 전후로 중남미와 아시아, 아프리카에서 몇몇 국가들이 '제3세계 민중운동'의 물결에 휩쓸렸고, 그러한 상황을 캐스퍼 와인버거 국방장관과 같은 레이건 행정부의 수뇌부는 '자유 세계 안보에 가장 직접적인 위협'이라 언급할 정도로 경계했었다.

그러한 이유 때문에 레이건 행정부는 이른바 '저강도 전쟁(Low Intensity Conflict)'에 대한 전략을 세우고 이에 대해 정책적, 군사적 지원을 아끼지 않게 되었는데, 그 결과 레이건 행정부의 출범과 함께 점진적으로 재건된 미 육해공군, 해병대의 특수부대 전력과 한층 확장되고 심화된 CIA의 공작 역량은 저강도 전쟁의 주요한 실행 주체가 되었다.

물론 이 저강도 전쟁 전략은 다짜고짜 특수부대와 같은 전력을 투입하는 소규모의 제한적인 군사개입을 의미하지는 않았다. 저강도 전쟁의 상위 개념은 사회주의의 영향을 받게 될 친미 국가 내지 중립 국가에 대한 경제, 군사원조를 제공함으로써 사전 포섭, 우방 관계 유지를 주요한 목표로 하고 있고, 가장 하위 개념으로써 제한된 수준의 군사력 사용(미군 심리전부대, 특수전부대의 군사고문단 활동 및 제3세계에서의 그들 전력에 의한 대테러 대비, 대응 활동)을 명시하고 있다.

그러나 니카라과나 수리남과 같이 미국의 앞마당이나 마찬가지였던 중남미 국가들이 미국의 외교적, 경제적 회유와 지원에도 불구하고 친소 노선을 지향하거나 친소 반정부 세력에 의해 위협받는 경우가 빈번해지면서 '도미노 이론'의 신봉자 레이건 대통령은 저강도 전쟁의 단계 중 미군 특수전부대와 CIA를 활용하는 최종 단계에 자주 의존했다.

그는 엘살바도르, 온두라스, 과테말라, 콜롬비아, 코스타리카, 그레나다와 같은 일부 국가들에게 현지 정권들의 윤리적 결함과 상관없이, 친미 정부의 존속만을 위해 정부군, 때로는 반정부군에게 필요한 무기와 군사훈련 프로그램을 제공했다. 간단히 말해서, 레이건 행정부는 현지 국민의 민심과 상관없이 사회주의화 혹은 사회주의와 관련이 없더라도 친미 노선에서 탈퇴하여 독립, 자주 노선을 추구하려 하는 모든 제3세계 국가들을 저강도 전쟁 전략을 통해서 견제해 왔던 것이다.

특히 이러한 미국의 간섭과 개입, 공작은 레이건 대통령이 집권했던 1980년대 때 최고조에 달했고 많은 중남미 국가에서 그러한 것들에서 비롯된 부작용들이 현지인들을 고통과 절망에 빠뜨리기도 했다. 미국의 지원을 받는, 극단적인 우익 정부 혹은 반정부 세력 사이에서 현지인들이 탄압당했고 막 싹트려던 현지 방식의 민주주의가 미국의 정책 기조에 맞지 않는다면 그대로 짓밟는 경우도 적지 않았다.

결론적으로 레이건 행정부는 결국 제3세계에서의 미국의 영향력과 입지를 유지하기 위해 저강도 전쟁을 채택함으로써 중남미의 현지 우호 세력들을 이용한 철저한 '대리전'을 집권 내내 치렀고, 그 결과 친소 국가들 그리고 친소와 별개지만 반미 색채를 띤 정부의 탄생을 저지하는 데 미합중국 대통령으로서의 그의 통치 능력을 상당 부분 집중시켰다고 말할 수 있겠다.

또한 레이건 행정부 시기에 자리 잡은 저강도 전쟁 전략은 레이건 통치 시절 동안 충실히 이를 학습하고 훈련받았던 조지 부시의 차기 행정부로 그대로 이어져 갔고, 규모와 강도에 차이가 있지만 오늘날 미국의 제3세계 정책에도 그 명맥을 이어 가고 있다. 그리고 한 가지 더 짚고 넘어갈 것은 바로 저강도 전쟁의 핵심 요소로 재건되고 육성되었던 미군의 특수전 전력과 CIA의 공작 역량은 오늘날 미국의 전 세계에서의 군사, 정보활동의 토대가 되었음 또한 부인할 수가 없다는 점이다.

2-3. 냉전 시기의 미군 특수부대의 중남미 활동

미군 특수부대 전력은 냉전이 절정기인 1950~1990년대에는 물론 심지어 냉전 당시와는 다른 임무를 수행하는 오늘날에도 미국의 해외 군사력 투사의 측면에서 매우 중요한 위치를 차지한다. 특히 냉전 당시 제3세계에서의 이들 특수전 전력은 해당 국가의 안보, 안전, 질서의 유지에 기여할 수 있었고 때로는 그 반대의 맥락에서 혼란, 분열의 유지에 크게 기여할 수 있는 실행 주체이기도 했었다.

1960년대에 미 육군 특수전 그룹, '그린베레'와 미 해군의 UDT는 CIA와 함께 볼리비아에서 체 게바라와 그의 게릴라 부대를 추적, 제거하는 데 관여했다. 그리고 1980년대 엘살바도르와 온두라스, 니카라과, 콜롬비아, 필리핀에서는 역시 이들 미군 특수부대 전력이 정부군의 편에서, 때로는 반정부군의 편에서 대게릴라전과 게릴라전 역량을 구축해 줬고 가끔은 은밀하게 전투에 직접 참여하기도 했었다. 이 시기에 가장 눈에 띄는 활동을 했던 전력은 그린베레와 정예 대테러부대 델타포스였다.

그린베레의 경우, 1950년대 말에 창설된 직후부터 미국의 우방국들의 게릴라, 대게릴라 전력의 양성에 전문화되어 있었기 때문에 베트남전쟁의 초기부터 베트남은 물론, 캄보디아와 라오스 같은 인접국에서 임무를 수행해 왔다. 그러한 전력은 1980년대에 중남미의 혼란스러운 전투 지역에서 더욱더 빛을 발했는데, 중남미 대부분의 분쟁 지역에서 그린베레는 수많은 MTT(Mobile Training Team:제3세계 현지에 투입되는 특수전 훈련팀) 활동을 수행했다.

이들의 주요한 임무는 구소련, 쿠바 그리고 니카라과와 같은 사회주의 세력에 친미 국가 내지 친미 반정부 세력이 전복되지 않는 것이었으며 엘살바도르, 온두라스, 과테말라, 파나마와 같은 국가들에게서 그린베레의 임무 수행은 미국의 국익에 밀접한 관계를 가지고 있었다고 평가 받기도 했다.

그에 반해, 그린베레의 친미 세력에 대한 군사고문 활동 임무 면에서는 유사한 활동을 했던 전력으로 델타포스가 있었다. 미 육군의 최정예 대테러부대 '델타포스'는 1977년 찰리 베퀴드 대령에 의해 창설된 후 비록 최초의 실전인 1980년 이란 미 대사관 인질 구출 작전에 투입될 뻔하지만 구출 시도 자체가 무산되면서 부대의 전력을 평가받지 못했었다. 그러나 그 이후, 중남미는 물론, 아시아, 아프리카, 유럽 등 전 세계에서 이어졌던 다양한 인질 구출 및 테러 시도 저지를 위한 수많은 작전에 참여하여 대테러 분야에서의 독보적인 명성을 갖게 되었다.

델타포스는 라틴아메리카에서 그린베레와 마찬가지로 간간이 현지 친미 세력의 군사훈련 임무를 수행했지만 은밀하게 현지 정부군이나 게릴라 부대와 함께 직접 군사작전을 실행하기도 했다. 물론 델타포스는 자신들이 훈련시켰던 병력들과 직접 전투를 치렀으며 그들이 참여한 작전들은 성공 여부와 관계없이 대부분 기밀에 붙여졌었다. 델타포스는 또한 그들의 주특기인 현지에서 대테러 작전 상황에서도 활약했는데 이는 주로 반정부 세력들에 의한 암살과 폭탄 테러, 인질극에 관련된 것이었다.

어쨌든 미국이 의도했든 그렇지 않았든 냉전 시기의 라틴아메리카는 크게는 저강도 전쟁 전략을, 작게는 특수전 전력과 CIA의 공작 역량을 위한 실험 전장이었음은 분명한 듯하다. 1950년대 말부터 극동 아시아와 라틴아메리카에서 시작되었던 저강도 전쟁의 태동은 1970년대 다소 소극적인 확장의 시기를 거쳐, 1980년대에 중남미 지역에서 완성된 것으로 볼 수 있다. 그리고 이제 21세기에 미국이 군사력을 투사하는 세계의 긴장 지역에는 무인정찰기나 무인공격기뿐만 아니라, 여전히 이들 저강도 전쟁의 주역들인 그린베레와 델타포스, 씰 팀과 미 공군 특수전항공단, 160특수전항공연대가 전쟁의 향방을 가늠하고 있다.

대표적인 예로, 2001년 아프가니스탄에서 그리고 2003년 이라크에서 시작된 미국의 대테러 전쟁에서 그린베레와 같은 특수전부대는 정규군 전력이 엄두도 낼 수 없는 다양한 중요 임무들을 사전에 완수하여, 미국과 영국, 호주, 캐나다, 대한민국 군 병력으로 구성된 다국적군이 비교적 안전하고 유리하게 지상전을 시작할 수 있는 초석을 다진 바 있었다. 당시 미 행정부 내 보수 강경파를 대표하던 국방장관 도널드 럼스펠드는 이러한 특수부대들이 투입되어 수행되어진 전장 형태를 '전환적인 전쟁'이라 평가할 정도였다.

2-4. 베트남전 당시 국군 특수부대와 북한군 특수부대의 활동

베트남전 동안, 국군과 북한군이 모두 특수부대 전력을 투입한 바 있었다. 국군은 제1보병사단 맹호부대와 제9보병사단 백마부대와 같은 최일선 전투부대에 '공수지구대'라는 명칭으로 특전사 병력을 파견했었다. 당시 제1유격단(현 제3공수특전여단)과 제2유격단(현 제5공수특전여단)에서 차출된 소수의 장교, 부사관들은 국내와 현지에서의 집중적인 추가 훈련을 받은 뒤 국군 보병부대를 위한 정찰, 수색, 직접 타격 작전과 같은 위험천만한 임무들을 수행해 왔다.

이 시기에 공수지구대의 활동과 관련하여 주목할 것이 하나 있는데, 그것은 이들 특전사 병력이 최초로 미 육군 특수전부대 그린베레와 함께 합동작전을 펼치게 되었다는 점이다.

당시에는 제1유격단으로 불리었던 국군 특수전 병력은 1958년 말 오키나와의 미 육군 제1특수전 그룹의 MTT 12A에 의해 공수교육을 포함한 기본적인 특수전 훈련을 받은 인원들에 의해 창설되었고 이후로 계속해서 미 육군 제1특수전 그룹과 제77특수부대와 교류했었지만 실전에서 함께 임무를 수행하기는 베트남전이 처음이었다.

공수지구대의 일부 특전요원들은 그린베레와 미 각 보병사단에 배속되었던 장거리정찰대 LRRP, LRP에 소수 규모로 파견되어 함께 특수정찰 임무를 수행했었다. 이를 위해서 일부 국군 특전대원들은

MACV-SOG가 운영하는 특수정찰 훈련 프로그램인 '리콘도 스쿨 (Recondo School)'에서 필요한 훈련을 이수하고 각각의 그린베레 정찰팀과 LRPP, LRP 정찰팀 인원들과 실전을 통해 많은 경험을 축적했다. 이는 훗날 국군의 비정규전 능력의 발전에 많은 기여를 했고 당시로써도 이들 공수지구대 요원들의 특수전 능력은 그린베레를 비롯한 많은 미군들에게 인정받는 계기가 되기도 했었다.

한편, 북한군은 공군 조종사들과 심리전부대, 특수전부대를 북베트남군 쪽에 파견했다. 북한군의 미그기 조종사들이 북베트남군 조종사들과 함께 미 공군과 공중전을 펼쳤던 것은 이미 잘 알려져 있던 사실이지만, 북한군 심리전 요원들과 특수전 요원들이 (당시 특수8군단으로 추측되는) 북베트남군에게 미군에 대적할 수 있는 자신들만의 역량을 전수했다는 점은 잘 알려지지 않았다. 물론, 북베트남군의 전쟁 수행 능력을 돕기 위해서 중국 또한 군사고문단을 파견해서 운용했다고 미군 지휘부도 인지하고 있었기 때문에 북한군 특수전, 심리전 부대의 존재가 크게 놀랍지도 않았을 것이다.

그렇지만 이 북한군 특수 병력의 존재가 우리 국군에게 골칫거리로 인식되었던 계기는 바로 베트남 전장에서 실종되거나 생포된 국군 포로들이 북베트남으로 보내어져, 바로 이들에 의해 다시 북한으로 보내졌다는 사실이었다. 그 시기 즈음에 북한의 선전 매체에 북한으로 넘어갔다고 소개되었던 국군들 중 일부는 베트남에서 실종 혹은 전사 처리 되었던 인원이라는 것이 밝혀졌었다.

2-5. AC-47, AC-130 건쉽의 유래와 지상 공격 전술

현대적 건쉽(Gunship)의 기원은 2차 세계대전 당시, 미군의 B-25 폭격기에 10여 정 이상의 12.7밀리 중기관총들을 장착하여 일본군의 해상 수송선박을 격침시켰던 것으로 거슬러 갈 수 있다.

이 초기 건쉽들은 1950년 발발한 한국전쟁에서도 B-26 폭격기에 유사한 무장을 갖춰 운용되었고, 1960년대 베트남전쟁에서야 오늘날의 건쉽에 가장 근접한 수준의 무장 형태, 지상 공격 전술에 근접하게 됐다.

이 시기에 개발된 건쉽은 중기관총을 항공기의 기수 부분이 아닌 동체 좌측 측면에 집중 배치하여, 지상에 쏟아 낼 화력을 더 특정 지역, 특정 표적에 집중시키는 방법을 채택했다. 그 결과 탄생한 최초의 건쉽은 C-47 수송기를 개조한 FC-47D 스푸기(Spooky)였는데, 이 기체는 7.62밀리 미니건(미니발칸) 3기를 기체 좌측 면에 장착하여 분당 최대 18,000여 발의 지상 공격 능력을 가지고 있었다.

이후 AC-47기로 기체 명칭을 바꾼 건쉽 모델은 미니건 대신에 M1919 7.62밀리 기관총 10정을 장착하여 역시 가공할 지상 공격 능력을 발휘하기도 했다. 미니건과 M1919 기관총을 장착한 건쉽들은 모두 50여 대가 1965년 베트남전에 투입되었는데 이 공격기들 중 일부는 북베트남에서 남베트남으로 이어져 있는 북베트남군의 보급선 '호치민 루트'에서 적 보급 차량과 호위 병력을 파괴, 제압하는 데 주력했었다.

초기에는 이 무시무시한 지상 공격기들에게 북베트남군이 상당한 피해를 입었지만, 이후에 AC-47기의 존재와 화력과 운용전술을 파악한 북베트남군이 호치민 루트에 압도적인 대공망을 구축하여 전세가 뒤바뀌게 됐다.

그 결과 19기의 AC-47D기들이 격추되면서 1966년 미 공군은 속

지상에 주기 중인 AC-47기. 사진 정중앙에 미니건들이 보인다.

도와 생존성을 보강한 AC-130기를 개발하기에 이르렀다. 이 기체는 당시 최신형 수송기인 C-130에 7.62밀리 미니건 4기와 20밀라 발칸 포 4기를 무장시켰고, 당시 최첨단 기술이 집약된 FLIR와 각종 적외선 탐지 장비를 갖춰 훨씬 더 가공할 공격 능력을 갖추게 됐다.

특히 AC-130기는 단순한 기체 생존력과 화력의 보강에만 집중한 것이 아니라 야간 작전과 관련된 관측, 탐지 장비 그리고 사격 통제 장치를 탑재하여 기존 AC-47D가 기내에 적재한 탄약만큼 조명탄의 적재량에 따라 야간 작전 시간과 범위가 제한받았던 단점을 극복하기에 이르렀다.

AC-130기는 이후에 40밀리 보포스 포와 105밀리 유탄포를 장착하여 AC-130H기로 진화한 뒤, 베트남전을 포함한 냉전 시기에 미군이 참가한 대부분의 분쟁, 전장터에서 활약했다.

그렇지만, AC-47부터 시작되어 AC-130H, AC-130U까지 이어

지상을 향해 쏟아지는 AC-47기의 미니건 사격 궤적

진 이 거대한 지상 공격기의 태생적 한계는 이 기체들이 모두 속도와 생존성이 확보된 고속의 고정익기가 아니라는 점이었는데, 이로 인해 건쉽들은 이 기체들이 처음 전장에서 운용되었던 초창기부터 오늘날까지 주간이 아닌 야간에 지상 공격임무를 수행해 왔다.

무엇보다도 이 건쉽들은 적지 종심 작전을 수행하는 미군과 미 동맹국 특수부대원들에게 없어서는 안 될 존재였고 이러한 사실은 오늘날 아프가니스탄과 이라크에서도 유효했다.

AC-47과 AC-130 건쉽들의 지상 공격 전술은 주로 지상의 점표적 혹은 광역화된 표적 위치 지대를 중심으로 각종 무기가 장착된 기체 좌측을 표적 쪽으로 향한 채, 원을 그리면서 몇 초 간의 사격을 가하는 것인데, 적 병력이나 거점이 훨씬 더 강력한 화력 제압을 요구하는 경우에는 2대의 건쉽이 약간의 고도 차이를 두고 역시 원을 그리는 비행 패턴으로 지상에 공격을 가했다.

물론 지상의 아군 병력은 건쉽들과 실시간으로 교신 상태를 유지하고 때에 따라서는 스트로브나 적외선 스트로브로 오폭, 오인 사격을 예방했다. 때에 따라서는 아군 병력이 적 저항 거점과 차량화, 기계화 전력과 거리를 둔 상태에서 레이저 표적 지시를 활용하여 공습을 유도하는 경우도 빈번했다.

　초음속 전폭기들이 동원되는 현대의 전장에서 여전히 프롭 엔진을 장착한 채 가공할 공격 능력을 발휘하는 건쉽들의 존재가 여전히 필수 불가결한 존재라는 것은 매우 흥미로운 사실이기도 하다.

3. 무기 체계

3-1. 개인화기 및 공용화기

1. M16 소총(AR15)

강력한 타격력과 뛰어난 명중률을
지닌 7.62밀리 소총들의 단점인 무
게, 반동을 보완한 M16(혹은 AR15)
은 플라스틱 소재를 채택하여 무게
를 줄였고 5.56밀리 총탄을 사용, 병

사 개인당 실탄 휴대량을 증가시켰다. 도미니카 공화국 내 실전 상황
에서 미 해군 특수부대(씰 팀)가 처음 사용했고 이후 베트남전에서 대
부분의 미군들에 의해 사용되면서 미군의 제식 소총이 되었다. 오늘

날에도 M16의 최종 진화형인 M16A4와 M4A1 그리고 다양한 파생형이 일선에서 운용되고 있다.

2. CAR15

베트남에서 처음 사용된 CAR15모델

1968년부터 보급된 XM177E2모델

1990년대 초까지 일부 미군 특수부대원들에 의해 사용된 콜트 코만도 733모델

M16 소총의 총열과 개머리판을 축소한 다양한 M16 카빈 모델들을 일컬어 CAR15라고 한다.

미군 특수부대원들은 이 CAR15 중 1968년부터 지급된 XM177E1/E2 모델들을 애용했으며, 이 모델들은 베트남전 후 1980년대까지 일부 운용한 바 있다.

CAR15는 1990년 대 이르러 M16 카빈의 최종 진화형인 M4/M4A1으로 교체됐다.

3. 칼 구스타프(Carl Gustav) M45B 기관단총

M45B는 미군 특수부대원들이 '스위디시 K'라고 불렸던 스웨덴제 9밀리 기관단총이다. 베트남전 당시 CIA를 통해 일

부 미군 특수부대원들에게 보급되어 운용됐다. 연사 기능이 있는 이 기관단총은 36발짜리 탄창을 사용하고 있으며, 중단거리에서의 교전에 노출되는 특수부대원들에게 유용한 화기였다.

4. M76 기관단총

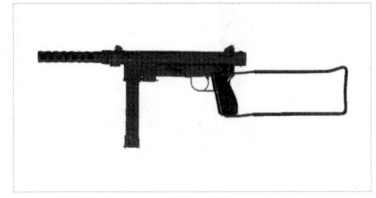

M76은 스미스 앤 웨슨 (Smith & Wessen)사에서 개발한 9밀리 기관단총으로 베트남에서 활동 중인 미군 특수부대원들의 기관단총 '스위디시

K'를 참고로 개발되었다. 스미스 앤 웨슨 사는 휴대가 간편하고 안정된 단발/연발 사격 능력이 있는 이 M76을 미군은 물론, 경찰당국에게 보급하려 했지만 미 해군 씰 팀을 제외하고는 아무도 채택하지 않았다. 스위디시 K보다는 고장률이 적었기 때문에 씰 대원들이 다수 운용했지만 1980년 초반부터 일선에서 물러나기 시작했다.

5. 우지(UZI) 기관단총

이스라엘제 9밀리 기관단총, 현대의 베스트셀링 기관단총인 HK사의 MP5 이전에 전 세계적으로 운용된 중단거리 전투용 총기이다. 오픈볼트식이지

만 명중률이 뛰어나고 잔고장이 없기 때문에 1000만 정 이상이 생산

되어 전 세계에서 운용되었다.

6. MAC10(MAC M10) 기관권총

　　MAC10은 9밀리 권총탄을 사용하는 미제 기관단총으로 1970년대 씰 팀이 미군 최초로 일부 채택했다. 36발의 대용량 탄창을 권총 손잡이 아래에 장착하는 방식으로 이스라엘제 걸작 기관단총 우지와 비슷하지만 씰 대원들은 이 MAC10의 형편없는 명중률 때문에 별로 좋아하지는 않았다. 하지만 MAC10에 소음기를 장착한 경우에는 그럭저럭 지근거리의 표적 공격에 위력을 발휘했었다. MAC10은 CQB전투를 중요시하는 씰 6팀 대원들도 운용한 바 있었다. 사실 이 MAC10은 비슷한 모델인 MAC11과 함께 씰 대원들보다 미국 내 마약 거래상들에게 더욱 사랑받았던 기관권총이었다.

7. AK47 소총

　　공산권 국가들의 대표적인 제식 돌격소총. 러시아에서 처음 개발 사용되었지만 이후 중국, 북한을 비롯한 대부분의 공산권 국가에서 라이센스로 생산하여 운용되었다. AK47 소총의 최초 개발년도인 1947년부터

21세기인 오늘날 까지 널리 사용되고 있으며 파생형, 진화형인 AKM
과 AK74가 있다. 다소 정밀한 관리가 필요했던 M16 계열의 소총들
과 달리 AK 소총들은 뛰어난 야전 운용성을 가지고 있었다.

8. M21 저격소총

M21은 스프링필드(Spring-
field Armory)사에서 제조된
7.62밀리 저격소총이다. 이 저
격소총은 강력한 타격력을 지닌

M14 소총을 개조하여 제작된 뒤 1971년 미 육군에 의해 채용, 1980
년대까지도 델타포스와 같은 특수전부대에서 운용되었다.

9. M60 기관총

서방권의 대표적인 7.62밀
리 경기관총. 최소 2인 이상의
병력이 운용하는 게 원칙인 공
용화기였지만 압도적인 화력을
필요로 하는 특수부대에서는
개인화기로 운용되기도 했다.
M60은 베트남전에서 미 육해
공군, 해병대에 의해 다양하게
운용되었고, 현재에도 다양한
파생형으로 진화하여 씰 팀과

M60기본모델

씰 팀이 운용하는 M60E4모델

같은 특수전부대에서 사용되고 있다.

10. RPK47 기관총

서방권의 M60 기관총에 비견되는 공산권 군대의 7.62밀리 경기관총. 40발 탄창이나 75연발 드럼탄창으로 급탄되며 AKM 자동소총을 기본모델로 한 파생형이 있다. AK 소총이 5.45밀리 고속탄을 사용하는 AK74로 진화할 때, 동일한 탄을 사용하는 RPK74 경기관총이 개발, 운용되었다. 총신이 길고 무게가 무거워 반동이 적은 편이라서 명중률도 꽤 높다. 그러나 총신 교환이 쉽지 않은 단점을 가지고 있다.

11. RPD 기관총

구소련군이 2차 세계대전 말에 양산, 배치했던 경기관총으로 이후 개발, 배치된 AK47과 동일한 7.62밀리탄을 사용했다. 최초 개발, 생산했었던 구소련보다 이 경기관총을 대량 공여 받은 공산권 국가들과 라이센스 생산을 했던 중국과 북한에서 주로 운용되었다. 쉽지 않은 급탄 과정과 AK47의 운용 확대로 인해 이후 RPK47 경기관총에게 분대 지원 화기의 자리를 넘겨줬다.

12. M2 중기관총

미 육해공, 해병대에서 다양
한 용도로 운용되는 12.7밀리
중기관총. 개인화기들의 소구
경탄보다 월등한 유효사거리와
강력한 파괴력을 자랑한다. 베

트남전 당시부터 일부 특수부대원들은 M2기관총에 고배율스코프를
장착하여 원거리 저격에 사용하기도 했으며 이에 대한 전술적 효과
역시 인정받은 바 있다.

13. M1911A1

M1911A1은 M9(M92F베레타)이
미군의 제식 권총이 되기 전까지 수
십 년 동안 미군의 제식 권총으로
운용되어 왔으며 처음 제작된 연도
가 1911년이다.

이 45구경 권총의 개발 의도가
38구경 권총들보다 더욱 강력한 타격력으로 적군을 한 방에 쓰러뜨리
고자 하는 것이었기 때문에 당연히 상당한 타격력과 동시에 강한 발
사 반동을 가지고 있다. 임무를 위한 가공과 개조를 거쳐 21세기인
현재에도 델타포스와 같은 특수부대원들의 부무장으로 운용되고 있
다.

14. 하이파워(Hi Power)

1935년 벨기에의 FN사가 최초로 생산했던 9밀리 자동권총. 당시로써는 획기적으로 13발짜리 탄창을 가진 자동권총이었으며 뛰어난 명중률과 장탄수 덕분에 2차대전 당시 독일군과 연합군 양측이 사용하기도 했다. M1911A1과 마찬가지로 개조와 보완을 통해 서방권 국가에서 오랫동안 운용되었다.

15. M92F 베레타

이탈리아 베레타사의 대표적인 9밀리 자동권총. 강력한 타격력을 자랑하는 45구경 권총 M1911A1과 달리 15발이 들어가는 대용량 탄창과 강한 관통력을 가지고 있다. 초기에는 일부 대테러부대와 특수전부대들이 애용했지만 오늘날에는 전 세계의 많은 경찰, 군대에서 제식 권총으로 채용하고 있다.

16. PPK

세계 최초의 더블액션방식 자동권총. 1931년에 독일 발터사에 의

해 시판된 PPK 권총은 제2차 세계대
전 당시에는 독일 군경에 의해 채용되
기도 했다. 이후, 현재까지 다양한 개
량형을 통해 운용되고 있다.

17. M79 유탄발사기

M79 40밀리 유탄발사기는
2차 세계대전과 한국전쟁 당
시 미 육군 보병들이 사용했던
총류탄을 대신하여 개발, 대체
1960년에 베트남에 실전 배치

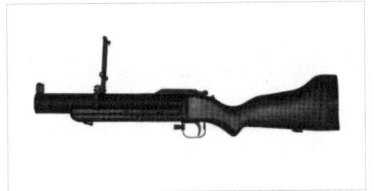

되었다. 별도의 어댑터와 공포탄을 사용해야 하는 총류탄과 달리, 40
밀리 유탄을 바로 발사할 수 있는 M79는 보병부대에 든든한 화력을
제공했다.

18. M203

베트남전부터 널리 운용된
40밀리 유탄발사기인 M79와
M16 소총이 결합된 총기로 현
재는 M4A1에도 부착되어 사
용 중이다.

19. M72 대전차 로켓발사기

M72는 1회용 대전차 로켓탄 발사기로 베트남전 당시 미군이 널리 사용했었다. 66밀리 고폭탄이 들어 있는 튜브는 경량이었기에, 필요하다면 한 명의 병사가 2발 이상의 M72를 메고 다닐 수도 있었다. 씰 대원들 역시 2발 이상의 M72를 휴대했으며 대규모 적 병력이나 벙커를 공격하는 데 사용했었다. M72는 나중에 AT4와 같은 대전차 미사일 발사기로 교체된다.

20. RPG7 대전차 로켓발사기

RPG7은 동구권에서 사용하는 대표적인 대전차 화기로 베트남전부터 미군들을 괴롭혀왔다. 러시아와 중국, 그리고 대부분의 동구권 국가들이 오늘날까지 운용하고 있으며 소말리아, 아프가니스탄, 이라크와 같은 일부 전투 지역에서 대공화기로 운용되어 UN평화유지군과 미군들의 헬기들을 격추시키기도 했다.

21. M134 미니건

20밀리 M61 발칸포와 같은 대구경 발칸포에 비해 소구경 총탄을 사용한다는 의미에서 '미니건'이라 불리지만 M134는 M61과 마찬

가지로 외부 전력에 의해서 작
동하는 다연장 총신을 가진 개
틀링건이다. 분당 2000~6000
발을 발사할 수 있는 미니건은
1960년대 미 육군, 해군, 공
군이 모두 채택, 운용했는데

M134가 가장 효율적으로 사용된 용도는 바로 미 육군의 헬기에 자체
무장으로 탑재, 운용되었을 때였다.

　미니건은 현재에도 다양한 개조와 보완을 통해, 미군의 무기 체계
의 자위용으로 사용되고 있다.

22. AN/PVS-5 야간투시경

　미군은 이미 베트남전 전후
부터 AN/PVS-1, AN/PVS-
2 등 별빛을 증폭시켜서 표적
을 조준할 수 있는 개인화기용
야시장비를 운용해 왔다. 이들
장비에 비해 AN/PVS-5는 개

별 전투원이 총기가 아닌 자신의 두부에 착용하여 야간전투 및 정찰/
감시 활동을 할 수 있게 해 줬다.

3-2. 기타 무기 체계

1. UH-1 휴이(Huey)

　　1960년대부터 미군이 다목적으로 운용해 온 수송 헬리콥터. 미 육군은 UH-1 헬기를 도입함으로써 베트남전 당시 헬리본 작전의 개념을 실행, 오늘날 회전익기를 운용하는 대규모 항공 기동 전술 수준에 이르렀다. 우리나라는 1968년부터 미군에게서 일부 기체들을 인수 받아 배치, 이후 도입된 기체들과 함께 현역 전선에서 운용되다가 최근에 퇴역 중이다. 베트남전 당시 UH-1 헬기의 기체 좌우에 로켓발사기와 중기관총, 미니건을 탑재한 건쉽으로 개조되어 운용되었는데 이 건쉽은 오늘날 AH-1S/F/W/Z 그리고 AH-64와 같은 공격 헬기의 실험 개념이었다.

2. AH-6 킬러 에그(Killer Egg)

　　MH-6와 마찬가지로 특수작전을 위해서 개발된 500MD의 개량기체. AH-6는 7.62밀리 미니발칸 2정과 2.75인치 로켓탄 발사기를 기체 양쪽의 윙에 장착하여 씰

팀을 비롯한 미군 특수부대들의 작전에 근접 화력지원을 제공한다. 가끔 후방 좌석에 특수부대원들을 탑승시키기도 하는 등 MH-6 헬기와 함께 특수작전에 빈번히 투입되는 기체이다. 물론 강력한 지상 화력지원을 최우선 임무로 하고 있다.

AH-6 헬기는 500MD를 기반으로 하는 다른 공격용 기체들에 비해서 뛰어난 야간공격 능력을 가지고 있다.

3. CH-47 치누크(Chinook)

1961년 보잉버톨사에 의해 개발, 1968년 미 육군에 의해 실전 배치되었다.

베트남전에서 입증했듯이 다수의 전투 병력 및 야포, 차량 등을 전투지대로 수송할 수 있는 뛰어난 능력을 자랑한다. 텐덤로터 방식을 적용한 기체로서 1960년대부터 오늘날까지 개량과 개조를 거듭하여 현역으로 운용 중이다.

4. A-1 스카이레이더(Sky raider)

제2차 세계대전 당시 미 해군을 위해 개발된 기체이지만 대전 후 한국전쟁과 베트남전에서 활약했다. 제트엔진 대신 프롭 엔진을 가졌다는 단점을 뛰어난 지상 공격 능력으로 상쇄시켰는데, 특히 CSAR 작전(격추된 조종사 구출)과 적지 종심 작전 중인 미군 특수부대에 대

한 CAS(근접화력지원) 임무 분야에서 뛰어난 성능을 발휘했다. 이 기체는 베트남전 후, 대부분이 제3세계 친미 국가에 공여된 바 있다.

5. AC-130H 스펙터(Spectre)

AC-130기는 "하늘의 포대"라고도 불리는 미 공군의 지상 화력지원용 특수전 항공기이다. 2차 대전 당시 B-25J 미첼 폭격기에 10여 정 이상의 중기관총을 탑재한 최초의 건쉽 이후 한국전, 베트남전을 통해 진화를 거듭한 끝에 현재의 AC130기 시리즈에 도달했다. 그중 AC-130H기는 105밀리 유탄포, 20밀리 발칸포, 40밀리 보포스 포로 무장하여 지상의 아군에게 막강한 화력을 지원해 준다. 최신형 기체는 AC-130U기이다. 미군이 투입되는 전장에는 어김없이 나타나는 기체이다.

6. C-130 허큘리스(Hercules)

미 공군과 서방권 공군이 폭넓게 운용하는 전술수송기. C130기는 단순한 병력, 물자 수송 능력 외에도 지형을 이용한 저공 침투 능력이 뛰어나며 탑승한 전투원들을 낙하산으로 침투시키거나 아니면 험한 비포장 활주로에 직접 착륙함으로써 전개시킬 수 있다.

C-130기는 신속한 단거리 이륙을 위해서 보조 추진 장치를 기체 양 측면에 장비할 수도 있다.

7. MC-130

C-130을 특수작전용으로 개량한 기체로 탁월한 저공 침투 비행 능력을 가지고 있다. MC-130기는 단독으로 적성국 내에 침투 임무를 수행하기도 하지만, 레인저와 82공수사단과 같은 공수 병

력들의 대규모 강하 작전 시 C-130기로 이루어진 비행편대의 선두에서 항법 유도 임무를 수행하기도 한다.

8. A-6 공격기

미 해군 항모를 위해 개발된 전천후 주야간 작전이 가능한 지상 공격기. 1958년 미 해군에 의해 채택된 후, 베트남전에서 뛰어난 저공 침투, 폭격 능력을 보여 줬다. 1996

년 퇴역할 때까지 A-6A로 시작된 기종이 A-6E를 거쳐서 미 해군의 주요한 지상 공격 전력을 구성했다. 현재는 전자전용으로 개조된 EA-6기가 일선에서 활약 중이다.

9. F-14

그루먼사(社)가 미 해군 항모 전력을 위해 개발한 복좌형, 가변익 함재기. 1970년 최초 비행을 했으며 이후 미 해군에 의해 운용되었다. 주요한 임무는 적 항공 전력에 대한 요격, 공격 그리고 적 함정에 대한 공격이었다. 1972년 기본 임무를 위한 F-14A형이 개발, 배치되어 운용되었고, 1987년 F-14B형, 1988년 F-14D형이 개발되어 기본 임무 외에도 지상 공격 능력을 보유했지만 현재는 모두 일선에서 물러났다.

10. E-2C 호크 아이(Hawk Eye)

미 해군 항모 전력의 눈 역할을 하는 조기경보기. 탑재된 레이더와 기타 전자 장비들을 통해 항모를 보호하는 함재기들에게 각종 전투 정보를 실시간으로 제공하며 또한 지휘, 통제 역할 임무를 수행한다. 각각

의 미 해군 항모에는 최소 4대의 E-2C기들을 운용, 항모 전단의 보호 임무 및 항공 전력의 임무 수행을 지원하고 있다.

11. T-62 전차

115밀리 주포를 장착한 T62 전차는 1961년 양산이 시작되어 동구권 국가들의 표준 주력 전차가 되었다. 양산 당시에는 T54/55와 자리를 교체했지만 현재에는 T64, T72, T80에게 현역의 위치를 물려줬다.

12. 조디악(F470) 보트

미군 특수부대원들이 운용하는 특수작전용 고무보트. 고무보트라는 명칭과 달리 선체가 케블라 소재로 이루어져 있어 기본적인 방탄 능력이 있으며 헬기, 수송기, 잠수함, 모선 등 다양한 발진 플랫폼을 가지고 있다. 1개 분대 규모(7~8명)의 특수부대원들이 탑승, 운용하기에는 가장 적합한 침투 수단이다.